Lotte Minck

Radieschen von unten

Lotte Minck (*1960) ist von Geburt halb Ruhrpottgöre, halb Nordseekrabbe. Nach 50 Jahren im Ruhrgebiet und etlichen Jobs in der Veranstaltungs- und Medienbranche entschied sie sich, an die Nordseeküste zu ziehen. Erst kürzlich überkam sie heftiges Heimweh, als sie nach Jahren auf dem Land zum ersten Mal in einen echten Stau geriet, der aus mehr als sieben Autos vor einer Ampel bestand und sich diese Bezeichnung dank einer halben Stunde totalen Stillstands redlich verdient hatte.
Ihre Heldin Loretta Luchs und alle Personen in Lorettas Universum sind eine liebevolle Huldigung an Lotte Mincks alte Heimat.

Besuchen Sie Lotte Minck im Internet:
www.lotteminck.de
www.lovelybooks.de/autor/Lotte-Minck/
www.roman-manufaktur.de

Ruhrpott-Krimödien mit Loretta Luchs:
Radieschen von unten
Einer gibt den Löffel ab
An der Mordseeküste
Wenn der Postmann nicht mal klingelt
Tote Hippe an der Strippe
Cool im Pool
Die Jutta saugt nicht mehr
Voll von der Rolle
Mausetot im Mausoleum
3 Zimmer, Küche, Mord
Darf's ein bisschen Mord sein?

Ruhrpott-Krimödien mit Stella Albrecht:
Planetenpolka
Venuswalzer

Lotte Minck

Radieschen von unten

Eine Ruhrpott-Krimödie mit Loretta Luchs

Droste Verlag

Figuren und Handlung dieses Romans sind frei erfunden.
Ähnlichkeiten mit lebenden Personen sind rein zufällig
und nicht beabsichtigt.

Bibliografische Informationen der Deutschen Nationalbibliothek
Die Deutsche Nationalbibliothek verzeichnet diese Publikation
in der Deutschen Nationalbibliografie; detaillierte bibliografische
Daten sind im Internet über http://dnb.d-nb.de abrufbar.

4. Auflage 2019

Umschlaggestaltung und Satz: Droste Verlag unter Verwendung
einer Illustration von Ommo Wille, Berlin
Druck und Bindung: CPI books GmbH, Leck
ISBN 978-3-7700-1489-7

www.drosteverlag.de

Kapitel 1

Wer die Hände in den Schoß legt, muss nicht untätig sein (wie schon Casanova wusste)

»*Uuuuuunnnnghhhhh*«, machte der Mann.

Die allermeisten Männer machen *uuuuunnnnghhh* in diesem Moment der Erfüllung (oder Entleerung). Andere grunzen oder gurgeln oder stammeln unartikulierte Wortfetzen, manche rufen nach ihrer Mama. Doch, tatsächlich – nach ihrer Mama. Auch der liebe Gott im Himmel wird zuweilen bemüht, vielleicht aus Dankbarkeit oder in nachgerade religiöser Ekstase, keine Ahnung. Ich hatte mir schon oft vorgenommen, eine Strichliste zu führen, vergesse es aber immer wieder.

Was aber feststeht, ist, dass *uuuuunnnnghhh* die Charts unangefochten anführen wird.

Todsicher.

Auf das *uuuuunnnnghhh* folgt traditionell Stille. Tiefe, erschöpfte, im Optimalfall zufriedene Stille. Dann hatte ich meine Sache gut gemacht.

So wie jetzt. Ich musste einfach abwarten, dass er wieder zu Sinnen kommen würde, und blätterte derweil müßig in dem zerlesenen Klatschblättchen, das über der Tastatur lag. Ich hatte jede Menge Zeit, die Uhr tickte ja weiter.

Sieh da, dieses frisch getrennte internationale Topmodel hat also angeblich einen Neuen, ist ja interessant ... Ich studierte die Hochglanzfotos der spektakulär geschminkten Stabheuschrecke – eine andere Bezeichnung für dieses klapperdürre pseudoweibliche Wesen fiel mir beim besten Willen nicht ein –, die mit gelangweiltem Gesichtsausdruck sündhaft teure Kleider vorführte. Bevor ich mich in den mehrseitigen Artikel, der bestimmt ein Musterbeispiel für investigativen Journalismus und eines Pulitzer-Preises würdig sein würde, vertiefen konnte, hatte die Stille ein Ende und der Mann meldete sich wieder zu Wort.

»Du bist die Beste, Ludmilla«, sagte er. »War es für dich auch so schön?«

Klassiker: *War es für dich auch so schön?* Aber sicher, Schatz, was sonst? Hast du das denn nicht gemerkt? Ehrlich – hätte man mir für jedes *War es für dich auch so schön?*, das ich hier zu hören bekam, stattdessen einen Fünfer gegeben, würde ich Ferrari fahren, in einem Schloss wohnen und den lieben Gott einen guten Mann sein lassen. Oh, ihr armen Naiven …

»Natürlich, das weißt du doch, Liebling«, gurrte ich mit schwerem russischen Akzent, »du machst mich immer ganz verrückt.«

Der Mann lachte geschmeichelt. »Dann bis morgen. Wir haben einen Termin, meine Süße.«

Mit der genau richtigen – weil nur dann überzeugenden – Dosis Enthusiasmus und Vorfreude in der Stimme säuselte ich: »Ich freue mich schon.«

Der Mann legte auf, und ich drückte die Pausentaste des Telefons. Ludmilla, die rassige Russin, brauchte dringend mal ein paar Minuten für sich. Ich nahm mein Headset ab und wurde von einer vielstimmigen Woge aus Stöhnen, Liebesgesäusel und herrisch gebellten Befehlen überschwemmt.

In der Kabine links neben mir schlug Diana mit einem Holzlineal rhythmisch auf ihren Tisch, hörte dann plötzlich damit auf und schrie: »Erst morgen kriegst du mehr, verstanden? Heute bist du mir nicht dankbar genug!«

Genau wie ich nahm sie ihr Headset ab und klinkte sich aus der Leitung aus. Dann drehte sie sich zu mir um, zog eine Grimasse und sagte: »Echt zum Abgewöhnen, diese Luschen. Kleine Pause?«

Wir setzten uns auf die Bank vor dem Gebäude. Diana steckte sich sofort eine Zigarette an. Sie blinzelte in die Sonne und inhalierte tief. Dann sagte sie: »Gibt noch Regen heute. Macht aber nix. Hab ja jetzt ein Dach über der Terrasse.«

»Dank Frank.«

»Genau. Dank Frank.« Sie rauchte ein paar Züge. »Und sonz? Du warst heute Morgen zu spät.«

»Ach was? Hab ich gar nicht gemerkt.«

»Ärger zu Hause?«

»Und wenn?«

Sie musterte mich aufmerksam von der Seite, während ich stur geradeaus starrte und vorgab, der vergebliche Einparkversuch einer Frau mit einem viel zu großen Auto auf dem Supermarktparkplatz gegenüber beanspruche meine gesamte Aufmerksamkeit. Einscheren, zurücksetzen, Gang nicht finden, krrrrrcks, Gang finden, aufheulender Motor, wieder vor, wieder zurück ... Alles höhnisch kommentiert von einer Horde halbwüchsiger Bengel mit Skateboards, die das Drama mit ihren Handys filmten. Bei ihrer ersten Fahrstunde, die noch einige Jahre in der Zukunft lag, würden sie bestimmt reichlich doof gucken, wenn sie einparken sollten – aber für den Moment ging es ihnen nur um gutes Material fürs Internet. Schließlich gab die Frau entnervt auf und fuhr zu einer anderen Parklücke, bei der das Spielchen wieder von vorn begann. Die Bengel klatschten sich feixend ab, stiegen auf ihre Boards und rollten ihr hinterher.

»Wieso müssen diese blondierten Tussen eigentlich in der Stadt einen Geländewagen fahren?«, nörgelte ich um des Nörgelns willen. »Den sie zudem nicht im Griff haben? Könnte mir das bitte mal jemand erklären?«

»Ruf doch die Auskunft an und frag.«

»Super Tipp. Danke. Du bist echt die Allerklügste.«

Diana atmete geräuschvoll aus. »Willst du mir mit deiner schlechten Laune die hart verdiente Pause vermiesen? Ist es das? Lass deinen Frust nicht an mir aus, Loretta. Wirf den Knallkopp endlich raus.«

»Leichter gesagt als getan.«

»Falsch. Ganz leicht: Du gehst zu ihm und sagst: *Zieh aus, du dämlicher Knallkopp.*«

»Nach sieben Jahren geht man doch nicht einfach zu seinem Freund und ...«

»Erzähl mir nicht, du liebst ihn noch«, unterbrach sie mich, was ich ziemlich unhöflich fand. Das gehörte sich einfach nicht. Nicht die Tatsache, dass sie meine Liebe zu Tom infrage stellte, sondern dass sie mir so rüde ins Wort fiel.

»Natürlich liebe ich ... äh, also wirklich ...«, stammelte ich los, aber dann gingen mir abrupt die Worte aus. Konnte ich wirklich behaupten, meinen Lebensgefährten noch zu lieben? Tat ich das tatsächlich? Verdammt.

Dankenswerterweise bohrte Diana nicht weiter nach.

Bis sie die Zigarette aufgeraucht hatte und wir für die letzten zwei Stunden unserer Schicht wieder hineingingen, saßen wir schweigend nebeneinander und vertrieben uns mit dem noch immer andauernden Drama auf dem Parkplatz gegenüber die Zeit.

Mein Arbeitsplatz war eine Kabine mit Wänden aus Plexiglas, in einem großen Raum, in dem zwanzig solcher Kabinen standen. In jeder saß eine Frau oder ein Mann mit einem Headset auf dem Kopf vor einem Computermonitor. Frauen und Männer jeglichen Alters, darunter Hausfrauen, Studentinnen, arbeitslose Akademiker, Lehrerinnen oder gelernte Fleischereifachverkäuferinnen, auch einige Rentnerinnen. Es waren deutlich mehr Frauen als Männer, denn es riefen deutlich mehr Männer bei unserer Hotline an – und die wenigsten davon waren schwul.

Die älteste Kollegin war Doris, 72. Sie hatte eine Stimme wie ein junges Mädchen und einen Wortschatz wie eine heruntergekommene Hafennutte. Ihr grellrot gefärbter Bubikopf strahlte wie das nächtliche Signalfeuer eines Leuchtturms. Bei ihrer Vorliebe für Modeschmuck, den sie massenhaft trug, wunderte ich mich immer wieder, dass sie nicht stets von Elstern verfolgt wurde, die ihr das glitzernde Geschmeide vom Leib klauen wollten. Ich war schon nicht die Größte, aber sie ging mir nur bis zum Kinn. Doris war so etwas wie die Mutter der Kompanie, hörte sich unsere Sorgen an und versorgte uns mit selbst gebackenem Kuchen. Ihre Qualitäten als Lebensberaterin waren legendär. Außer Diana war sie die Einzige, die von meinen Problemen in meiner Beziehung wusste.

Aber sie und mich verband mehr als der gleiche Job – durch sie war ich überhaupt erst hier gelandet. Als wir uns begegneten, arbeitete ich in einem Jeansladen, in dem Doris regelmäßig Kundin war. Irgendwann kamen wir ins Gespräch und sie fragte mich: »Was verdienen Sie hier eigentlich?«

Ich zuckte mit den Schultern. »Keine Reichtümer, aber ich komme klar.«

»Sie haben eine wunderbare Stimme«, sagte sie, »und wir sollten uns mal unterhalten. Sie sind doch nicht ... spießig, oder?« Sie lachte, und ihre langen Halsketten klimperten mit ihren Ohrringen um die Wette.

»Ich denke nicht«, erwiderte ich.

Sie bat mich um einen Notizzettel und schrieb ihre Telefonnummer darauf. »Rufen Sie mich an, Kindchen.«

Zwei Tage später saß ich auf ihrer Veranda, stopfte mich zum ersten von vielen Malen mit ihrem selbst gebackenen Kuchen voll und hörte staunend zu, während sie mir von ihrem Job erzählte. Vielleicht lag es an ihrem Alter, dass eventuell in mir schlummernde Vorurteile gegenüber dieser Art der Hotline-Arbeit erst gar nicht erwachen konnten. Vier Tage später fand mein Vorstellungsgespräch statt; das war jetzt knapp sechs Jahre her.

Doris pflegte schrillfarbene Strampler für ihren jüngst geborenen Urenkel zu stricken, während sie telefonierte. Andere lasen dicke Romane, lernten für die Uni, lösten Kreuzworträtsel oder schrieben die Einkaufsliste für die geplante Wohnzimmerrenovierung – was man halt so alles macht, um sich zu beschäftigen.

Ich hatte in meinem Leben schon blöde, langweilige Jobs gehabt. Notlösungen, um Geld zu verdienen, wie besagter Jeansladen. Mein Studium hatte ich abgebrochen, danach zehn Jahre in der Gastronomie gearbeitet. Der Traumjob in einer Veranstaltungsagentur funktionierte einige Jahre, dann machte die Firma Pleite. Und ohne abgeschlossene Ausbildung blieben ab einem gewissen Alter halt nur Notlösungen übrig, wie ich rasch feststellte.

An meiner jetzigen Arbeit schätzte ich besonders, dass es vollkommen egal war, wie ich aussah, wenn ich mein Headset aufsetzte. Selbst in dem dämlichen Jeansladen hatte es einen Dresscode gegeben, denn von uns wurde erwartet, dass wir uns aus dem Sortiment einkleideten. Dadurch war ich manchmal gezwungen, Klamotten zu tragen, die ich so potthässlich fand, dass ich in ihnen nicht einmal tot über dem Zaun hängen wollte. Anfangs hatte ich versucht, mich mit schlichten Jeans und Halstüchern durchzumogeln, aber es kam bei der Teamleitung leider nicht gut an, dass Kundinnen mich häufig fragten, wo im Laden sie mein schönes Oberteil finden konnten – das ich selbstverständlich bei der Konkurrenz gekauft hatte. Ich musste dann sagen, das Teil sei aus einer alten Kollektion, was ich aber nur dann tat, wenn die Teamleiterin in Hörweite war.

Ohne direkten Kundenkontakt ist nicht nur die Kleidung wurscht, sondern auch die Frage, wann die letzte Maniküre war oder ob ich Augenringe hatte – und meinen Kunden am Telefon konnte ich schließlich erzählen, was ich wollte.

Bei uns anzurufen war nicht gerade kostengünstig, aber dafür wurde der Kunde auch individuell betreut – im Gegensatz zu diesen Billig-Flatrate-Hotlines, für die nachts im Fernsehen inflationär geworben wird. Das Geld, das unsere Kunden zu zahlen hatten, wurde von einer Firma namens *Service Hotline Karger* abgebucht – neutraler ging es kaum. Das gab den Herren die Möglichkeit, ihren Gattinnen gegenüber zu behaupten, sie hätten wegen eines defekten Handys oder der dringend benötigten Unterstützung bei der Installation eines neuen Computerprogramms für ihren Laptop bei uns angerufen. Aber – um ehrlich zu sein – mir war völlig egal, was sie ihren Gattinnen erzählten.

Unsere 20 Telefonplätze waren rund um die Uhr besetzt. Das konnte unkonventionelle Arbeitszeiten bedeuten – wenn man wollte. Ich wollte. Zurzeit war ich für die Tagschicht eingeteilt, aber ich arbeitete ebenso gern nachts – dann musste ich das Elend zu Hause wenigstens nicht sehen.

Wenn ich an meinem Tisch saß und den Kopfhörer trug, hörte ich nichts von der Kakofonie der anderen 19 Stimmen, die ihren Anrufern gerade alle möglichen sexuellen Wünsche und Fantasien erfüllten. Beinahe jeder im Raum spielte mehrere Rollen für die Kunden.

Diana war eine Ausnahme, sie arbeitete ausschließlich als Domina. Bei einer Domina denkt man automatisch an eine strenge Schönheit in Lack und Leder, mit knallroten Lippen und straff zum Nackenknoten frisierten Haaren, und Diana konnte dieses Bild allein über ihre Stimme entstehen lassen. Ihre wahre Erscheinung war Universen von diesem Klischee entfernt: Blonde Naturlocken umrahmten ein weiches, vollkommen ungeschminktes Gesicht und ihr Hang zu geblümten, fließenden Gewändern ließ sie aussehen, als hätte sie gestern erst in Woodstock Jimi Hendrix zugejubelt. Und dann packte sie das Holzlineal aus und machte Männer zur Schnecke ... manchmal fragte ich mich, wie die wohl reagieren würden, könnten sie Diana sehen.

Aber so funktionierte unser Geschäft: Wir schufen Illusionen. Immer wollten die Herren zuerst wissen, wie wir aussahen, logisch.

Ich hatte Spaß daran, ganz unterschiedliche Damen darzustellen. Als Teenager hatte ich davon geträumt, eine berühmte Schauspielerin zu werden, und hier war meine ganze darstellerische Fantasie gefordert. Ludmilla, die rassige Russin, ellenlange schwarze Haare und biegsamer Körper einer Ballerina. Dann gab es noch Mandy, das verdorbene Schulmädchen (unartiges, frühreifes Früchtchen, mit allen Wassern gewaschen, blonde Rattenschwänze), Fräulein Schulze, die spröde, aber sexy Sekretärin (enger Rock, Haare hochgesteckt und Brille, aber unter der hochgeschlossenen Bluse lauert eine Wildkatze), Uschi, die unausgelastete Hausfrau (ihr Mann bringt es nicht und sie braucht es ganz dringend), Nanette, das freche französische Zimmermädchen (kurzes Röckchen, kleines Schürzchen und für alles aufgeschlossen ...) und schließlich Carmelita, die heißblütige Südamerikanerin (oooooh, Señor, ich liiiiebe Liebe machen mit Ihnen, ay caramba!). Und während Carmelita leidenschaftlich ihre wilden Locken schüttelte und endlich ihren Samba-Fransen-Bikini fallen ließ oder Nanette ihr kurzes Röckchen lüpfte, spiegelte sich bei Nachtschichten im Plexiglas meiner Kabine eine dunkle Hornbrille unter schwarzen, kurzen, zerzausten Haaren. Ay caramba!

Damit verdiente ich nicht schlecht. Wir bekamen ein Grundgehalt und Bonuszahlungen pro Anruf und ich war bei den Anrufern beliebt. »Deine Stimme ist Gold wert«, sagte Dennis, mein Chef, immer. Stimmt, ich habe eine schöne Stimme, dunkel und ein wenig rauchig. Ich konnte sie nach Belieben verstellen und hatte ein paar ausländische Akzente drauf: englisch, französisch, russisch und irgendwie südamerikanisch. Wie sich das in Wirklichkeit anhören musste, wussten die Anrufer meist sowieso nicht, also kam ich bestens damit durch.

Einmal hatte ich einen echten Franzosen in der Leitung, und der lachte sich über den pseudo-französischen Akzent meiner Nanette derart schief, dass seine sexuelle Erfüllung dabei auf der Strecke blieb. Nichtsdestotrotz habe er sich blendend mit mir amüsiert, und das sei jeden einzelnen Euro wert gewesen, wie er mir prustend versicherte, bevor er – auf gänzlich andere Art und Weise befriedigt als geplant – auflegte.

Mittlerweile hatte ich jede Menge Stammkunden, mit denen ich feste Verabredungen traf. An manchen Tagen war mein Terminkalender randvoll, sodass ich dann nicht in die offene Leitung geschaltet war. Obwohl das nicht ganz richtig ist, denn eigentlich waren es ja Ludmilla, Mandy, Fräulein Schulze, Uschi, Nanette und Carmelita, die von ihren Stammkunden angerufen wurden.

Wer aus der illustren Damenriege jeweils gewünscht war, wenn mein Telefon klingelte, erfuhr ich vom Monitor, denn jedes der Mädels hatte eine eigene Telefonnummer. Meine Kunden verliehen sich selbst ein Pseudonym, und mit der Zeit wurden sie mir vertraut. Ich wusste, was *Hengst1952* wollte, wenn er anrief, oder *SuperLover* oder *HerrMeier* und wie sie alle hießen.

Ob der Job mein Liebesleben negativ beeinflusste?

Nein, überhaupt nicht.

Tom hatte kein Problem damit, von Anfang an nicht. Außerdem verdiente ich tatsächlich mehr als doppelt so viel wie im Jeansladen, und dagegen hätte er wohl als Letzter protestiert. Unsere Urlaube wurden deutlich luxuriöser, der Kühlschrank war immer voll, der altersschwache Computer flog zugunsten eines neuen auf den Müll. Und weil wir schon einmal dabei waren, gab es noch ein Laptop obendrauf.

Tom brüllte vor Lachen, wenn ich ihm ab und zu eines meiner Gespräche vorspielte. Er hatte für die – wie er es nannte – armen

Würstchen, die es nötig hätten, bei einer Sexhotline anzurufen, nur Bedauern übrig.

Dass es um mein Liebesleben momentan nicht zum Besten stand, hatte nicht mehr mit meinem Job zu tun, als würde ich im Supermarkt an der Kasse sitzen oder immer noch Jeans verkaufen.

Ich ging in meine Kabine, setzte den Kopfhörer auf und loggte mich am Telefon ein, das umgehend klingelte. Ein Blick auf den Monitor sagte mir, was mich erwartete.

Es war Zeit für Fräulein Schulze, sich von *Generaldirektor1961* mal wieder ein paar Runden um seinen Schreibtisch jagen zu lassen.

Kapitel 2

Die Würde des Häuptlings ist unantastbar

So ganz allmählich kriegte ich die Wut.

Seit Minuten drückte ich jetzt schon auf die Klingel, um Tom darauf aufmerksam zu machen, dass ich mit dem Wocheneinkauf unten im Hausflur stand. Eine Kiste Mineralwasser, eine Kiste Bier und zwei prall gefüllte Einkaufstaschen hatte ich bereits aus dem Kofferraum gewuchtet und ins Haus getragen. Wir hatten morgens abgemacht, dass er bei meinem Klingeln herunterkommt – wenn ich schon den Einkauf alleine erledigen musste. Das war auch der Grund, weshalb ich mich auf der Arbeit verspätet hatte: Es dauerte eine geschlagene Viertelstunde, bis ich ihn so weit wach und bei Sinnen hatte, dass wir diese Vereinbarung treffen konnten.

Erinnerte er sich vielleicht nicht mehr daran?

Hatte sein Hirn noch im Tiefschlaf gelegen, während er mit mir – wenn auch mit deutlichem Unwillen – geredet hatte?

Oder hoffte er jetzt, ich würde die Geduld verlieren und alles ohne seine Hilfe in den zweiten Stock schleifen?

Stell dich tot, und dann erledigt sich alles von alleine?

Nicht mit mir.

Inzwischen bearbeitete ich den Klingelknopf im Stakkato-Rhythmus. Leider beherrschte ich das Morsealphabet nicht, sonst würde ich *Schaff endlich deinen Arsch hier runter, du fauler Penner!* nach oben funken. Obwohl das natürlich vorausgesetzt hätte, dass er imstande war, die gemorste Botschaft zu entschlüsseln. War er nicht, wie ich wusste.

Oben flog die Wohnungstür auf und knallte mit Getöse gegen die Wand. »Loretta, bist du das? Willst du mich irremachen? Hör gefälligst auf damit!«, brüllte Tom wütend.

»Sobald du endlich deinen Hintern aus der Wohnung bewegst!«

»Spinnst du jetzt völlig?!«

»Hilf mir gefälligst mit den Einkäufen«, rief ich zurück.

Er fluchte unflätig und kam die Treppe herabgepoltert, tobte auf mich zu und schrie: »Deinetwegen sterben jetzt zwei Leute! Ich bin Heiler!!!«

Ich schwöre, er brüllte drei Ausrufezeichen. Minimum.

An dieser Stelle sei mir ein Wort der Erklärung gestattet.

Es war nicht etwa so, dass Tom Notarzt oder Gehirnchirurg wäre und ich ihn gerade bei einer lebensrettenden Operation an zwei offenen Herzen gleichzeitig oder einer Gehirntransplantation von einem Schädel in einen anderen unterbrochen hätte, die in unserer Küche stattfand. Das wäre ja auch sehr seltsam gewesen. Auf wie vielen Küchentischen finden schon derartige Operationen statt? Wir waren ja nicht im Urwald oder in irgendeiner endlosen Wüste, wo die nächstbeste Klinik mindestens drei Tagesreisen per Kamel (oder Elefant) entfernt wäre und wo der Chirurg mit dem vorliebnehmen musste, was zur Verfügung stand! Küchentische, rostige Messer, ein Holzhammer für die Narkose und dergleichen.

Nein, wir befanden uns mitten in der zivilisierten Welt. Na ja, im Ruhrgebiet.

Stattdessen war Tom seit knapp einem Jahr arbeitslos und verbrachte seine Tage und Nächte damit, einen Bart und parallel dazu eine Wampe zu züchten. Außerdem marodierte er als virtuelles Zauberwesen durch eine virtuelle Welt und vollbrachte Heldentaten. Natürlich nicht so banale Heldentaten wie seiner Freundin dabei zu helfen, den Wocheneinkauf in die Wohnung zu tragen – oh nein.

Er machte echt wichtige Sachen. Andere virtuelle Wesen heilen, die sonst sterben, zum Beispiel.

Er befehligte seinen eigenen Trupp von Fabelwesen. Sein Fähnlein Fieselschweif, wie ich die Bande nach der Pfadfindergruppe von Donald Ducks Neffen zu nennen pflegte. Das fand Tom überhaupt nicht lustig, denn er lebte seine virtuelle Existenz mit derart heiligem Ernst, dass für Selbstironie kein Platz blieb. Hinter jedem Fabelwesen steckte ein realer Mensch, der – genau wie Tom – irgendwo in Deutschland oder sonst wo auf der Welt an seinem Computer saß und die Realität gegen ein Alternativ-Entenhausen eingetauscht hatte, das mit geflügelten Dämonen, gefährlichen Säbelzahntigern, vollbusigen Amazonen, mächtigen Zauberern, Feuer speienden Drachen, bösartigen Zwergen und sonstigem bizarren Gesocks bevölkert war.

Ja – Gesocks. Mittlerweile hasste ich diese virtuelle Welt, in der mein Lebensgefährte immer mehr verschwand. Ich hasste diese Leute, mit denen er tagtäglich über Kopfhörer verbunden war und krauses Zeug laberte. Natürlich hatte jeder einen – aus meiner Sicht – höchst albernen Fantasienamen. Tom, der Anführer, war Graubuckel, der Mächtige. Es gab für ihn so viel zu tun in dieser Fantasiewelt, dass für das reale Leben einfach keine Zeit mehr übrig war. Ständig mussten Festungen gestürmt und Kämpfe mit anderen Trupps ausgefochten werden. Und zu diesen Schlachten, die Stunden oder gar Tage dauern konnten, wurde sich dann verabredet.

Bei den kriegerischen Auseinandersetzungen gab es – wie im echten Leben – natürlich jede Menge Tote und Verletzte. Abgetrennte virtuelle Gliedmaßen oder Köpfe flogen en masse, virtuelles Blut floss in Strömen. Wenn der Heiler und Anführer dann zu niederen und unwürdigen Arbeiten wie Bierkistenschleppen gezwungen wurde, statt seine Leute mittels irgendwelcher magischer Gimmicks aus dem Reich der Toten zurückzuholen … dumm gelaufen.

Geriet der Thron des Großen Häuptlings womöglich dadurch gerade ins Wanken? Der König ist tot – es lebe der König?

Mir doch egal.

»Wir müssen reden, Tom«, sagte ich, nachdem wir den Einkauf in die Wohnung geschafft hatten. Auf dem Weg nach oben hatte er ununterbrochen geflucht.

Wir müssen reden ist natürlich genauso ein Klassiker wie *War es für dich auch so schön?*, wie jeder weiß. Bei *Wir müssen reden* steht traditionell Ärger ins Haus. Wenn es schon nicht um sofortige Trennung geht, dann doch wenigstens um ein Beziehungsgespräch, an anderer Stelle vielleicht um ein Entlassungsgespräch mit dem Vorgesetzten oder ein Gespräch mit dem Nachbarn, weil deine Katze immer in sein geliebtes Rosenbeet kackt.

Auf jeden Fall wird es unangenehm – zumal dann, wenn man aus heiterem Himmel zu diesem Gespräch aufgefordert wird. Denn das bedeutet automatisch, dass man selbst diesen Gesprächsbedarf bisher noch gar nicht wahrgenommen hat, stimmt's? Niemand springt vor Begeisterung schier aus dem Hemd, wenn er von seinem Partner *Wir müssen reden* hört.

Dieser Satz fühlt sich verdammt noch mal an wie ein Tritt in den Magen, wie die plötzliche Erkenntnis, dass man nicht wirklich an türkisblauem Wasser auf einem weißen Sandstrand unter im milden Südseewind sanft raschelnden Palmen liegt, sondern vor einer billigen Fototapete, die bereits von der Wand blättert.

Der Satz bedeutet klassischerweise Vorwürfe, Anklagen, Streit, Ich-habe-sowas-von-die-Schnauze-voll, Tränen, Wutausbrüche, Was-ich-dir-immer-schon-mal-sagen-wollte, Trennung.

»Wir müssen reden«, sagte ich also.

Tom, der bereits wieder vor seinem Laptop am Küchentisch saß, holte hörbar Luft. Erstaunlich, wie viel Genervtsein in so einem banalen, wenn auch hörbaren Luftholen liegen konnte.

»Muss das ausgerechnet jetzt sein?«, fauchte er dann.

Er wollte nicht etwa wissen, worüber ich reden möchte oder ob ich etwas auf dem Herzen habe, oh nein. Das interessierte ihn nicht die Bohne (wir wollen ja nicht vergessen, dass meinetwegen gerade zwei Leute gestorben waren, nicht wahr?). Mein lästiges Ansinnen störte ihn schlicht bei seinen Heiler- und Anführerpflichten, die er schon viel zu lange (fünf Minuten, vielleicht?) vernachlässigt hatte. Immerhin waren seine virtuellen Untertanen ohne seine Alphamännchen-Qualitäten völlig hilflos!

Dass ich das aber auch partout nicht verstehen wollte!

Seiner Ansicht nach lag das übrigens vor allem daran, dass ich mich strikt weigerte, ebenfalls eine virtuelle Persönlichkeit zu erfinden und gemeinsam mit ihm durch die Täler und über die kargen Anhöhen von *World of Wasweißich* zu latschen und wahnsinnig aufregende Abenteuer zu bestehen. Mehrmals hatte ich ihm klipp und klar gesagt, dass ich mir lieber die Haare anzünden wollte, als das zu tun. Nichts, aber auch gar nichts, reizte mich an dieser Art von Computerspiel.

Wenn ich mehr Zeit mit ihm verbringen wolle, so hatte er einmal gesagt, könne ich das gern tun, und zwar so viel ich wollte – in dieser *World of Wasweißich,* natürlich. Tatsächlich versuchte er, mich mit dem Versprechen zu ködern, er würde mich dort zu seiner offiziellen Gefährtin machen. Wow, wenn das kein attraktives Angebot war, in einer virtuellen Welt die virtuelle Gefährtin eines virtuellen Häuptlings zu werden. Er war damals echt überrascht, dass ich weder vor Rührung heulte noch ihm glücklich um den Hals fiel. Oder noch besser beides. In seiner Welt war dieses Angebot vielleicht mindestens so etwas wie ein Heiratsantrag, in meiner eine Frechheit.

»Ja, das muss jetzt sein«, fauchte ich zurück.

Ich war wild entschlossen, mich nicht abwimmeln zu lassen. Mir war komplett egal, welche Festung es gerade zu schleifen oder welchen Drachen es zu erlegen galt. Oder wie viele Leute mehr jetzt meinetwegen zum Tode verurteilt waren. Sollten sie mich doch in ihrer *World of Wasweißich* als größte Massenmörderin ihres virtuellen Universums verdammen und ihren Anführer via DSL-Leitung dafür bedauern, dass er in der echten Welt mit einer dämlichen Kuh wie mir geschlagen war, die für sein harmloses kleines Hobby so überhaupt kein Verständnis hatte. War mir so wurscht wie nur was.

Tom verdrehte die Augen und stöhnte. »Bin kurz offline«, bellte er ins Mikro seines absurd großen Kopfhörers.

»Kurz? Ich hör wohl schlecht«, sagte ich entrüstet. »Wie viele Minuten Audienz gewähren mir Ihro Gnaden denn?«

Wieder ein Stöhnen. »Bringen wir es hinter uns, okay? Was hast du mir denn so Wichtiges mitzuteilen, das keine Sekunde mehr warten kann?«

Ich rang um Fassung und zählte innerlich bis zehn, um nicht sein Laptop auf den Boden zu werfen und wie eine Besessene darauf herumzutrampeln.

Das dauerte ihm schon zu lange.

»Was denn jetzt?«, nörgelte er prompt. »Ich dachte, du wolltest mir etwas sagen.«

»Ich will mit dir reden, Tom. So geht es nicht mehr weiter. Ich habe so was von die Schnauze voll. Mich nervt total, dass du …«

Ich brach ab, weil ich seine Aufmerksamkeit schon wieder an den Monitor verloren hatte, auf dem kleine Gestalten in bekloppten Outfits, winzige Sprechblasen über ihren Köpfen, ungeduldig vor sich hin zappelten.

»Tom!«

Er zuckte zusammen und riss widerwillig seinen Blick vom Bildschirm los. »Die warten auf mich, Loretta. Verdammt, können wir denn nicht ein anderes Mal reden?«

Und was tat ich?

Was ich immer tat, wenn ich mich beruhigen wollte: Kochen.

Unter größtmöglichem Lärm packte ich die Einkaufstaschen aus, knallte mit Schranktüren und schepperte mit Küchenwerkzeug herum. Es dauerte nicht lange und Tom zog sich mit dem Laptop in ein anderes Zimmer zurück.

Ich sah ihm nach. Wo war der Mann, in den ich mich verliebt hatte? Nicht nur innerlich, auch äußerlich hatte er sich verändert. Da sich sein ganzes Leben im Internet abspielte, vernachlässigte er nicht nur mich, sondern auch sich selbst. Seine T-Shirts waren fleckig, seine Jogginghose ausgeleiert, Haare und Bart zottelig. Wie für mich in meinen Job galt auch für ihn: Es war egal, wie er aussah, solange er seiner virtuellen Gestalt alle Attribute strotzender Männlichkeit verleihen konnte, die er wollte. Sein Internet-Ich hatte schwellende Muskeln, ein Sixpack, einen knackigen Hintern und wallendes Blondhaar wie ein Wikinger in einem alten Hollywoodschinken. Conan, der Barbar, in Blond.

Und was hatte ich? Rasputin.

Während Nudeln in Muschelform für einen Salat kochten, tobte ich meine Wut an unschuldigen Hähnchenschenkeln aus. Das Hackmesser lag schwer in meiner Hand. Mit wuchtigen Schlägen ließ ich es herabsausen, um die Schenkel zu zerteilen. Bamm! – Oberschenkel, Unterschenkel. Und wieder: Bamm! Salz- und Pfeffermühle waren die nächste Station meines Anti-Aggressions-Workouts, krrrk, krrrk, krrrk, erst die Unterseite, dann die Hautseite der Hähnchenteile, die dann auf einem Backblech in den Ofen wanderten. Die Nudeln schüttete ich durch ein großes Sieb ab und fluchte lautstark, als der aufsteigende heiße Dampf meine Brillengläser beschlagen ließ. Auf dem großen Schneidebrett aus Holz zerhackte ich einen üppigen Bund glatte Petersilie und genoss den Lärm, den ich dabei machte. Ich ritzte Tomaten ein und blanchierte sie kurz in kochendem Wasser, um sie dann in eine Schüssel mit Eiswasser zu geben – danach ließ sich ihre Haut problemlos abziehen. Nachdem ich die Kerne entfernt hatte, schnitt ich die weichen Tomaten in feine Streifen, rührte eine deftige Vinaigrette mit Senf an und gab beides zu den Nudeln, die mittlerweile nur noch lauwarm waren. Dann verrührte ich Honig, Öl und Senf zu einer Marinade, um sie auf die fast fertigen Hähnchenteile zu streichen, die noch einmal für ein paar Minuten in den Backofen unter den Grill wanderten. Ich vermengte die Petersilie mit dem Salat und probierte: perfekt! Dann holte ich das Backblech aus dem Herd, inhalierte den pikanten Duft und … konnte wieder lächeln.

Milde gestimmt war mir nach Versöhnung mit Tom, also deckte ich den Tisch und rief nach ihm. Keine Antwort.

Er war natürlich in sein Spiel vertieft, als ich ihn im Wohnzimmer fand. Mit konzentriert gerunzelter Stirn starrte er auf den Monitor, aber schließlich bemerkte er mich.

»Ich habe für uns gekocht«, sagte ich sanft. »Lass uns zusammen essen. Kommst du?«

Er sah mich an, als wäre ich irre. Dann bellte er: »Sollen noch mehr Leute sterben? Nur, weil du irgendwas zusammengepanscht hast?«

Ich drehte mich um und ging.

Denn sonst wäre ein schreckliches Unglück passiert. Da ich nicht vorhatte, mich am nächsten Morgen auf der Titelseite der größten deutschen Tageszeitung wiederzufinden, weil ich meinen Lebensgefährten abgeschlachtet hatte, ging ich lieber.

Ich war wütend auf mich selbst, weil ich wieder einmal aufgegeben hatte, anstatt den Stier bei den Hörnern zu packen und endlich Tacheles zu reden. Man kann einen Menschen nicht ändern, das wusste ich. Mir blieben nur zwei Möglichkeiten: Entweder ich versöhnte mich mit der Situation oder ich musste mich trennen.

Natürlich könnte ich auch weiterhin darauf warten, dass Tom endlich aufwachte und sein Leben wieder in die Hand nahm. Aber ebenso gut konnte ich darauf warten, dass auf der Welt endlich Frieden herrschte. Oder dass die Spritpreise auf 10 Cent pro Liter sinken würden.

Ich musste mit jemandem reden, sonst platzte ich. Und ich wusste, wer das Ergebnis meiner Kochkünste nicht als Fraß bezeichnen würde. Der Salat kam in eine Plastikdose, die Hähnchenteile in eine weitere. Türenknallend verließ ich die Wohnung (Tom würde das durch das Gequake in seinem Kopfhörer nicht einmal hören, aber es musste sein) und fuhr quer durch die Stadt zu Diana.

Kapitel 3

»Narren hasten, Kluge warten, Weise gehen in den Garten«,
sagte Tagore – wie gut, wenn man weise ist

Die Schrebergartenkolonie *Saftiges Radieschen* ist eine von sehr vielen dieser Art, die es im Ruhrgebiet gibt. In den dicht besiedelten Städten bleibt wenig Raum für Gärten, sodass die Menschen in diese grünen Oasen ausweichen, um sich dort ihr persönliches Paradies zu schaffen. Freie Parzellen sind rar und heiß begehrt.

Diana besaß eine davon. Sie hatte das Grundstück vor ein paar Monaten von ihrer Großtante übernommen, die mittlerweile in einem Pflegeheim lebte. »Geflügelhof« nannte Diana diese Kolonie, denn alle Wege hatten die Namen von Hühnervögeln. Natürlich verbrachte Diana jede freie Minute in ihrem Garten, also wusste ich, wo ich sie finden würde.

Ich parkte meinen Wagen und schnappte mir den Rotkäppchenkorb mit dem Essen und die Tüte mit den zwei Flaschen Wein, die ich unterwegs gekauft hatte. Mir war nach Alkohol, und davon am besten nicht zu wenig. Am liebsten hätte ich eine Flasche Wodka an den Hals gesetzt, um mich ins Gelobte Land des Gnädigen Vergessens zu katapultieren, aber für den Moment tat es auch eine Flasche Wein, denn der machte mich immerhin lustig. Außerdem hatte das Gelobte Land des Gnädigen Vergessens einen kapitalen Schönheitsfehler: Man wurde ausgewiesen, sobald man wieder nüchtern war. Ziemlich blöd. Also konnte ich auch gleich hier bleiben: im Land der Bitteren Realität.

Den Weg zu Diana kannte ich im Schlaf: Wachtelweg, links in den Birkhuhnweg, dann rechts in den Perlhuhnweg, eine kurze Sackgasse mit zwölf Grundstücken, sechs auf jeder Seite. Dianas war die letzte Parzelle rechts, die Nummer 11. Wie Diana vorhergesagt hatte, regnete es mittlerweile. Der sommerliche Nieselregen passte perfekt zu meiner miesen Stimmung. Schönes Wetter konnte ich einfach nicht ertragen, wenn ich schlecht drauf war, das machte mich nur noch aggressiver. Wenn mir Leute sagten, dass sich ihre Laune bei Sonnenschein sofort besserte, hatte ich keinen Schimmer, wovon sie redeten.

Zu meiner Erleichterung begegnete ich niemandem, den ich hätte grüßen müssen, auch die Parzellen im Perlhuhnweg wirkten verlassen. Ihre Besitzer waren wegen des Wetters entweder nach Hause gefahren oder hatten sich in ihre Hütten, wahlweise auf ihre blickgeschützten Veranden zurückgezogen. Im Vorbeigehen hörte ich auf Parzelle 8 einen Mann und eine Frau miteinander streiten, ohne dass ich verstehen konnte, worum es ging. Die meisten Leute im Perlhuhnweg kannte ich ohnehin nur vom Sehen und von dem, was Diana mir über sie erzählt hatte.

Nur Frank von Parzelle 5 hatte ich schon persönlich kennengelernt, als er Diana beim Bau der Überdachung für die Terrasse vor ihrer Holzhütte half. Er war nicht sehr groß und liebte es, seine tätowierten Muskeln zu zeigen – man konnte schon von Glück sagen, wenn er wenigstens einigermaßen vernünftige Shorts oder Bermudas trug, denn Oberteile schien er nicht zu besitzen. Zumindest hatte ich noch nie eines an ihm gesehen, egal bei welchem Wetter und egal welche Arbeit er gerade bei sich oder bei anderen verrichtete. Eigentlich hielt er sich sogar eher selten in seiner eigenen Parzelle auf, wenn ich ihn sah. Meist war er bei einem seiner Nachbarn, um bei irgendetwas zu helfen. Nachbarinnen, sollte ich wohl eher sagen: Frank fällte einen Baum oder schnitt eine Hecke, während die jeweilige Dame des Hauses danebenstand und ihn mit lecker Frikadellchen oder Pülleken Bier versorgte – und vom jeweiligen Ehemann weit und breit nichts zu sehen war.

Mir war rasch klar, dass er sich für Gottes größtes Geschenk an die Damenwelt hielt, denn er flirtete mit Diana und mir, als wären wir die letzten Frauen auf Erden. Mit uns beiden gleichzeitig, wohlgemerkt. Ohnehin quatschte er beinahe ununterbrochen. Natürlich geizte er nicht mit Andeutungen, seine Manneskraft und seine schier unendliche Ausdauer betreffend.

Nachdem die Arbeit beendet war und wir ihn partout nicht anflehen wollten, uns doch bittebitte noch Gesellschaft zu leisten, trollte er sich schließlich. Kaum hatte er den Garten verlassen, fragte ich Diana, wie sie es bloß geschafft hatte, diesen Plapperheini tagelang auszuhalten.

Sie zuckte mit den Schultern und sagte: »Frank hat mein Dach gebaut – dafür kann er dummes Zeug labern und sich für den Tollsten halten, solange er will. Und soweit ich weiß, landet er mit dieser Tour tatsächlich den einen oder anderen Treffer hier in der Kolonie ...« Sie zwinkerte vielsagend.

Aber auch von Frank war weit und breit nichts zu sehen, als ich den Perlhuhnweg entlang lief. Beim Öffnen stieß das Tor zu Dianas Parzelle das vertraute Quietschen aus, das hervorragend als Klingelersatz diente und sie bei jedem Besuch vorwarnte.

»Rotkäppchen bringt Essen und guten Wein!«, rief ich schon, bevor ich um die Bambushecke bog, die Dianas Terrasse vor ungewollten Blicken schützte.

Wie ich es erwartet hatte, lag meine Freundin in einem Liegestuhl und las ein Buch. »Allerdings sieht Rotkäppchen aus, als hätte der böse Wolf sie ziemlich sauer gemacht«, sagte sie und musterte mich. »Und der böse Wolf heißt Tom, möchte ich wetten.«

»Hör bloß auf. Hast du Eiswürfel? Der Wein ist so warm wie das Wasser in einem Kinderschwimmbecken.«

Sie deutete mit dem Daumen hinter sich. »Du kennst dich ja aus. Mir ist heute nicht nach perfekter Gastgeberin, bin zu faul.«

»Ist dein gutes Recht. Immerhin hast *du* heute schon gearbeitet.«

»Ui, ui, ui ...« Sie feixte. »Wieder mal Gewitterwolken im Paradies? Ich freue mich auf eine gute Geschichte bei einem schönen kühlen Glas Wein. Und leckerem Essen. Was gibt es denn?«

»Lass dich überraschen.«

»Von dir immer gern.«

Sie streckte sich genüsslich.

Mit zwei gefüllten Gläsern, in denen Eiswürfel lustig klimperten, kam ich wieder aus der Hütte. Ich ließ mich in den bequemen Rattansessel neben ihrer Liege fallen.

Diana setzte sich erwartungsvoll auf und runzelte die Stirn. »Wo ist das Essen?«

»Im Backofen. Zum Teil jedenfalls. Die Hähnchenteile …«

»Quatsch«, unterbrach sie mich. »Die müssen nicht heiß sein. Her damit.«

Sie hievte sich von der Liege und begleitete mich hinein. Nachdem sie die mitgebrachten Köstlichkeiten ausgiebig beschnüffelt hatte, wurden diese mit jeder Menge enthusiastischer Vorschuss-»*Hmmm!*«*s* bedacht, während wir zwei Teller füllten.

Wir setzten uns nach draußen und aßen schweigend, bis sie sich nach einem dezenten Rülpser satt und zufrieden zurücklehnte. Sie zündete sich eine Zigarette an und fragte: »Also, was war los?«

Sie hörte mir zu, und als ich berichtete, dass ich die brutale und verdammenswerte Mörderin zweier virtueller Gestalten war, verschluckte sie sich prompt am Zigarettenrauch. Es folgte ein Hustenanfall, der in hysterisches Lachen mündete. Als sie sich wieder beruhigt hatte, erzählte ich weiter.

»Und deshalb bin ich jetzt hier«, schloss ich meine Leidensgeschichte, »zu Hause habe ich es einfach nicht ausgehalten.«

»Ich würde einfach den blöden Laptop zuknallen. Und zwar, wenn er die Finger auf der Tastatur hat. Vielleicht schaffst du es, ihm ein paar zu brechen«, sagte Diana. »Wie kannst du dich nur immer wieder abwimmeln lassen? Der weiß genau, was ihm blüht, deshalb stellt er sich doof.«

Ich schüttelte den Kopf. »Glaube ich nicht. Für Tom ist alles in Ordnung.«

»Quatsch. Nicht mal Tom ist so hohl in der Birne. Der weiß ganz genau, was los ist. Aber er hat sich gut eingerichtet – und du machst brav mit. Lässt ihn mit seinen Freunden spielen, kaufst ein, kochst Essen, verdienst Geld. Der wäre ja blöd, das aufzugeben. Klar, ab und zu nervst du ein bisschen. Und bringst ein paar von seinen Kumpels um.« Sie grinste. »Wozu ich dich übrigens von ganzem Herzen beglückwünsche. Gut gemacht. Ich finde, das solltest du öfter tun. In diesem Sinne …«

Sie hob ihr Glas und wir stießen an.

»Trotzdem, das kann so nicht weitergehen, Loretta. Wir sehen uns jeden Tag und du bist jeden Tag ein bisschen unglücklicher.«

»Das ist nur eine Phase.«

Diana verdrehte die Augen und schüttelte den Kopf. Das mit der Phase dauerte jetzt schon mindestens ein Jahr, das wusste ich so gut wie sie. Wie lange wollte ich mir noch etwas vormachen?

»Du musst unbedingt mit ihm reden«, sagte Diana eindringlich. »Du musst ihm klarmachen, dass du ihn verlassen wirst, wenn sich nicht bald etwas ändert.« Sie seufzte. »Ich hasse es, solche fragwürdigen Tipps zu geben. Man sollte sich nicht in die Beziehungen anderer Leute einmischen.«

»Aber Tom und ich streiten nie.«

Sie stellte das Glas mit einem Knall auf den Tisch. »Das ist jetzt nicht dein Ernst! Ihr streitet nicht nur nie – ihr redet überhaupt nicht miteinander! Das könnte ich nicht aushalten, echt nicht! Wann hattet ihr zuletzt Sex, hm?«

»Er wollte letzte Nacht, aber ich …«

»Ha! Du wolltest nicht! Kein Wunder. Was an dem Kerl könntest du auch sexy finden? Sei froh, dass ihr getrennte Schlafzimmer habt.«

Zugegeben, das war ich in der Tat. Das mit den getrennten Schlafzimmern hatte angefangen, weil wir beide schnarchten und uns gegenseitig um den Schlaf brachten. Jeden Abend fand ein Wettrennen statt, wer als Erster einschlafen würde – derjenige hatte die erholsame Nachtruhe gewonnen. Der Verlierer wälzte sich schlaflos und verzweifelt von einer Seite auf die andere und hätte genauso gut zwischen zwei Bassboxen in einer Disco liegen können. Oder auf der Start- und Landebahn eines Flugplatzes. Meistens war ich die Verliererin. Mit der Zeit wuchsen meine Aggressionen, während ich alle Tricks versuchte, das infernalische, erstaunlich variantenreiche Schnarchkonzert neben mir wegzumeditieren. Auch Ohrstöpsel – ich testete verschiedene Modelle – nutzten nicht das Geringste. Irgendwann wollte ich ihm nur noch ein Kopfkissen aufs Gesicht drücken und ihn umbringen. Daran gibt es nichts zu beschönigen. Ich wollte ihn wirklich und wahrhaftig killen – jedenfalls, solange er neben mir lag und schnarchte. Immer häufiger zog ich auf die Wohnzimmercouch um, und am nächsten Morgen war ich dann unausgeschlafen und hatte schlechte Laune.

Aber wie es der glückliche Umstand wollte, war unsere Wohnung riesig. Wir hatten insgesamt – ohne Küche und das Bad – vier Zimmer zur Verfügung, also Platz genug. Ein paar Tage lang räumten wir Möbel herum, dann wohnte ich im »Ostflügel« und er im »Westflügel«.

Anfangs genossen wir das Spiel, uns gegenseitig zu besuchen – besonders im Schlafzimmer. Wir machten richtige Dates daraus, was unser Liebesleben eine Zeit lang mächtig in Fahrt brachte. Nach dem Sex hatte jeder sein eigenes Bett, um dort in Ruhe zu schlafen. Wir hatten sowieso nie zu dieser Kuschelfraktion gehört, die eng umschlungen schlief. Im Gegenteil – ich brauchte ein wenig Platz, sonst bekam ich Beklemmungen. Es war wunderbar – bis er *World of Wasweißich* entdeckte und die Prioritäten in seinem Leben sich dramatisch veränderten.

Dramatisch für mich – er hatte jede Menge Spaß.

Plötzlich schmeckte mir der Wein nicht mehr.

Genau das war der Punkt: Tom hatte Spaß (oder das, was er dafür hielt) – und ich wurde immer unglücklicher. Diana hatte recht. So konnte und durfte es nicht weitergehen. Es wurde Zeit, eine Entscheidung zu treffen. Nicht unbedingt gegen Tom, aber auf jeden Fall für mich.

Als hätte sie meine Gedanken gelesen, sagte Diana: »Du musst mal in Ruhe nachdenken, Loretta, damit du wieder einen klaren Kopf bekommst.«

»Guter Plan, aber wie soll das gehen? Unsere Wohnung ist zwar groß, aber so groß nun auch wieder nicht, dass ich Toms Anwesenheit ignorieren könnte. *Ich weiß,* dass er da ist. Vor seinem blöden Computer.« Allein bei dem Gedanken traten mir Tränen in die Augen.

»Du kannst hier wohnen, wenn du willst. Hier hast du Ruhe.«

»Hier? Wie meinst du das?«

Sie setzte sich auf. Ihre Augen leuchteten. »Das ist doch überhaupt die Idee! Du packst ein paar Sachen ein und bringst sie morgen mit zur Arbeit. Und nach Feierabend ziehst du in meine Laube! Vor allem sagst du dem Kerl nicht, wo du bist.«

»Der wird nicht mal merken, dass ich nicht da bin«, brummte ich düster, aber ihr Vorschlag gefiel mir. Hier herrschte himmlische Ruhe, und Dianas Laube war mit allem ausgestattet, was ich brauchte: Es gab ein Klo mit Dusche, eine Küchenzeile mit allem Drum und Dran, ein bequemes Bett, Radio und Fernseher …

»Ist das denn überhaupt erlaubt?«, fragte ich.

»Hier zu übernachten? Klar! Das machen im Sommer ganz viele, besonders am Wochenende.«

»Dann nehme ich dein Angebot an. Vielen Dank.«

Meine Laune besserte sich schlagartig. Von allein wäre ich niemals auf diese Idee gekommen – zu tief war ich in mein Elend und mein Selbstmitleid verstrickt.

Und vielleicht würde es ja sogar ganz lustig sein, ein wenig mit Frank zu flirten …

Kapitel 4

Wie verbaler Hausputz funktioniert und warum Toilettenpapier manchmal auf Reisen geht

Noch am selben Abend packte ich meine Sachen.

Na ja, eine Reisetasche mit dem Nötigsten. Und einen Karton mit ein paar Dingen, die ich um mich haben wollte: Bücher, mein Wecker (wichtig!), Lieblings-CDs, Kuschelkissen, KEIN Foto von Tom. Als ich alles zusammensuchte, fühlte ich mich, als würde ich mich auf einen Urlaub vorbereiten: Zahnbürste, Zahnpasta, Duschgel, Shampoo, Creme. Es war Juli, also hielt sich der Bedarf an Kleidung in überschaubaren Grenzen.

Irgendwie ulkig, dachte ich, auch ich habe meine virtuellen Identitäten: als Ludmilla, Uschi, Nanette und wie sie alle heißen. Aber ich bringe sie weder mit nach Hause noch lasse ich mir von ihnen mein ganzes Leben bestimmen.

Gut gelaunt registrierte ich, dass ich eine gewisse Vorfreude spürte. Ein paar Tage raus aus dieser Wohnung, deren Atmosphäre ich als vergiftet empfand. Ich freute mich nicht mehr, nach der Arbeit nach Hause zu kommen.

Nur zum Essen unterbrach Tom sein Quasi-Leben an der Tastatur kurz, um danach sofort wieder an den Rechner zu gehen. Kochte ich nicht, war es auch egal, dann nahm er sich irgendetwas aus dem Kühlschrank. Wenn er mal ausnahmsweise einkaufte, schleppte er tonnenweise Zeugs an, das er am Laptop verschlingen konnte, ohne dass es vorher aufwendig zubereitet werden musste.

Es gab Tage, an denen ich dachte, ich müsste durchdrehen. Aber dann gab es wieder Momente, die mich versöhnten, in denen der Tom durchschimmerte, in den ich mich verliebt hatte.

Aber jetzt war es genug.

Ich hielt es nicht mehr aus.

Als ich an meinem Arbeitsplatz ankam, entdeckte ich schon von Weitem Diana, die draußen auf der Raucherbank saß und auf mich wartete.

Ihre Begrüßung bestand aus einem neugierigen »Und?«

»Alles wie besprochen. Mein Gepäck ist im Kofferraum.« Ich ließ mich neben sie plumpsen.

»Gut gemacht. Ich bin stolz auf dich. Hat er was mitgekriegt?«

»Natürlich nicht. Hat die ganze Nacht gespielt. Als ich heute Morgen aufstand, war der Wasserkocher in der Küche noch warm.«

»Großer Gott.« Sie verdrehte die Augen. »Hast du ihm eine Nachricht hinterlassen?«

»Wem? Dem Wasserkocher?«

Sie boxte mich in die Seite. »Du weißt wem.«

In gespielter Verlegenheit senkte ich den Blick und gestand flüsternd: »Ja, das habe ich.«

»Doch wohl hoffentlich nicht …«

»Wo ich zu finden bin?«, unterbrach ich sie feixend, bevor sie sich aufregen konnte. »Nee. Ich bin ja nicht blöd. Nur, dass ich ein paar Tage weg bin.«

»Wo hast du die Nachricht deponiert?«

Ich kicherte. »An meiner Schlafzimmertür. Es kann Tage dauern, bis er sie entdeckt. Vermutlich wird er mich erst vermissen, wenn er im Kühlschrank nichts mehr findet. Oder kein Klopapier mehr da ist.«

»Wie groß ist denn der Vorrat?«

»An Klopapier? Geht so. Eine angefangene Rolle. Könnte sein, dass ich die restliche Packung im Kofferraum habe.«

»Du Biest. Ich ziehe meinen Hut. Ich kann mich nur wiederholen: Ich bin stolz auf dich.«

Ich winkte ab. »Es geht nicht darum, Tom zu ärgern.«

»Aber es kann nie schaden, eine deutliche Duftmarke zu hinterlassen, meine Liebe.«

»Hallo, mein Süßer«, gurrte ich in mein Mikrofon. Ich telefonierte mit *Schnuckiputz45,* einem treuen Stammkunden von Uschi, der Hausfrau.

»Tach, Uschi. Was hast du an?«

Schnuckiputz45 hielt sich nie lange mit lästigem, unnützem und für ihn nicht zuletzt teurem Geplauder auf. Sein gutes Recht, der Kunde ist König. Er kam gern ohne Umschweife zur Sache. Zeit war schließlich Geld.

»Eine hübsche Rüschenschürze, weißt du, so eine mit einem Latz. Und einen Schlüpfer.«

Nicht vergessen: Uschi ist Hausfrau. Hausfrauen zogen vernünftige Schlüpfer an. Aus Baumwolle. Carmelita als heißblütige Südamerikanerin trug ausschließlich String-Tangas, unter Fräulein Schulzes Sekretärinnen-Outfit verbarg sich erotische Seidenwäsche, aber Uschis Fans mochten es bodenständig, bloß kein Chichi. Eine Uschi und Chichi – das vertrug sich nun wirklich nicht. Dass Uschi ihren Hausputz allerdings nur in Schlüppi und Rüschenschürze (wahlweise Blümchenkittel aus Nylon – ganz nach persönlicher Vorliebe des Kunden) erledigte, fiel bei den Herren, so absurd dieses Bild auch sein mochte, nicht unter Chichi.

»Was machst du gerade?«, fragte er weiter.

»Ich mache Hausarbeit, Schnuckiputz. Wie immer. Du weißt doch, ich mag es, wenn alles blitzsauber ist. Alle Fugen müssen ordentlich geschrubbt werden. Darin sammelt sich so schnell Schmutz an. Und wir wollen doch keine schmutzigen Fugen, oder?«

»Nein, natürlich nicht.« Er atmete schwer.

Ich muss hier wohl nicht extra erklären, dass eine Formulierung wie *schmutzige Fugen,* die in jeder Verkaufsstunde für Putzmittel in jedem x-beliebigen Homeshopping-Sender tausendmal benutzt wurde, in diesem Zusammenhang zweideutig und in höchstem Maße erotisch klang.

»Mir ist schon ziemlich heiß«, raunte ich, »ich schwitze am ganzen Körper ...«

Für *Schnuckiputz45* wienerte ich mich durch die ganze Wohnung und beschrieb genau, was ich tat. Irgendwann wurde mir natürlich derart warm, dass ich unbedingt meinen Schlüpfer ausziehen musste. Auf seinen Wunsch hin putzte ich Fenster, aber ach – der Latz der Schürze war so klein, dass mein Busen zu sehen war, wenn ich mich reckte. Oh je, was sollte nur der Nachbar von gegenüber von mir denken, der mich mal wieder beobachtete?

Und so weiter, und so weiter.

Das war mein Job, und er war wirklich einfach. Ich erlebte Männer, die bei uns anriefen, als einfach strukturiert und manipulierbar. Ich hatte immer im Handumdrehen raus, was sie wollten.

Warum klappte es nicht bei Tom? Nicht, dass ich ihn manipulieren wollte. Aber irgendetwas musste ihm doch fehlen, das er nicht bei mir fand, wenn er seine Tage lieber in der Gesellschaft virtueller Gestalten verbrachte als in meiner.

Ich verstand es einfach nicht.

»Eine Woche Urlaub? Bisschen plötzlich, findest du nicht?« Dennis Karger sah mich über seine Sonnenbrille hinweg an. »Wie sieht es denn mit deinen Terminen aus?«

Die Frage war rein rhetorisch. Ein paar Tastenklicks und mein Chef war in meinem Terminkalender, der – wie ich wusste – leer war. Die Schulferien machten sich in unserem Geschäft durchaus bemerkbar. All die Familienpapis, die uns tagsüber mal schnell vom Büro oder der Werkstatt aus per Handy anriefen, wanderten jetzt mit ihren Lieben durch die Berge oder bauten Sandburgen am Strand. Saure-Gurken-Zeit für die Tagschicht, denn gerade diese Familienpapis waren unsere Stammkundschaft und brachten soliden Umsatz. Sie schätzten es, sich auf eine bestimmte Dame festzulegen, da konnten sie einfach nicht raus aus ihrer Haut. Die immer gleiche Gattin zu Hause, die immer gleiche Uschi/Nanette/Ludmilla bei der Sexhotline. Nicht, dass die Telefone überhaupt nicht mehr klingelten, aber die Stammkunden machten Familienpause, und das war im Tagesgeschäft spürbar. Dennis konnte mich locker ersetzen.

Er zupfte an den Manschetten seines geblümten Hemdes. Modisch stand er auf die Siebziger, und er hatte es sich zur Lebensaufgabe gemacht, jedem optischen Klischee seiner Branche gerecht zu werden. Ich rede nicht von Dienstleistung – nun ja, im weitesten Sinne schon. Ich meine die Sexbranche. Er sah aus wie ein Lude, der vor 35 Jahren auf der Reeperbahn seine große Zeit hatte.

Als ich ihm zum ersten Mal begegnete, konnte ich mir mein Grinsen nur mühsam verkneifen, um ehrlich zu sein. Seine sorgfältig gezüchteten, mächtigen Koteletten und sein Schnäuzer, der an den Mundwinkeln hinab bis zum Kinn lief, verbrüderten sich vortrefflich mit seiner Vorliebe für auffälligen Goldschmuck. Dazu eine dieser Sonnenbrillen mit Farbverlauf von hell nach dunkel, Blümchenhemd, Röhrenjeans und Cowboystiefel – fertig war die Ludenparodie. In sich war das Outfit durchaus stimmig durchkomponiert und er konnte damit ganz sicher jede Kostümparty rocken. Er fand sich schick und das machte ihn gegen Kritik oder Häme immun.

»Na gut, ausnahmsweise«, sagte er schließlich. »Aber dass mir das nicht zur Gewohnheit wird, Loretta. Da steh ich nicht drauf. So kurzfristig. Echt nicht.«

»Ist doch noch nie vorgekommen. Ich brauche einfach mal ein paar Tage ...«

Er winkte lässig ab. »Will ich gar nicht wissen. Entspann dich, das wird dir guttun.«

Dennis Karger wandte sich wieder seinem Monitor zu. Das Gespräch war beendet. Ich durfte abzittern.

Als ich an Doris vorbeikam, hielt sie mich auf.

»Du siehst schlecht aus, Schätzchen. Du solltest mal ein paar Tage Urlaub nehmen.«

»Schon erledigt, ich komme gerade von Dennis. Ab Montag habe ich eine Woche frei.«

Doris nickte. »Kerle können einem den letzten Nerv rauben. Bin ja nicht ohne Grund zum vierten Mal verheiratet. Ich sag dir was: Wenn du reden willst, kommst du zu mir. Mittwoch und Donnerstag habe ich frei.«

Ich nahm sie in den Arm. Sie duftete nach Lavendel – wie meine Großmutter, die leider nicht mehr lebte. »Danke, Doris. Vielleicht mache ich das sogar.«

Nach Feierabend kauften Diana und ich ein paar Lebensmittel ein und fuhren raus zum Schrebergarten. Es regnete schon wieder. Die lauwarmen Tropfen pladderten lustlos vom Himmel, als wir schwer bepackt den Perlhuhnweg entlang keuchten. Wie schon am Tag zuvor wurde im Häuschen auf Parzelle 8 lautstark gestritten. Ich warf Diana einen fragenden Blick zu.

Sie rollte mit den Augen. »Theo und Ulla. Die Passecks. Ulla ist supernett, aber Theo … ein Vollzeit-Arschloch, wenn du mich fragst. Der Große Vorsitzende dieser Kolonie. Wenn du Pech hast, kommt er mit Zollstock in deinen Garten und kontrolliert, ob du die Vorschriften einhältst. Voll der Nazi.«

»Echt?«

»Er terrorisiert alle hier, besonders Bärbel.« Sie deutete mit dem Kopf auf die Parzelle gegenüber von Nummer 8. »Alleinerziehende Mutter, drei kleine Kinder. Keinen Knopp auf der Naht, weil der Herr Erzeuger nicht zahlt. Und Theo droht ihr, weil sie wegen ihrer Jobs oft nicht an den Gemeinschaftsstunden teilnehmen kann.«

»Droht? Womit denn?«

»Enteignung! Er kann ihr die Parzelle wegnehmen, wenn sie ihre Vereinspflichten nicht erfüllt, die in der Satzung stehen. Dazu gehören diese Gemeinschaftsstunden, bei denen man zum Beispiel auf den öffentlichen Wegen der Kolonie Unkraut zupfen und Müll aufklauben muss. Dabei braucht Bärbel ihren Garten dringend. Nicht nur wegen ihrer Kinder, sondern auch, um Obst und Gemüse anzubauen. Theo ist sich nicht zu blöd, ihr offizielle Abmahnungen zu schicken.«

»Arschloch.«

»Sag ich doch.«

Der Streit brach plötzlich ab, und es herrschte Stille.

Diana kicherte. »Vielleicht hat Ulla ihm endlich mit dem Spaten einen neuen Scheitel gezogen. Verdient hat er es allemal. Keine Ahnung, wie die es mit ihm aushält.«

Solange ich mich einrichtete, stand Diana am Herd und kochte eine Tomatensoße, während das Wasser für die Spaghetti heiß wurde. Pasta ging immer, fand ich. Ich kochte für mein Leben gern, und Nudeln standen auf meiner Hitliste ganz weit oben. Ich könnte an 30 Tagen hintereinander Nudelgerichte zubereiten und keines würde sich wiederholen. Und am allerliebsten waren mir schlichte Spaghetti mit frischer Tomatensoße.

Meine paar Kleidungsstücke räumte ich in den Schrank zu Dianas Gartenklamotten, stellte meine Zahnbürste vor den Spiegel im kleinen Bad und legte meine Bücher in den offenen Nachtschrank neben dem einfachen Holzbett.

Diana hatte das Häuschen liebevoll ausgestattet, mit hübschen Kissen und farbigen Vorhängen, einer bunten Decke mit orientalischem Muster auf dem Bett und schönen Reispapierlampen. Überall goldene Troddeln und dekorativer Schnickschnack aus dem Chinaladen. Irgendwie kam ich mir hier immer vor wie in der Flasche der bezaubernden Jeannie.

Bei Kerzenlicht saßen wir dann am kleinen Esstisch, hörten Musik und wickelten Spaghetti auf unsere Gabeln. Mein Wein von gestern rundete das köstliche Mahl ab.

»Geht es dir gut?«, fragte sie plötzlich.

»Bestens. Warum fragst du?«

»Kann ich dich wirklich allein lassen?«

Ich verstand: Sie machte sich Sorgen um meinen Gemütszustand.

»Diana, ernsthaft, es geht mir gut. So gut wie schon lange nicht mehr. Und ich danke dir für die Möglichkeit, hier zu wohnen und mir in Ruhe über ein paar Dinge klar zu werden.«

»Dass Dennis dir so kurzfristig Urlaub gegeben hat ... ganz erstaunlich. Hätte ich nicht gedacht.«

»Ich habe keine Stammkundentermine für die nächsten Tage. Sommerferien. Und ich habe ihm ein Kompliment zu seinem neuen Hemd gemacht«, sagte ich und kicherte.

»Das kann dir nicht leichtgefallen sein. Das Ding sieht aus wie ein Testbild im Fernsehen. Ich habe darauf Farben entdeckt, von denen ich nicht einmal wusste, dass sie existieren. Kein Wunder, dass er ständig diese Brille trägt. Er würde sonst von seinen eigenen Hemden erblinden.«

»Jedenfalls hat er sich über mein Kompliment gefreut. Und ich habe Urlaub, oder nicht?«

»Na dann ...«

Es war bereits dunkel, als Diana nach Hause fuhr.

Nach einer Dusche kuschelte ich mich ins Bett, um noch ein wenig zu lesen. Die Stille um mich herum war neu für mich, bei mir zu Hause hörte ich ständig den Straßenverkehr vor der Haustür und das konstante Rauschen der nahen Autobahn. Daran war ich gewöhnt – an diese Stille nicht. Zu still, um schlafen zu können?

Ich löschte das Licht, fand aber keine Ruhe.

Meine Gedanken kreisten um Tom und mein Leben mit ihm – ich konnte nichts dagegen tun. Hätte Diana mir diese Zuflucht nicht angeboten – ich hätte keine Alternative gewusst.

Seit ich mit Tom zusammen war, hatte sich mein einstmals großer Freundeskreis nach und nach in Luft aufgelöst. Im ersten Taumel der Liebe waren Tom und ich uns mehr als genug, und ich fing an, meine Freunde zu vernachlässigen, ging nicht mehr mit ihnen ins Kino oder in der City auf die Rolle. Irgendwann riefen sie immer seltener an. »Du kommst ja sowieso nicht mit«, sagten sie, »melde dich doch einfach, wenn du Zeit hast.«

Hatte ich natürlich nie gemacht.

Ich ging täglich zur Arbeit bei der Hotline, die ich wirklich gern machte. Dort hatte ich mich mit Diana angefreundet. Ab und zu hatten wir auch nach Feierabend etwas zusammen unternommen, aber seit sie den Schrebergarten hatte, verbrachte sie ihre gesamte Freizeit dort.

Es fiel mir schwer, mich von Tom zu trennen, denn ich hatte Angst vor den Konsequenzen: Wie würde sich mein Leben verändern? Wenn ich wieder allein war, *Single* mit Ende 30 – ein Single ohne Freunde, ohne ein stabiles soziales Umfeld …

Würde ich trauern, unter Liebeskummer leiden?

Mich völlig zurückziehen, depressiv werden?

Würde ich ihn vermissen, zu ihm zurückkehren – nur, weil ich vielleicht das Alleinsein nicht aushielt?

Mir war klar, dass ich meine vielleicht-zukünftige Gefühlslage nicht theoretisch durchspielen konnte, aber es gelang mir nicht, das Gedankengewitter, das durch meinen Kopf tobte, zu stoppen.

So würde ich bestimmt keinen Schlaf finden …

Ich versuchte es mit autogenem Training: Ich bin ganz ruhig und entspannt … mein Atem ist tief und ruhig und gleichmäßig … meine Gedanken sind wie kleine Wolken, die über den blauen Himmel davonziehen … mein rechter Arm wird schwer …

Ich merkte, wie ich allmählich ruhiger wurde und dem Schlaf entgegen driftete. Draußen knackte ein Zweig, dann noch einer. Schritte näherten sich der Hütte und schlichen um sie herum. Mein Atem stockte – weit davon entfernt, noch tief und ruhig und gleichmäßig zu sein.

Ohne nachzudenken riss ich den Vorhang am Fenster neben dem Bett zur Seite. Ein geisterhaftes Gesicht presste sich von außen an die Scheibe und riesige Augen glotzten mich an.

Meine Atemfunktion erwachte wieder zum Leben.

Ich holte tief Luft und schrie wie am Spieß. Dann schlug ich mit der flachen Hand auf die Scheibe und das Gesicht verschwand.

Die nächste hektische Stunde verbrachte ich damit, Schlösser zu überprüfen und Möbelstücke vor die Tür und die Fenster zu schieben.

Und den Rest der Nacht damit, hellwach im Bett zu sitzen. Kein Auge würde ich zumachen, da war ich ganz sicher. Ich würde aufpassen. Mit einem Messer in der Hand.

Kapitel 5

Nicht jede Morgenstund' hat Gold im Mund –
zuweilen hat sie ein Brotmesser im Bett

Als es an die Tür klopfte, fuhr ich aus tiefstem Schlaf hoch. Die Sonne schien, Vögel zwitscherten – und ich hatte einen schrecklichen Moment lang nicht den Hauch einer Ahnung, wo ich war. Verdattert starrte ich auf das Brotmesser mit der gefährlich gezackten Schneide, das neben meinem Kopfkissen lag.

Was …? Wo …?

Ah, genau – ich war in Dianas Schrebergarten. Und letzte Nacht … das Gesicht am Fenster … Mein Blick fiel auf den Esstisch, mit dem ich die Tür verbarrikadiert hatte. Zur Sicherheit hatte ich noch zwei Stühle daraufgestellt, so 'n Quatsch. Zumal die Tür nach außen aufging.

Aber was macht man nicht alles, wenn man in Panik ist.

Es klopfte wieder.

Oh mein Gott – das war doch wohl nicht Tom? Hatte der Hunger ihn hergetrieben? Oder die leere Klopapierrolle? Aber hier würde er mich nicht vermuten. Bei Diana zu Hause, vielleicht – nicht hier im Schrebergarten. Er konnte es also nicht sein – wer dann …?

»Mach ma auf, hömma!«, rief eine Männerstimme, die mir vage bekannt vorkam. Tom war es definitiv nicht.

Ich rieb mir verwirrt die Augen, stieg aus dem Bett und torkelte folgsam zur Tür. Nahm wie ferngesteuert die Stühle vom Tisch, zog den Tisch weg, ließ aber die Sperrkette, wo sie war, und öffnete nur einen Spalt weit.

»Hei, ich bins!«, sagte der Mann.

Viel konnte ich nicht erkennen, denn eine riesige Brötchentüte, die er hochhielt, versperrte mir den Blick auf sein Gesicht.

»Wer ist ich?«, knödelte ich verschlafen.

»Na *ich!*« Die Brötchentüte wurde heruntergenommen. »Ich wollte mich entschuldigen. Mit Brötchen. Zum Frühstück, verstehsse? Als Entschuldigung wegen heute Nacht. Bisse schon wach?«

Ich dachte, mich trifft der Schlag: Frank, der Damenbeglücker aus Parzelle 5. Um ein Haar hätte ich ihn auch jetzt noch nicht erkannt, denn er war vollständig bekleidet. Seinen muskulösen Oberkörper umspannte ein knallbuntes Shirt, das Werbung für ein Fitnessstudio machte. Das Ding war derart eng, dass es wie ein Bodypainting aussah. Seine weiten Cargoshorts wirkten in dieser Kombination wie ein Ballettröckchen. Er trippelte aufgeregt auf der Stelle. Gleich würde er eine Pirouette machen, ich war ganz sicher.

»Frank?«

Er nickte begeistert und strahlte mich an. Ich erinnerte mich an seinen Namen! Also musste er bei mir wohl nachhaltig Eindruck gemacht haben ...

»Genau! Lo ... Lo ... Scheiße, ich hab deinen Namen vergessen.« Er zwinkerte mir zu. »Passiert mir bei schönen Frauen sonz nie. Echt nich. Irgendwat mit Lo. Daran erinner ich mich genau: Irgendwat mit Lo. Stimmt doch, richtich? Mit Lo.«

»Loretta.«

»Genau! Loretta!« Er hob wieder die Tüte und schwenkte sie auffordernd. »Brötchen. Zum Frühstück. Hasse Kaffee?«

Ich war zu verpennt, um mich zu wehren. »Setz dich schon mal draußen hin. Ich brauche einen Moment.«

»Ich kann aber auch ... den Kaffee, meine ich. Wennde dich erssma anziehen und frischmachen willz ... Mach ich gerne, ehrlich. Dann kannze dich ganz in Ruhe ... Und ich mach schomma Kaffee, wennde willz. Mach ich gerne ...«

Plapper, plapper, plapper.

Holte dieser Hirni zwischendurch auch mal Luft? Und warum wiederholte er sich ständig? Um nicht zu vergessen, was er sagte? Ich hatte mal einen Spruch gelesen: *Woher soll ich wissen, was ich denke, bevor ich höre, was ich sage?*

Da ging es um Frank, ganz sicher.

»Setz dich!«, fauchte ich genervt. »Oder hau ab.«

Ich borgte mir kurz den herrischen Tonfall, den Diana ihren devoten Kunden gegenüber benutzte. Und siehe da – er wirkte. Die grellbunte Quasselstrippe verstummte abrupt und setzte sich artig auf einen der Stühle vor der Laube. Die Tüte mit den Brötchen legte er so behutsam auf dem Tisch ab, als wäre sie eine Bombe.

Na also. Geht doch.

Als ich zehn Minuten später mit einem Tablett vor die Tür trat, sprang er sofort auf und nahm es mir ab. Er hielt sogar den Mund, solange wir mit Tischdecken beschäftigt waren. Da ich am Vortag großzügig eingekauft hatte, hatten wir eine opulente Auswahl. Wenn ich gestresst bin, brauche ich gutes Essen, also gab es neben Fleischsalat, Schinken und mittelaltem Gouda auch *sehr* salzige Salzbutter, Zitronengelee, bittere Orangenmarmelade, Ziegenfrischkäse mit Cranberrys und gebeizten Wildlachs. Irgendetwas fehlte noch … natürlich, das Brotmesser. Und ich wusste auch, wo es war: im Bett.

Frank hatte schon Kaffee eingeschenkt, als ich mich an den Tisch setzte. Er öffnete die Brötchentüte und hielt sie mir unter die Nase.

»Hier, ich wusste ja nicht, wasse magst, also hab ich von jede Sorte eins geholt. Von jede Sorte eins, hab ich gesagt inne Bäckerei. Und dann holt die Else hinterm Tresen diese Riesentüte raus und fängt an zu packen. Und packt und packt und packt. Boah, denk ich, die haben vielleicht viele Sorten! Hier – mit Körnerzeugs drauf, mit Mohn, normale, *Krossongs,* mit Käse drauf, mit Zwiebeln drin, mit …«

Ich fragte mich kurz, ob er alles von dem mitkriegte, was er so von sich gab, oder nur hin und wieder kurz reinhörte.

Um die Litanei nicht endlos ausufern zu lassen – die Tüte war wirklich groß –, griff ich blind hinein und erwischte ein Krossong. Ich parkte es auf meinem Teller und widmete mich meinem Kaffee.

Heiß, schwarz, stark.

Ich brauchte Kraft, damit ich diesen Kasper ertrug, ohne handgreiflich zu werden. Was wollte der überhaupt hier? Hatte er vorhin nicht irgendwas von einer Entschuldigung gefaselt?

»Frank, warum …«

Natürlich ließ er mich nicht ausreden.

»Warum ich Brötchen gebracht hab? Na, wegen die Entschuldigung! Wegen heute Nacht!«

Er sah mich so erwartungsvoll an, als müsste ich auf Anhieb wissen, wovon er redete.

Ich stand völlig auf der Leitung, und das merkte selbst er.

»Na, weil ich dich doch so erschreckt hab! Heute Nacht, am Fenster. Boah, du hast vielleicht gekreischt ...«

»Du warst das?«

Frank nickte begeistert. »Klar! Und dann hasse gegen dat Fenster gekloppt – meine Fresse! Boah, ich dachte, ich krich 'n Herzriss. Original. Meine Fresse.« Er nickte anerkennend. »Boah, echt. Nich schlecht.«

Er dachte, er kriegt einen Herzriss? Und was war mit mir? »Spinnst du? Was hast du denn bitte nachts hier rumzuschleichen? Bist du ein Spanner?«

Er fuhr zurück und glotzte mich schockiert an. »Ein Spanner? Ich? Nie im Leben! Ich doch nich!«

»Und warum drückst du dir die Nase am Fenster platt? Ich bin gespannt, welche Erklärung du dafür hast.«

Ich musterte ihn. Er war ehrlich empört, zweifellos. So empört, dass er für einen Moment tatsächlich sprachlos war.

»Ich dachte doch, da stimmt irgendwat nich«, sagte er schließlich kleinlaut.

»So ein Blödsinn. Ausrede.«

»Nein! Ich hatte doch gesehen, dat die Diana wechgegangen is. Und dann bin ich nochma inne Kolonie rumgelaufen und hab Licht hier inner Hütte gesehn. Und dann hab ich mich gefracht, warum ist denn da Licht an, wenn die Diana gar nich hier is? Ich dachte, da sind irgendwelche Leute eingebrochen oder so. Und dann wollte ich nachkucken.«

Er forschte in meinem Gesicht nach Spuren dafür, dass ich ihm glaubte. Und fand keine.

»Ich bin doch kein Spanner!«, rief er dann. »Verdammt, kannze jeden hier fragen! Jeden!«

Ich wollte ihn noch ein bisschen dafür leiden lassen, dass er mich in Panik versetzt hatte – auch wenn es eigentlich gut gemeint gewesen war. Und dafür, dass ich mit einem großen, gezackten Messer neben mir aufgewacht war.

»Typisch für Spanner ist, dass sie heimlich unterwegs sind, Frank. Sie *wollen* nicht gesehen werden. Wen also soll ich fragen? Wer soll mir bestätigen, dass du *nicht* nicht gesehen wurdest?«

Damit versetzte ich ihm den Todesstoß. Er klappte den Mund auf und zu, aber es kam kein Ton heraus. Sein Gehirn stand kurz vor dem Kollaps. Elektrische Impulse rasten von Synapse zu Synapse, verzweifelt bemüht, aus dem, was ich gerade gesagt hatte, einen Sinn zu filtern. Nicht nicht gesehen? Hä?

»Aber ich bin doch kein Spanner«, sagte er schließlich kläglich. »Da kannze jeden fragen …«

Ich reagierte nicht, musterte ihn nur streng, als würde ihm eine lange Nase wachsen, falls er gelogen hatte. Er scharrte unruhig mit den Füßen, und auf seiner Stirn bildeten sich Schweißtropfen. Er wollte etwas sagen, aber ich hob gebieterisch die Hand, um ihn zu stoppen, und stierte ihn weiter an.

»Ich glaube dir«, verkündete ich schließlich pompös, und ich konnte seine Erleichterung geradezu *riechen.*

»Boah, Gott sei Dank. Jetzt hasse mir aber ’n Schreck eingejagt. Ich und ein Spanner, also ehrlich. Ich doch nich.«

Er freute sich wie ein Kind, was seinen Appetit zu befeuern schien. Nachdem er den Ziegenkäse misstrauisch beäugt und die Orangenmarmelade nach einer winzigen Kostprobe für ungenießbar befunden hatte, entschied er sich für den Klassiker: Großzügig häufte er Fleischsalat auf sein Mohnbrötchen und mampfte vergnügt. Dann aß er noch ein Brötchen. Und noch eins. Immerhin war er gut genug erzogen, um nicht mit vollem Mund zu sprechen. Währenddessen ließ ich mir das *Krossong* schmecken und genoss das Schweigen.

Konzentriert verputzte er die drei Brötchen: Mohn mit Fleischsalat, Körner mit Schinken, Käse mit Käse – Gouda, natürlich, keine Experimente. Dann schob er seinen Teller zurück und fragte: »Wieso bisse eigentlich hier?«

»Paar Tage Urlaub. Kein Geld, wegzufahren.«

»Ich fahr ja auch nie in Urlaub. Also wech, meine ich. Wohin auch, wo ich dat hier allet hab?« Er zeigte unbestimmt in die Richtung seiner Parzelle. »Willze dir mein Garten ma ankucken? Kannz jederzeit kommen.« Er zwinkerte. »Obwohl – besuchen reicht für den Anfang, musse nich unbedingt *kommen* … Hehehe – kleiner Spaß. Nimmsse mir nich übel, oder?«

Ich fühlte mich plötzlich sehr, sehr müde.

Demonstrativ massierte ich mir die Schläfen. »Frank, ich habe Kopfschmerzen, ich habe letzte Nacht nicht viel geschlafen. Ich würde gern …«

Sofort sprang er auf. »Hab verstanden, bin schon weg. Soll ich noch abräumen? Mach ich gern, echt. Dauert nich lange. Ich mein, wenn du Kopfschmerzen … Oder brauchsse wat ausse Apotheke? Kann ich holen, mach ich gern, echt. Musse nur sagen.«

»Tschüss, Frank.«

Er machte eine zackige Verbeugung und ging. Am Bambus drehte er sich noch mal um. »Wennde Hilfe brauchs, Loretta – jederzeit. Kommste einfach rüber. Meine Tür is immer offen. Auch nachts.«

»Auch nachts? Mutig.«

Er griente. »Wer soll mich denn klauen? Wennde mich tachsüber nich findes, bin ich irgendwo im Perlhuhnweg. Ich schließ nur ab, wenn ich irgendwie unterwechs bin.« Er deutet auf sich. »Parzelle 5. Jederzeit. Echt.«

Ich hob die Hand und winkte kraftlos. Er winkte zurück und verschwand.

Diana fiel vor Lachen beinahe in die dicken Lavendelbüsche neben der Terrasse, als ich ihr später von meinem Frühstück mit Frank und der Nacht davor erzählte.

»Wenn der stirbt, musst du sein Mundwerk bestimmt extra erschlagen«, resümierte ich und stöhnte. »Gibt es hier noch mehr Freaks, auf die ich mich einstellen muss?«

Diana gluckste vergnügt. »Kommt ganz auf die Perspektive an. Guter Durchschnitt, würde ich sagen – von allem etwas dabei, soweit ich das bisher mitbekommen habe. Theo und Ulla hast du ja schon kennengelernt – wenigstens akustisch. Aber ich habe eigentlich nicht viel Kontakt zu den anderen. Direkt hier nebenan sind Uwe und Lisbett, beide Rentner. Uwe ist ganz eng mit Theo, und das spricht ja schon Bände. Dann Bärbel in der 7, die alleinerziehende Mutter mit den drei Kindern. Hier nebenan sind die Meiers, Ralf und Marion. Zwei Kinder. Ralf ist ein Prolet, wie er im Buche steht, Marion ein verhuschtes Mäuschen. Sie hat ständig Angst, etwas falsch zu machen. Es heißt, dass er sie schlägt.«

»Es heißt?«

Sie zuckte mit den Achseln. »Koloniefunk halt. Es gibt hier im Perlhuhnweg so ein Damenkränzchen, ich war da mal zum Kaffeeklatsch. Ulla und Lisbett, außerdem Ilse aus der 3, Helga aus der 1 und Renate aus der 4. Da haben mir echt die Ohren geklingelt, was die alles zu erzählen hatten …«

Mir schwirrte der Kopf. »Ulla, Lisbett, Renate … das kann ich mir nicht merken.«

»Musst du auch nicht. Viel wirst du mit denen sowieso nicht zu tun haben. Jeder pusselt auf seiner Parzelle herum. Wenn du jemandem begegnest, machst du halt ein wenig Smalltalk und gehst dann deiner Wege. Die Einzigen, mit denen ich gern mal zusammensitze, sind Jan und Holger, schräg gegenüber. Schwules Paar, total nett. Aber die anderen … die sind eigentlich nur mit sich selbst beschäftigt. Und mit dem alljährlichen Wettbewerb.«

»Wettbewerb? Das hört sich spannend an.«

Sie verdrehte die Augen. »Ungefähr so spannend, wie eine Tonne Kiesel nach Größe zu sortieren. In zwei Wochen ist es wieder so weit: Sommerfest und Wahl des schönsten Gartens.«

»Gibt es einen Preis?«

»Klar. 3.000 Euro.«

»Ist ja der Hammer. Woher kommt das Geld?«

»Jeder aus der Kolonie zahlt monatlich einen Zehner in den Pott. Freiwillig. Bärbels Beitrag teile ich mir mit Frank, Jan und Holger, sonst wäre sie die Einzige, die nicht mitmacht. Macht bei insgesamt 35 Parzellen stolze 4.200 Euro. Während der nächsten zwei Wochen wirst du hier mehr Hintern als Gesichter sehen. Die knien von morgens bis abends in ihren Beeten, um jeden Halm auszurotten, der dort nicht hingehört.«

»Und Theo entscheidet, wer gewinnt?«

»Dann würde er jedes Jahr abräumen.« Sie lachte und schüttelte den Kopf. »Das wäre wohl ein bisschen zu durchsichtig, oder? Nee, er ist nicht einmal in der Jury …«

Das Gartentor quietschte.

»Juuuhu!«, rief jemand und Diana grinste.

»Das ist Holger. Der wird dir gefallen.«

Der schönste Mann, den ich je gesehen hatte, kam um den Bambus herum strahlend auf uns zu.

»Oh, du hast Besuch, Schätzchen. Aber dann kommt ihr eben beide mit. Jan hat Bowle gemacht.« Er glitt anmutig in den Liegestuhl und musterte mich interessiert, bevor er zu Diana sagte: »Wo bleiben deine Manieren, Schätzchen? Stell uns vor!«

»Meine Freundin und Arbeitskollegin Loretta – mein Freund und Nachbar Holger.«

Holgers Augenbrauen wanderten bis an den Haaransatz. »So so, Arbeitskollegin«, säuselte er amüsiert. »Noch so ein unartiges Mädchen. Ich *mag* unartige Mädchen.«

»Leider nicht genug, um der Männerwelt abzuschwören«, brummte Diana.

Holger lachte und drohte mit dem Finger. »Führe mich nicht in Versuchung, Schlange. Mein Jan versteht da keinen Spaß.« Er sah neugierig von Diana zu mir. »Also los – worüber redet ihr gerade? Mädchengespräche über blöde Männer?«

»Diana hat mir von dem Wettbewerb erzählt. Macht ihr da mit?«

»Nicht wirklich. Unser Garten wird zwar bewertet, aber …« Er grinste. »Echte Chancen haben wir nicht. Dazu ist unser Geschmack ein wenig zu … extravagant. Erst recht, seit wir …« Er schlug sich mit der flachen Hand an die Stirn. »Da sitze ich hier und plappere und vergesse, warum ich hier bin: Jan und ich wollen dir …«, er machte eine kleine Verbeugung in meine Richtung, »*euch* gern unsere neueste Errungenschaft für den Garten zeigen.«

»Was ist es?«, fragte Diana.

»Wird nicht verraten. Kommt mit.«

Diana sah mich fragend an und ich nickte. Warum eigentlich nicht? Alles was mich ablenkte, war mir willkommen. Außer Frank, natürlich.

Fünf Minuten später wusste ich, warum Holger sich keine Chancen bei dem Wettbewerb ausrechnete: Ich konnte mir auch nicht vorstellen, dass Statuen nackter griechischer Götter, aus deren Penis Wasser in einen Teich sprudelte, dem Geschmack der Jury entsprachen.

Kapitel 6

Die Frage des Tages: Schafft Macht Charakterschweine – oder bringt sie nur charakterliche Defizite zum Vorschein?

Warum lebten nicht alle Menschen in Schrebergärten, das fragte ich mich ernsthaft. Im Moment konnte ich mir nichts Schöneres vorstellen. So ein putziges kleines Puppenhäuschen – das reicht doch vollkommen aus! Umgeben von Blumen, Bienen, frischen Erdbeeren und einem kleinem Acker, aus dem ich mir ein paar Kartoffeln buddeln konnte, wenn ich Hunger hatte, dann konnte ich mir ein wenig Schnittlauch und Petersilie für den Kräuterquark schneiden ... wunderbar. Es war so friedlich, idyllisch und ruhig, dass ich mich wie in einer Glaskugel fühlte. Hier wollte ich nie wieder weg.

Der Abend bei Holger und Jan hatte sich ungeplant zu einer spontanen kleinen Gartenparty entwickelt. Alles begann damit, dass Ulla plötzlich am Zaun gestanden hatte, angelockt von unserem Gelächter. Die Einladung zu einem Glas Bowle nahm sie dankend an, allerdings war sie eigentlich mit Lisbett und Helga verabredet.

»Dann bringste die beiden eben mit«, sagte Holger, »dann sind wir Mädels endlich mal wieder ganz unter uns!«

Keine drei Minuten später erschienen die Damen im Garten. Da Helga zufällig gerade Frikadellen gemacht hatte und Lisbett zufällig Kartoffelsalat, hatten wir mit Ullas zufällig gerade gebackenem Heidelbeerkuchen vom Blech ein schickes Abendessen zusammen.

Die drei erwiesen sich als echte Frohnaturen, und als Diana sich irgendwann verabschiedete, war ich bereits in die Gemeinschaft aufgenommen und fest integriert. Im Licht der chinesischen Lampions saßen wir gemütlich zusammen, kippten uns Alkohol hinter die Binde und tratschten über Männer.

Natürlich war auch ich irgendwann an der Reihe, aus dem Nähkästchen zu plaudern. Befeuert von Jans Bowle, die reichlich

Umdrehungen hatte, klagte ich der atemlos lauschende Zuhörerschaft mein Leid. Dass ich wenige Stunden zuvor noch keinen der fünf gekannt hatte, störte mich dabei kein bisschen.

»Und er hat keine Ahnung, wo du bist?«, fragte Helga.

Da ich beide Backen gerade mit Früchten vollgestopft hatte, die zu 80 Prozent aus Alkohol bestanden, nickte ich nur.

»Gut gemacht, Loretta«, sagte Ulla. Sie wechselte einen Blick mit ihren Freundinnen, die zustimmend nickten. »Manche Männer denken, sie könnten sich alles erlauben. Behandeln ihre Frauen wie eine Selbstverständlichkeit.«

»Wie Putzlumpen …«, murmelte Lisbett und nahm sich noch einmal Bowle nach.

»Er zum Beispiel …«, Ulla deutete mit dem Kopf auf die Ligusterhecke, hinter der die Parzelle von Familie Meier lag. Sie senkte die Stimme. »Die arme Marion … bleibt nur wegen der Kinder mit diesem Rohling zusammen …«

Rohling! Ich kicherte innerlich. Dass es noch Leute gab, die dieses altertümliche Wort benutzten!

»Letztens hatte sie wieder ein blaues Auge«, wisperte Lisbett und sah von Jan zu Holger. »Ihr müsstet doch so einiges mitbekommen, so direkt nebenan.«

Holger zuckte mit den Schultern. »Nö. Die Gören machen einen derartigen Krach, dass wir immer Musik laufen haben. Ab und zu streiten sich die beiden, klar.« Er zwinkerte Ulla zu und tätschelte ihre Hand. »Aber manchmal wissen wir nicht, ob der Streit von rechts oder von links kommt, meine Liebe.«

»Hör bloß auf.« Ulla rollte mit den Augen. »Theo wird allmählich größenwahnsinnig. Ich verfluche den Tag, an dem er Vorsitzender dieser popeligen Kolonie geworden ist. Den ganzen Tag hockt er über der Satzung und sucht nach Gründen, den Leuten auf die Pelle zu rücken. Gott, ist mir das peinlich. Es gibt Kerle, die sollten nie in Rente gehen. Die wissen dann mit der vielen freien Zeit nix anzufangen und kommen auf dumme Gedanken. Und wenn er dann wieder mal davon schwadroniert, dass er Bärbel den Garten wegnehmen will … dann flippe ich aus und wir kriegen uns in die Haare. Aber nach allen Regeln der Kunst.«

Im Laufe dieses munteren Abends erfuhr ich also einiges von dem, was sich zwischen Mann und Frau im Perlhuhnweg hinter den Hecken und Zäunen abspielte. Gab es überhaupt noch glückliche Paare auf der Welt? Und was war erstrebenswert daran, einen Partner zu haben, wenn das gemeinsame Leben darin bestand, Kompromisse einzugehen und sich ein dickes Fell zuzulegen, um das tägliche Miteinander zu ertragen?

Wollte ich einen Kerl wie Theo haben, der alle um sich herum mit seiner Pedanterie und Erbsenzählerei in den Irrsinn trieb? Wie mochte es sein, mit ihm verheiratet zu sein? Solange er noch täglich arbeiten war, schien es ja einigermaßen erträglich gewesen zu sein, aber man stelle sich vor: Er wird pensioniert und dann hat man ihn 24 Stunden am Tag um die Ohren! Ob er Ullas Hausarbeit ebenso penibel kontrollierte wie die Einhaltung aller Paragrafen der bekloppten Satzung seiner Schrebergärtner? Kontrollierte er, wie sorgfältig Ulla putzte, indem er sich weiße Baumwollhandschuhe überstreifte und mit dem Finger über die Oberfläche von Regalen voller Nippes strich?

Oder Uwe, der – wie Lisbett zart andeutete – ein Problem damit hatte, an Spielautomaten vorbeizugehen, ohne Geld hineinzuwerfen? Ich war mir sicher, dass er sämtliche Groschengräber von hier bis Düsseldorf mit dem mühsam Ersparten fütterte, denn Ulla und Helga hatten sich beredte Blicke zugeworfen, während Lisbett von ihrem Göttergatten erzählte.

Holger und Jan schienen glücklich miteinander zu sein – aber was wusste ich schon?

All diese Gedanken beschäftigten mich, während ich einzuschlafen versuchte. Immer wieder kam mir Tom in den Sinn, war es immer noch Liebe, was uns verband? Verband uns überhaupt noch irgendetwas außer Gewohnheit?

In dieser Nacht träumte ich von einer Welt, die von Frauen regiert wurde und in der die Männer, wenn sie widerborstig waren, umgehend in den Kerker geworfen wurden. Und wenn sie dann immer noch aufmuckten, wurden sie geköpft. Zack.

Am Morgen beschloss ich, vor dem Frühstück einen Spaziergang durch die Kolonie zu machen. Weit kam ich allerdings nicht, denn bereits nach ein paar Schritten wurde ich gerufen. Von Frank. Ich drehte mich nach der Stimme um und entdeckte ihn auf Parzelle Nummer 7, bei Bärbel also.

Er winkte frenetisch. »Ey, Loretta! Hasse schon gefrühstückt?«

Ich schüttelte den Kopf, und er flippte schier aus vor Freude. »Supi! Dann bisse hiermit eingeladen! Bärbel und ich wollten nämlich grade anfangen. Watt 'n Glück, dat ich dich gesehn hab!«

Glück?

Für wen?

Andererseits: Warum eigentlich nicht?

Bärbel entpuppte sich als muntere Blondine von Anfang 30. Sie saß am gedeckten Tisch vor ihrem Gartenhaus und blickte mir neugierig entgegen. »Du bist also die legendäre Loretta«, sagte sie freundlich.

»Legendär? Wieso das denn?«

Auf meinen fragenden Blick hin griente Frank nur. Ich pflanzte mich auf den Stuhl, den er mir wie ein vollendeter Gentleman anbot. Dann wieselte er ins Häuschen und kehrte mit Tasse und Frühstücksbrettchen für mich zurück, schenkte uns allen Kaffee ein und ließ sich endlich auf einen Stuhl fallen.

»Wieso legendär?«, wiederholte ich meine Frage.

»Na, Fränkie hat mir natürlich alles erzählt«, sagte Bärbel. »Wie er dich erschreckt hat, wie du ihn erschreckt hast, wie nett er mit dir gefrühstückt hat … er steht auf dich, glaube ich.«

»Bärbel!«, blökte Frank entsetzt und wurde rot. Um von sich abzulenken, reichte er einen Korb mit frischen Brötchen herum.

Die hübsche Blondine kicherte. »Aber du stehst ja alle zehn Minuten auf eine andere. Also keine Angst, Loretta.«

Ich blickte zwischen den beiden hin und her. »Also seid ihr beide nicht …? Ich dachte, ihr …«

Frank warf Bärbel einen schnellen Blick zu, den ich nicht deuten konnte. Dann rief er betont munter aus: »Bärbel und ich? Nie im Leben. Die Bärbel is wie 'ne kleine Schwester für mich, da käm ich nich im Traum auffe Idee, dass wir zwei … also echt …«

Bärbel bestätigte seine Worte mit einem Nicken. »Ich habe von Männern die Schnauze voll«, sagte sie, »mein Freund hat mich mit drei kleinen Kindern sitzenlassen, von einem Tag auf den anderen. Um nicht zahlen zu müssen, hat er seinen Job aufgegeben, und ich kann sehen, wie ich die Kinder durchbringe.«

»Und ich weiß, dat der Arsch schwaaz arbeitet, auffm Bau«, warf Frank finster ein und ballte die Fäuste. »Dem würd ich am liebsten ma ordentlich die Fresse polieren, dat kannze mir ma getrost glauben. Aber die Bärbel, die will dat nich.«

»Bist du verrückt? Natürlich will ich das nicht! Das fehlte noch, dass du dem die Zähne zerbröselst und ich dann die Scherereien habe, weil er denkt, ich hätte dich geschickt! Der Penner soll mir gestohlen bleiben. Ich krieg die Kinder schon irgendwie durch. Da fress ich lieber Dreck, als dem hinterher zu betteln.«

»Sind alle Kinder von deinem Ex?«, fragte ich vorsichtig. Konnte ja sein, dass ich mit dieser Frage in ein Wespennest piekste.

»Klar sind die dat«, antwortete Frank. »Wat glaubs du denn? Die Bärbel is ein ordentlichet Mädchen.«

Ups – sag ich doch: Wespennest.

Ich hob beschwichtigend die Hände. »So meinte ich das doch überhaupt nicht. Tut mir leid, wenn meine Frage dich beleidigt hat, Bärbel. Heutzutage sind Patchwork-Familien doch nichts Ungewöhnliches mehr.«

»Bleib locker, Loretta, ich habe das nicht in den falschen Hals gekriegt«, sagte Bärbel. »Alle drei sind von ihm. Lea, Kevin und Timo, fünf, sechs und sieben Jahre alt. Meine Eltern sind mit ihnen für zehn Tage an die Nordsee gefahren, damit ich mal ein wenig Zeit für mich habe.«

»Watte dir weiß Gott verdient has«, nuschelte Frank mit vollem Mund und fuchtelte wild mit seinem Messer herum, was die an der Klinge haftende Marmelade in kleinen Spritzern durch die Luft fliegen ließ.

Pitsch! Einer traf mich an der Wange, und ich wischte ihn unauffällig weg. »Deine Kids sind bestimmt auch gern hier im Garten, oder?«

Bärbel nickte. »Klar. Wir wohnen in einer Siedlung mit mehrstöckigen Häusern, und der einzige Spielplatz weit und breit ist total verdreckt. Den Sandkasten haben Hunde vollgeschissen, überall liegen Scherben herum. Hier können sie mit den Kindern der Cetins spielen, die sind etwas älter als meine, aber das klappt super.«

»Jezz hört ma auf zu quatschen, Mädels, und haut endlich rein«, sagte Frank, »sonz is gleich nix mehr da.«

Er warnte uns nicht ohne Grund, denn er war bereits damit beschäftigt, sein drittes Brötchen zu belegen. Wenn Bärbel und ich noch was vom Käse oder vom Lachsschinken abhaben wollten, mussten wir uns ranhalten.

Während der nächsten Viertelstunde widmeten wir uns ganz dem Frühstück. Wir redeten nicht mehr, sondern ließen es uns schmecken. Frank schaffte noch ein viertes Brötchen, bevor er sich mit einem Seufzer zurücklehnte und die Augen schloss.

Allerdings riss er sie abrupt wieder auf, als jemand rief: »Bärbel! Bist du da?«

Plötzlich saß Frank kerzengrade. Jede Faser seines durchtrainierten Körpers war gespannt wie eine Bogensehne. »Theo«, zischte er, »der soll sich bloß vom Acker machen, sonz ...«

Dazu bedurfte es Theo gegenüber allerdings keiner expliziten Aufforderung, denn der grauhaarige, schmächtige Mann, der jetzt in unserem Blickfeld erschien, erstarrte zur Salzsäule, als er uns sah. Sein Gesicht lief dunkelrot an, dann sagte er: »Ich komme später wieder«, und tippelte hastig aus dem Garten.

»Sein Glück«, grollte Frank, »und der soll et nich wagen, dich wieder ... Du sachs mir sofort Bescheid, wenn der wieder ... verflucht, diese alte Pottsau!«

Bärbel unterbrach ihn mit einer Handbewegung. »Fränkie! Halt die Klappe.«

»Aber ... dat Schwein ... dat wird Zeit, dat der ma kricht, wat der verdient!«

Franks Augen funkelten vor Zorn. Er sah aus, als hätte er den schmalen Rentner am liebsten verfolgt und gekillt. Unauffällig nahm ich das Brotmesser und legte es an meinen Platz. Nicht, dass Frank der Draht aus der Mütze flog und er hier Amok lief ...

Ich verstand ja, dass er Theos Drohungen, Bärbel den Garten wegzunehmen, nicht toll fand, aber es musste doch einen anderen Weg geben als Gewalt!

»Dat du dem dat durchgehen lässt!«, fuhr Frank Bärbel an. »Ich hätte den schon längs angezeicht!«

Sie wich seinem Blick aus und presste die Lippen zu einem schmalen Strich zusammen. In ihren Augen glänzten Tränen. War es wegen Theo oder weil Frank ihr so auf die Pelle rückte?

Plötzlich sprang sie auf und rannte ins Haus.

»Anzeigen? Wegen was willst du ihn denn anzeigen?«, fragte ich Frank. »Dieser Theo ist bestimmt ein pedantischer Vollidiot, aber wenn ich das richtig verstanden habe, besteht er doch nur auf der Einhaltung der Satzung, oder? Die Polizei lacht dich aus, wenn du ihn deshalb anzeigen willst. Können wir Bärbel nicht helfen, ohne dass alles eskaliert? Reihum für sie an den Gemeinschaftsstunden teilnehmen, zum Beispiel?«

Frank sah mich ernst an.

Dann sagte er: »Du has ja keinen Schimmer, Loretta.«

Ich blieb noch ein paar Minuten, dann verabschiedete ich mich und setzte meinen Plan, einen Spaziergang zu machen, doch noch in die Tat um.

Müßig schlenderte ich die Wege entlang. In der Kolonie herrschte eifrige Geschäftigkeit. Überall wurde Unkraut gezupft, Rasen gemäht, geharkt. Mir fiel der Wettbewerb ein, von dem ich bei Holger erfahren hatte. 3.000 Euro für den schönsten Garten – da würde ich mich vielleicht auch ins Zeug legen, wenn ich es recht bedachte.

Abends erzählte ich Diana von dem kleinen Vorfall bei Bärbel und wie übertrieben Frank meiner Meinung nach reagiert hatte.

»Ich habe da mal was aufgeschnappt«, sagte sie. »Theo soll Bärbel belästigt haben.«

»Wie bitte? Die haut den Zwerg doch mit einem Schlag aus den Schuhen!«

»Das kann schon sein. Aber Bärbel geht Konfrontationen aus

dem Weg. Die ist durch ihren Ex ein gebranntes Kind. Sie hat die Erfahrung gemacht, dass es Prügel setzt, wenn sie aufmuckt.«

»Die freundliche, nette Bärbel? Die soll drei Kinder mit einem Schläger haben? Für mich unvorstellbar. Ich weiß, dass ich sofort gehen würde, sollte ein Mann es wagen, die Hand gegen mich zu erheben!«

»Was weißt du schon, Loretta?« Diana schüttelte den Kopf. »Du hast keine Kinder, keine Verantwortung für eine Familie. Da geht man nicht einfach von jetzt auf gleich.«

Diana hatte mal wieder recht – was wusste ich schon?

Auf jeden Fall hatte ich allmählich den Eindruck, dass ich über Beziehungen rein gar nichts wusste.

In dieser Nacht träumte ich von einer Welt, in der es Albernheiten wie Ehe oder Beziehungen gar nicht erst gab. Frau und Männer machten ihr Ding, und ihr Leben wurde weder durch Liebe noch durch Eifersucht oder Machtspielchen behindert.

Einmal im Jahr kam die allgemeine Brunftzeit, dann traf man sich für einige Tage, um sich zu paaren und den Trieb abzubauen.

Danach ging man wieder auseinander.

Und es herrschte Frieden zwischen den Geschlechtern …

Kapitel 7

Wo sind Greenpeace-Aktivisten, wenn man sie braucht?

Der Schrei vom Nachbargrundstück katapultierte mich nicht nur aus meinen Träumen, sondern gleichzeitig aus dem Liegestuhl. Er schaffte es sogar, die Musik aus meinem Kopfhörer zu übertönen. Ich sprang erschrocken auf und riss mir die Stöpsel aus den Ohren. Das Kreischen schraubte sich immer höher in den wolkenlosen, blauen Sommerhimmel, so schrill, dass selbst die sonst fortwährend piependen Vögel ehrfürchtig verstummten. Es endete urplötzlich mit einem krächzenden Kieksen – vermutlich wurde die Atemluft knapp – und setzte dann mit frischer Kraft zu einer erneuten Demonstration weiblicher Stimmgewalt wieder ein.

Das war kein »Huch-da-ist-eine-große-Spinne«-Schrei, oh nein, das war ein verdammter »Ich-sehe-gerade-etwas-so-Grauenvolles-dass-ich-nur-noch-schreien-kann«-Schrei. Eine Art Schrei, die ich bisher nur aus Splatterfilmen kannte, in denen strohdoofe Teenager nachts allein im Wald herumstolpern, um sich von einem irren Killer mit einer Kettensäge in mundgerechte Häppchen schneiden zu lassen. Bei vollem Bewusstsein. Meiner Meinung die gerechte Strafe für ihre bodenlose Dämlichkeit, denn ... aber ich schweife ab.

Als ich damit fertig war, mir schwer atmend die Hand aufs galoppierende Herz zu pressen, konnte ich mich endlich aus meiner Erstarrung lösen und stürzte aus dem Garten. Eine außer Rand und Band geratene Luftschutzsirene war reine Meditationsmusik gegen dieses zermürbende Geräusch, von dem ich kaum fassen konnte, dass es einer menschlichen Kehle entstammen sollte. Wer hätte gedacht, dass die zierliche Lisbett über ein derartiges Lungenvolumen verfügte – und sie war in Not, eindeutig. Ich musste ihr helfen oder ihr den Mund zuhalten – noch stritten diese beiden Bedürfnisse miteinander um die Vorherrschaft.

Vor Uwes und Lisbetts Gartentor knallte ich mit dem selbstverständlich halb nackten Frank zusammen, der offenbar in gleicher Mission unterwegs war wie ich. Hätten wir uns nicht geistesgegenwärtig aneinandergeklammert, hätte uns die Wucht des Zusammenpralls glatt umgeworfen.

»Wat? Wat? Wer …?«, blökte er mir aus nächster Nähe ins Gesicht und stierte wild um sich.

»Hier! Hier! Lisbett!«, brüllte ich zurück.

Wir versuchten, uns gleichzeitig durch das schmale Törchen zu drängen und blieben prompt stecken, während der Schrei endlich abbrach und in lautes Schluchzen überging. Eine kurze Weile ging es für Frank und mich wie in einer blöden Sitcom weder vor noch zurück, und ich wunderte mich kurz, kein eingespieltes Konservengelächter zu hören – dann siegte Franks schiere Muskelkraft über meine doch eher unterentwickelten Fähigkeiten in diesem Bereich.

Er warf sich vorwärts und stürmte auf die Parzelle, ich gleich hinter ihm. Mit traumwandlerischer Sicherheit rannte er sofort hinter das gemauerte Häuschen und blieb so abrupt stehen, dass es zwischen ihm und mir zum zweiten Vollkörperkontakt an diesem sonnigen Tag kam.

In triefnasser Kittelschürze und Flipflops stand Lisbett neben der großen grünen Regenwassertonne, die Hände vor das Gesicht geschlagen.

»Uwe … Dachrinne sauber machen … ich wollte noch … nicht geschafft …«, wimmerte es hinter den Händen hervor, »zu schwer … nicht genug Kraft … tut doch was …«

An der Hauswand lehnte eine Sprossenleiter, und aus der Regentonne ragten zwei dünne, behaarte Beine wie zwei Strohhalme aus einem Longdrinkglas. Man musste nicht besonders helle sein, um darauf zu kommen, dass die Beine Lisbetts Gatten gehörten. Der Boden um die Tonne herum war nass, da Uwes Körper jede Menge Wasser verdrängt hatte.

Frank sprang mit einem Satz zur Tonne und zerrte an den Beinen, um Uwe aus seiner misslichen Lage zu befreien, aber so kräftig war er nun doch nicht. Der Rand des Plastikfasses reichte ihm bis zur Brust, und soweit ich mich an physikalische Hebelgesetze erinnern konnte, versuchte er Unmögliches, als er Uwe herausziehen wollte. Schließlich gab er auf und stieß die Tonne um. Das ausströmende Wasser spülte nicht nur jede Menge zappelnder Mückenlarven, sondern auch Uwe direkt vor unsere Füße.

Sowohl seine Augen als auch sein Mund waren in grenzenlosem Erstaunen weit aufgerissen. An seiner Stirn und den Innenflächen seiner Hände sah ich Abschürfungen.

Dass er tot war, konnte sogar ein Laie wie ich erkennen.

»Loretta! Los! Notarzt! Notarzt!«, keuchte Frank, während er sich mit so etwas Ähnlichem wie Herzmassage abmühte.

Mein Einsatz. Ich nestelte mit fliegenden Händen mein Handy aus der Hosentasche und wählte die Notrufnummer.

Lisbett wehrte sich nicht, als ich sie wegführte und sie zwang, sich in ihre pompöse Hollywoodschaukel zu setzen, während wir auf das Eintreffen des Notarztes warteten. Auf meine Frage, ob sie etwas trinken wolle, hatte sie nur »Schnaps« gemurmelt.

Auf der Spüle ihrer kleinen adretten Küchenzeile standen eine unbeschriftete Flasche mit klarer Flüssigkeit und ein benutztes Wasserglas. Ich schnupperte am Flaschenhals und ein scharfer Geruch nach Birnen drang in meine Nase. Selbstgebrannter, folgerte ich messerscharf. Vielleicht wollte Lisbett noch einen Tee, also füllte ich den Wasserkocher und stellte ihn an. Im Hängeschrank fand ich eine ganze Batterie Schnapsgläser und nahm außer der Schnapsflasche zwei davon mit nach draußen.

Lisbett saß noch exakt genauso da, wie ich sie eine Minute zuvor zurückgelassen hatte, und starrte mit leerem Blick in die Botanik. Frank stand mittlerweile am Gartentor, hielt nach dem Notarzt Ausschau und informierte die zusammengelaufenen Nachbarn, was passiert war.

Er versuchte, niemanden in den Garten zu lassen, aber Helga und Ulla stießen ihn einfach zur Seite, um ihrer Freundin beizustehen. Sie setzten sich rechts und links von Lisbett in die Schaukel und bedeuteten mir, noch zwei Gläser ranzuschaffen und endlich Schnaps einzuschenken, aber dalli.

»Was ist passiert, Liebes?«, hörte ich Helga fragen, als ich wieder ins Haus ging.

»Uwe … er wollte die Dachrinne …« Lisbetts Stimme erstarb.

Ich kehrte mit zwei weiteren Gläsern zu den Damen zurück und schenkte uns ein. Zack – ohne Fisimatenten auf Ex geleert. Sofort füllte ich nach, und wieder: auf Ex. Wie eine kerlige Stammtischrunde in der Kneipe knallten wir synchron die Gläser auf den Tisch und machten: »Aaah.«

»Hatte er mal wieder …?« Ulla sah Lisbett an und deutete mit dem Kopf in Richtung Schnapsflasche.

Was folgte, war eine Lehrstunde in nonverbaler Kommunikation – für Fortgeschrittene.

Oder in Telepathie.

Lisbetts Antwort auf Ullas Frage bestand aus einem waidwunden Blick. *Fragst du mich das wirklich?*

Ulla und Helga zuckten synchron mit den Schultern. *Na ja, könnte ja sein, dass er ausnahmsweise mal nicht …*

Von Lisbett folgte ein zittriges Seufzen. *Ja, er hatte mal wieder, selbstverständlich hatte er das.*

Ulla und Helga warfen sich daraufhin einen beredten Blick zu. *Wie immer, also.*

Lisbett sank in sich zusammen. *Ich schäme mich so.*

Ulla und Helga sahen sie drängend an. *DU schämst dich? Sei froh, dass du ihn los bist.*

Huch! Sei froh, dass du ihn los bist? Hatte ich das richtig verstanden? War das ein angemessenes Signal einer frischgebackenen Witwe gegenüber? Ich war ein bisschen schockiert, um ehrlich zu sein, und linste vorsichtig zu Lisbett hinüber.

Ihr knappes Nicken sagte alles. *Ja, das bin ich.*

Okay, dachte ich, Uwe war also angetrunken, als er die Leiter hoch ist, um Laub oder was auch immer aus der Dachrinnen zu pulen. Vielleicht hatte er dort oben auch einen geheimen Vorrat an Schnapsflaschen versteckt. Dann hat er das Gleichgewicht verloren und ist kopfüber in seine Regentonne gestürzt. Er hat wohl noch versucht, sich abzustützen, und ist dabei mit Kopf und Händen über den Rand der Tonne geschrammt …

»Hier!«, brüllte Frank plötzlich und wedelte mit den Armen.

Er kam im Laufschritt wieder den Gartenweg entlang, gefolgt von einem Notarzt und zwei Sanitätern mit schwerem Gepäck. Sie verschwanden hinter dem Häuschen.

Da ich Lisbett in guten Händen wusste, folgte ich ihnen unauffällig. Ich fragte mich kurz, ob es wohl pietätlos war, hemmungslos zu begaffen, was weiter passierte. War es nicht, entschied ich, hielt aber dezenten Abstand.

Der Arzt kniete neben Uwe und holte sich nasse Hosenbeine. Er zog allerlei Gerätschaften aus seinem proppenvollen Einsatzkoffer, um am leblos daliegenden Körper nach welchen Lebensfunktionen auch immer zu forschen. Sein Rücken verdeckte Details, aber ich mutmaßte, dass er nach Herzschlag und Puls tastete. Vielleicht hielt er ihm sogar einen Spiegel unter die Nase, um zu sehen, ob dieser durch Atem beschlug? Das machte man doch so, oder?

Wie ich es aus Filmen kannte, schüttelte er schließlich ernst den Kopf.

»Sie haben ihn gefunden?«, fragte er Frank.

Der nickte. »Ja. Ich und Loretta.« Er deutete auf mich. »Obwohl, nee, eigentlich hat ihn Lisbett gefunden, den Uwe seine Gattin. Und dann hat die Lisbett geschrien wie am Spieß, und dann bin ich angerannt gekommen und Loretta auch und dann sind wir am Tor zusammengedonnert, aber wir ham uns nich wehgetan, Gott sei Dank, boah, dat hätte noch gefehlt, aber dann hättense aber wenigstens noch wat Sinnvollet zu tun gehabt, Herr Doktor …«

Der Arzt warf Frank einen Blick zu, der diesen schlagartig verstummen ließ, und zog ein Handy aus der Tasche, mit dem er die Polizei anrief.

»Nicht natürlicher Todesfall, vermutlich Unfall«, erklärte er dem Beamten, »in einer Regentonne ertrunken, soweit ich das feststellen kann. Ich bin in der Schrebergartenkolonie …?«

Er sah Frank auffordernd an.

»*Saftiget Radieschen*«, soufflierte dieser eilig.

»*Saftiges Radieschen* heißt das hier«, wiederholte der Arzt in sein Telefon. »Ihr wisst, wo das ist? – Gut. – Wo genau? Moment, wie war das … Perlhuhnweg. Nummer …?«

»Nummer 9«, sagte Frank sehr laut, um die Person am anderen Ende der Leitung gleich mithören zu lassen. »Uwe und Lisbett Westermann. Der Uwe is tot. Uwe Westermann. Der Parkplatz is am Wachtelweg, dann innen Birkhuhnweg, links innen Perlhuhnweg, die fünfte Parzelle auffe rechten Seite.«

Der Arzt seufzte und verdrehte die Augen. »Alles mitgekriegt? Ihr schickt einen Wagen? – Gut. Ich warte.«

Er sah nicht so aus, als hätte er dazu besonders große Lust.

»Boah, bin ich kaputt. Und diese Hitze! Ha'm wir 'n Defi dabei? Könnte gut sein, dass *ich* den gleich brauche. Diese beschissene Rennerei macht mich noch mal fertig. Ich bin doch kein beschissener Marathonläufer! Ich hasse diese Einsätze in diesen beschissenen Schrebergärten«, beschwerte es sich kurzatmig in meinem Rücken, und ich drehte mich um.

Die beiden Sanitäter, optisch verblüffend an Dick & Doof erinnernd, standen schräg hinter mir und verfolgten ohne wirkliches Interesse die fruchtlosen Bemühungen des Notarztes.

»Ich find vierter Stock Altbau ohne Aufzug schlimmer«, murmelte der Dünne der beiden zurück. »Ist dir mal aufgefallen, dass die im vierten Stock immer Übergewicht haben? Hier biste wenigstens an der frischen Luft und musst nicht mit einem Wal durchs Treppenhaus. Wo sind diese verfluchten Greenpeace-Aktivisten, wenn man sie braucht?«

Die beiden gackerten und klatschten sich ab.

»Nee, ich find dat hier schlimmer. Boah, ätzend. Nirgends kannze parken, und dann schleppste den ganzen Kram kilometerweit durch diese beschissenen Kolonien, rennst dir den Arsch ab, verläufst dich tausendmal – und wofür? Für nix.« Der dicke Sanitäter schnaubte und zündete sich eine Zigarette an, wahrscheinlich, um schneller wieder zu Atem zu kommen. »Entweder hat irgend so ein

Gartenzwerg nur einen läppischen Kreislaufkollaps, weil er seine Rübe den ganzen Tag in die Sonne gehalten hat, oder wir kommen sowieso zu spät. Und warum sind wir zu spät? Weil wir kilometerweit latschen müssen! Ich hasse es.«

Dann sucht euch doch einen anderen Beruf, ihr Vollpfosten, dachte ich, und möge Gott verhüten, dass mein Leben jemals von euch abhängt!

Ich wollte gerade einen schönen Streit mit den beiden anzetteln, als mich das auf- und abschwellende Heulen einer sich nähernden Polizeisirene ablenkte.

Kapitel 8

Wenn man zur falschen Zeit am falschen Ort ist,
weiß man nachher mehr, als man jemals wollte

Die beiden uniformierten Beamten konferierten leise mit dem Notarzt, als Theo wie ein Eisbrecher die Phalanx der Neugierigen am Gartentor durchbrach. Er verlangte armfuchtelnd, über das, was passiert war, informiert zu werden, aber zackzack und gefälligst nichts auslassen, wenn er bitten dürfte.

Der ältere der beiden Polizisten stemmte die Hände in die Seiten, musterte Theo wie eine Küchenschabe, die er demnächst zu zertreten gedachte, und fragte ruhig: »Und Sie sind …?«

»Theo Passeck«, sagte Theo herrisch, »erster Vorsitzender dieser Kolonie. Und ich verlange …«

Mit einer Handbewegung schnitt der Polizist ihm das Wort ab. »Sie verlangen überhaupt nichts, verstanden? Ich verlange, dass jetzt alle von dieser Parzelle verschwinden, die nichts mit dem Auffinden des Verstorbenen zu tun haben. Haben Sie?«

Verdattert schüttelte Theo den Kopf. »Aber das ist meine Kolonie, und ich muss wissen …«

»*Ihre* Kolonie, soso. Iss ja 'n Ding.« Der Polizist schüttelte amüsiert den Kopf. »Aber Ihre Kolonie ist dummerweise in *meiner* Stadt. Also habe ich das Sagen. Ich darf Sie also bitten …«

Er sah Theo auffordernd an, und der Große Vorsitzende schlurfte in Richtung Gartentor wie ein unartiges Kind, das man in die Ecke geschickt hatte. Er wurde von den neugierigen Nachbarn in Empfang genommen, denen er aber leider nichts Nennenswertes zu berichten hatte.

»Das gilt auch für Sie!«, rief der Polizist zu uns auf der Terrasse herüber. »Bis auf die Gattin und die Dame, die als Erste hier war, darf ich Sie bitten, die Parzelle zu verlassen.«

Ulla öffnete den Mund, um zu protestieren, aber Lisbett bat sie mit leiser Stimme, der Aufforderung des Polizisten zu folgen. »Ich bin ja nicht allein«, sagte sie und legte mir die Hand auf den Arm, »Loretta ist bei mir.«

Ulla und Helga standen widerwillig auf und schleuderten dem Beamten böse Blicke zu, die wie spitze Pfeile in seine Richtung sirrten, was ihn nicht die Bohne beeindruckte. Vermutlich hatte er täglich mit ähnlichen Situationen zu tun und sich längst ein dickes Fell zugelegt.

Wie Theo vorher wurden Lisbetts Freundinnen sofort von den Nachbarn umringt, unter denen ich jetzt auch Diana und Holger entdeckte. Aber im Gegensatz zu Theo hatten Ulla und Helga wenigstens ein bisschen was zu erzählen, und die Zuhörer hingen in geradezu betäubter Faszination an ihren Lippen. Das Eintreffen von zwei dunkel gekleideten Herren, die auf einem Rollwagen einen Zinksarg mit sich führten, lenkte die allgemeine Aufmerksamkeit wieder von ihnen ab. Im Schlepptau der beiden Sargträger betrat eine drahtige Frau mit genervtem Gesichtsausdruck das Grundstück.

Auf ein Zeichen des Polizisten hin wurde der Rollwagen auf dem Rasen neben der Terrasse abgestellt, direkt vor Lisbett und mir. Die frischgebackene Witwe schluchzte auf. Jetzt war es an mir, böse Blicke zu verschleudern. Also wirklich – pietätloser ging es ja wohl beim besten Willen nicht! Meine nonverbalen Giftpfeile prallten wirkungslos an den Bestattern ab, denn sie waren bereits auf dem Weg zu Dick & Doof. Die Männer begrüßten sich wie alte Freunde, die sich zufällig auf dem Weihnachtsmarkt am Glühweinstand über den Weg liefen.

»Ich muss … ich brauche mal einen Moment für mich«, würgte Lisbett hervor und wankte ins Haus.

Da ich nicht so recht wusste, was ich machen sollte, blieb ich einfach sitzen und wartete ab.

Der Polizist tippte an seine Mütze. »Hauptkommissarin Küpper«, sagte er zu der genervt dreinblickenden Frau, »auch Bereitschaft heute? Wir haben uns ja schon lange …«

»Kommen Sie zur Sache, Wuttke«, unterbrach ihn die Frau und seufzte. »Was haben wir hier?«

»Unfall, vermutlich unter Alkoholeinfluss«, schnarrte der Polizist zackig. »Der Verstorbene ist von der Leiter kopfüber in eine Regentonne gestürzt und ertrunken.«

»Wer hat ihn gefunden?« Die Kommissarin strich sich über die praktische Kurzhaarfrisur und schützte dann mit der Hand die Augen gegen die Sonne. Mit ihrer Lederjacke war sie eindeutig zu warm angezogen.

Polizist Wuttke blätterte hastig in seinen Notizen. »Die Gattin des Verstorbenen, Elisabeth Westermann. Sie schrie laut um Hilfe, und dann sind zwei Nachbarn herbeigeeilt … äh … Frank Kropka und … äh … Loretta … hm … da wusste Herr Kropka den Nachnamen nicht.«

»Und der ist geheim? Oder warum haben Sie den bisher noch nicht herausfinden können?« Sie blitzte ihn streng an.

»Ich … äh … noch nicht zu gekommen«, stammelte er und warf einen Hilfe suchenden Blick in meine Richtung.

»Luchs«, soufflierte ich rasch, um den armen Mann zu erlösen, auch wenn ich ihn am liebsten ein wenig zappeln gelassen hätte. »Loretta Luchs. Ich habe zusammen mit dem Herrn Kropka …«

»Ja, ja«, fiel Kommissarin Küpper mir ins Wort. »Sie und Herrn Kropka will ich gleich sprechen. Dann dürfen Sie mir alles erzählen, Frau Luchs.«

Ja, ja heißt *Leck mich am Arsch,* dachte ich, Leute ausreden zu lassen scheint ja nicht gerade deine starke Seite zu sein.

Aber ich nickte brav und verkniff mir jeglichen Kommentar. Ich würde artig warten, bis ich ihr alles erzählen *durfte.* Vielleicht war es für viele Leute ja der Höhepunkt ihres Lebens, einer Kommissarin etwas erzählen zu *dürfen.* Und wahrscheinlich hatte sie sich in ihrem Berufsleben schon so viel belanglosen Müll anhören müssen, dass sie irgendwann beschlossen hatte, damit keine Zeit mehr zu vergeuden und diesen Leuten den Mund zu verbieten, bis sie an der Reihe waren.

Sie verschwand mit dem Polizisten hinter dem Haus. Die beiden Sargträger und Dick & Doof hechelten mittlerweile vierstimmig durch, welche Einsätze man am allermeisten hasste. Der Wal aus der vierten Etage lag – wen würde es wundern? – auch bei den Herren Bestattern ganz weit vorne. Ach so – die Tatsache, dass heute

Sonntag war (»Typisch – wäre ja auch zu schön gewesen, wenn der Bereitschaftsdienst einmal ruhig ablaufen würde. Können die nicht während der Woche abkratzen?«), wurde dabei natürlich auch nicht außer Acht gelassen.

Ich konnte nur inständig hoffen, dass Lisbett davon nichts mitkriegte.

»Kss!«, machte es plötzlich hinter mir.

Ich fuhr herum und entdeckte Diana und Holger, die auf Dianas Parzelle am Zaun standen und mich hektisch zu sich winkten. Sie hatten die Zweige eines dichten Busches zur Seite gebogen und linsten durch die entstandene Lücke.

»Los! Erzähl! Schnell!«, zischten sie lippensynchron, begierig, Details zu erfahren.

»Der Uwe ist tot«, sagte ich mit Grabesstimme.

»Ach was.« Holger wedelte ungeduldig mit der Hand so nah vor meiner Nase herum, dass ich kurz versucht war, sie wegzuschlagen wie ein lästiges Insekt. »Wissen wir. Wie?«

»Regentonne. Kopfüber. Ertrunken. Leitersturz.« Mehr gab es nicht zu sagen, fand ich.

»Und wieso haben die Bullen dich nicht von der Parzelle gescheucht wie die anderen?«

»Als Lisbett gekreischt hat, sind Frank und ich gleichzeitig bei ihr eingetroffen. Frank hat noch versucht, ihn aus der Tonne zu ziehen, aber es war schon zu spät.«

»Woher weißt du das?«, wisperte Diana.

»Weil ich dabei war.«

»Nicht, dass Frank ihn rausziehen wollte. Das andere.«

»Welches andere?«

»Dass es zu spät war.«

»Keine Luftblasen.«

Wie in einer einstudierten Choreografie rissen sie – wiederum vollkommen synchron – die Augen weit auf und schlugen die Hand vor den Mund.

»Neiiin!«, erklang es zweistimmig.

»Doch«, gab ich zurück.

Holger blickte um sich, ob auch niemand guckte. Dann sah er

mich eindringlich an und machte die typische Geste eines Trinkers, der ein Getränk auf Ex in den Rachen kippte.

Ich nickte und flüsterte: »Laut Lisbett ja. Und auf der Spüle stand eine Fl…«

Plötzlich zuckten Diana und Holger zurück und verschwanden vor meinen Augen, als sich die Zweige lösten und sich mit einem Rascheln wieder zu einer blickdichten Barriere schlossen.

»Frau Fuchs? Wenn ich Sie kurz stören darf?« Kommissarin Küpper stand mit Frank auf der Terrasse und tappte auffordernd mit der Fußspitze aufs mediterrane Pflaster, das der verblichene Uwe einst zu einem zauberhaften Muster ausgelegt hatte.

»Luchs. Ich heiße Luchs.«

»Frau *Luchs«*, sagte sie akzentuiert. »Ich würde mich jetzt gern mit Ihnen unterhalten.«

Gelogen, dachte ich, gern tust du das ganz bestimmt nicht.

»Ich sollte mir ma wat anziehn, oder?«, sagte Frank und strich sich mit der Hand über die schwellenden, schweißglänzenden Muskeln, während er versuchte, der Beamtin tief in die Augen zu blicken.

Ich mochte es nicht glauben: Er versuchte tatsächlich, mit der Frau zu flirten. Er konnte einfach nicht anders.

Die Dame sah nicht so aus, als sei sie dafür empfänglich – ganz im Gegenteil. Meiner Ansicht nach wirkte sie eher so, als würde sie ihn erschießen, falls er damit weitermachen sollte. Oder ihn mit einem gezielten Tritt irgendeiner asiatischen Kampfsportart vom Leben in den Tod befördern. Ich war sicher, dass sie Dutzende Arten beherrschte, ihn innerhalb von Zehntelsekunden zu killen. Und dafür lediglich ihren Daumen als Waffe benutzte.

»Ich komm mir grad so nackich vor. Ist dat überhaupt erlaubt, dat man so nackich verhört wird?«, säuselte Frank weiter. »Ich sollte mir wirklich wat anziehn.«

Innerlich stimmte ich ihm aus vollem Herzen zu. Ja, dachte ich, bitte, zieh dir was an.

Bis auf eine knapp unterhalb der Pobacken abgeschnittene Jeans trug er keinen Faden am Leib. Er hätte jederzeit mitten in einem Auftritt der Chippendales zu den Jungs auf die Bühne hüpfen können, ohne dass es groß aufgefallen wäre, dass er eigentlich nicht dazugehörte. Für mich eindeutig zu viel nackte Haut, aber die Kommissarin ließ sich nicht aus der Reserve locken.

»Zu unser beider Glück bin ich nicht von der Modepolizei, Herr Kropka«, sagte sie trocken, »sonst müsste ich Sie jetzt wohl tatsächlich verhaften. Außerdem handelt es sich hier keineswegs um ein Verhör. Ich befrage Sie lediglich. Wie Sie sich zu kleiden belieben, tut nichts zur Sache. Und mir muss es nicht gefallen. Dem Himmel sei Dank.«

Er hörte abrupt damit auf, sich zu betatschen, und wurde rot.

»Na denn«, sagte er kleinlaut und sah plötzlich so aus, als wünschte er sich in einen Kaftan, der seinen Körper vom Hals bis zu den Füßen umhüllte. Zu spät.

Kommissarin Küpper ließ ihn vorerst links liegen und bat mich, zu erzählen, was passiert war. Hin und wieder wagte Frank es, bestätigend zu brummen.

»Eigentlich wäre mir ja lieber gewesen, wenn Sie die Auffindesituation nicht verändert hätten«, sagte sie schließlich.

Frank fuhr hoch. »Ich dachte doch, der Uwe lebt vielleicht noch! Da musse doch wat tun! Den kannze doch nich einfach koppüber im Fass stecken lassen! Oder, Loretta?«

Ich nickte und verkniff mir den klugscheißerischen Hinweis auf die fehlenden Luftblasen, die ein deutliches Zeichen dafür gewesen wären, noch etwas ausrichten zu können.

»Hm, hm«, machte die Kommissarin. »Und wissen Sie, wie es passiert ist?«

»Nur, was Lisbett … Frau Westermann uns erzählt hat«, sagte ich, aber Frank machte exakt die gleiche Geste wie Holger vorhin am Zaun. Sie wissen schon: Auf Ex.

Die Kommissarin zog die Augenbrauen hoch. »Herr Westermann war betrunken?«

»Wenn nich, würd ich tot umfallen. Aba auf der Stelle.« Frank grinste und zuckte mit den Schultern.

»Nun, das werden wir bei der Untersuchung der Leiche feststellen«, sagte Kommissarin Küpper und erhob sich. »Wo finde ich Frau Westermann?«

Ich deutete auf die Hütte.

»Sie kommen am besten mit, Frau Luchs. Frau Westermann kann bestimmt Beistand gebrauchen. Und Sie, Herr Kropka«, ein feines Lächeln umspielte ihre Lippen, »dürfen gehen und sich etwas anziehen.«

Lisbett saß an ihrem kleinen Küchentisch, eine Tasse Tee vor sich. Sie wirkte gefasster, als ich erwartet hatte.

»Mein Name ist Küpper«, stellte sich die Kommissarin vor, »ich bin von der Kriminalpolizei und muss Ihnen ein paar Fragen stellen. Das ist in so einem Fall Routine.«

»So ein Fall?«, fragte Lisbett. »Was denn für ein Fall?«

»Ein sogenannter nicht-natürlicher Todesfall«, erklärte die Kommissarin mit sanfter Stimme. »Da Ihr Gatte nicht einer schweren Krankheit erlegen ist …«

»Verstehe. Fragen Sie.«

Ich zog mir einen Stuhl heran und setzte mich neben Lisbett. Eigentlich hätten Ulla oder Helga hier sein und ihr beistehen sollen. Ich fühlte mich fehl am Platze, denn immerhin kannte ich die trauernde Witwe kaum. Eine derartige Situation hatte ich noch nie erlebt und wusste nicht recht, wie ich mich verhalten sollte. Schließlich legte ich Lisbett den Arm um die Taille, und sie ließ es zu.

Kommissarin Küpper blieb stehen und lehnte sich an die Spüle. »Dann fangen wir am besten sofort an, damit ich Sie nicht zu lange belästigen muss. Können Sie mir bitte erzählen, was heute passiert ist, Frau Westermann?«

Lisbett holte zittrig Luft. »Uwe wollte die Dachrinne reinigen. Und dann habe ich ihn so gefunden. Tot.«

»Wo waren Sie währenddessen?«

»Ich? Ich war hier. Nein, ich war auf der Terrasse. Ich muss für ein paar Minuten eingenickt sein.«

»Und dann?«

Lisbett sackte ein wenig in sich zusammen. »Dann bin ich wach geworden und wollte Uwe fragen, ob er auch eine Tasse Kaffee möchte. Und da habe ich …« Sie fing an zu schluchzen.

»Da haben Sie Ihren Mann so vorgefunden, wie Frau Luchs und Herr Kropka ihn auch gesehen haben? In der Regentonne?«

Lisbett hob den Kopf. Tränen hingen in ihren Wimpern. »Wer ist Frau Luchs?«, fragte sie erstaunt.

»Ich«, erklärte ich rasch, »Luchs ist mein Nachname.«

»Ach so. Wusste ich nicht. Ja, er war in der Tonne.«

»Und Sie haben nichts von seinem Sturz mitbekommen? Kein Schrei oder Lärm?«, hakte die Kommissarin nach.

Lisbett schüttelte vehement den Kopf. »Nichts. Ich hatte den Wasserkocher angestellt. Für den Kaffee. Und der macht ziemlichen Lärm.« Sie sah mich an. »Hast du vielleicht was mitgekriegt? Du warst doch nebenan, oder?«

»Ich habe Musik gehört. Mit Kopfhörern.« Ich nestelte meinen winzigen Mp3-Player aus der Hosentasche und hielt die Ohrstöpsel hoch. »Allerdings nicht besonders laut.«

Außerdem: Was sollte Uwe Westermann schon großartig von sich gegeben haben, als er von der Leiter abrutschte? Einen pathetischen Monolog, in dem er sein Leben reflektierte? Gellende Schreie? Mehr als ein erstauntes *Uff* dürfte bei seinem kurzen Flug ins Fass ja wohl nicht drin gewesen sein. Ja, wenn er aus dem 18. Stock eines Hochhauses oder von einer Klippe …

»Aber Frau Westermanns Hilferufe haben Sie gehört?«, unterbrach die Kommissarin meine Gedanken, die ich aus Rücksicht auf Lisbett nicht aussprach.

»Ich habe eine laute Stimme«, erklärte Lisbett, während ich nickte, »Sie würden sich wundern.«

»Nun gut. Eine letzte Frage noch, Frau Westermann. Kann es sein, dass Ihr Gatte bei seiner Aktion nicht nüchtern war?«

»Allerdings war er das nicht«, erwiderte Lisbett mit fester Stimme, die einen bitteren Unterton hatte. »Und deshalb hatte ich ihn auch darum gebeten, auf diese Dachrinnen-Aktion zu verzichten. Aber Uwe hat nie auf mich gehört. Und jetzt …«

Sie tupfte sich mit dem Stofftaschentuch, das sie während der ganzen Zeit in der Hand gehalten hatte, die Augen.

Kapitel 9

Es kann der Frömmste nicht in Frieden leben,
wenn Götter wanken und Zwerge höhnisch grinsen

Ich war erleichtert, als ich endlich gehen konnte.

Uwe wurde in den Metallsarg gelegt, der Arzt packte seine Utensilien zusammen, und Kommissarin Küpper verteilte Visitenkarten, für den Fall, dass uns noch etwas einfallen sollte. Ihr war allerdings deutlichst anzusehen, dass sie dies nicht erwartete.

Jemand mit zu viel Alkohol im Blut hatte sich überschätzt und teuer dafür bezahlt – tägliche Routine für Polizei und Notärzte. Und Bestatter.

Autos mit betrunkenen Fahrern knallten vor Bäume, angesoffene Bauarbeiter fielen von Gerüsten, Hausfrauen die Kellertreppe hinunter oder beim Fensterputzen aus dem fünften Stock, angeheiterte Heimwerker perforierten sich mit Nagelpistolen die eigene Schädeldecke.

Es gab unzählige Beispiele dafür, wie übermäßiger Alkoholgenuss dem Leben abrupt ein Ende setzen konnte.

Schnaps, das war sein letztes Wort, dann trugen ihn die Englein fort …

Shit happens.

Allerdings sah ich die beschauliche Gartenidylle um mich herum jetzt mit völlig anderen Augen, und die zahlreichen Gartenzwerge auf Uwes und Lisb… äh … Lisbetts Parzelle grinsten nicht mehr dämlich, sondern eindeutig höhnisch. Ihre kleinen Augen versprühten keinen Schalk mehr, sondern die pure Bösartigkeit von Serienkillern, die schon ihre nächste Untat planten. Wer weiß – vielleicht wurden sie nachts lebendig und planten hämisch kichernd die Übernahme der Kolonie, indem sie einen Schrebergärtner nach dem anderen einen grausigen *Unfall* erleiden ließen?

Überall schienen plötzlich tödliche Gefahren zu lauern. Bilder schossen mir durch den Kopf – Szenen, die ich während der letzten paar Tage lediglich beiläufig wahrgenommen hatte.

Ralf von Parzelle 12, gleich nebenan von Dianas Garten, den ich vom Liegestuhl aus dabei beobachtet hatte, wie er ungeschickt auf dem Spitzdach seiner Hütte herumbalancierte, um eine Satellitenschüssel anzubringen – ohne Netz und doppelten Boden …

Der türkische Familienvater von Parzelle 6, der mit einer riesigen Kettensäge hantierte und einen Baum fällte. Seine drei Kinder wuselten dabei um ihn herum, zerrten an seinem Arm und wollten unbedingt »auch mal sägen, Papi« – das hatte allerhöchstes Blutbad-Potenzial gehabt …

Harken mit spitzen Zinken, Spaten mit scharfem Blatt, Hacken und Sägen – oder diese Scheren, mit denen man lässig armdicke Äste abknipsen konnte … brrrr …

Wie gesagt: Ich war erleichtert, als ich endlich gehen konnte.

Frank und ich bildeten das Schlusslicht der kleinen Prozession aus Sarg plus Bestattern, Polizisten, Sanitätern, Notarzt und Kommissarin, die sich durch das schmale Gartentor fädelte. Die schweigend wartenden Nachbarn bildeten eine Gasse, und einige bekreuzigten sich, als der Sarg an ihnen vorbeigerollt wurde.

»Lisbett erwartet euch«, sagte ich zu Ulla und Helga, die umgehend in Richtung Witwe hasteten.

Theo wollte ihnen folgen, aber Ulla drehte sich noch einmal um und fauchte: »*Du* nicht. Du bleibst hier. Frank kann dir alles erzählen. Bei reichlich Schnaps.«

Das letzte Wort spuckte sie derart verächtlich aus, dass ich glatt zusammenzuckte.

Auf Dianas Parzelle suchte ich vergeblich nach meiner Freundin und Holger. Stattdessen fand ich einen Zettel: »*Sind bei Holger und erwarten Dich.*«

Also marschierte ich wieder zurück und sah Frank auf dem Perlhuhnweg stehen, umzingelt von andächtig lauschenden Schrebergärtnern aus der Nachbarschaft, denen er in grellen Farben das Monumentalgemälde von Uwes tragischem Tod malte. Ich gönnte ihm den großen Auftritt von ganzem Herzen – um nichts in der Welt hätte ich mit ihm tauschen mögen. Angezogen hatte er sich übrigens immer noch nichts.

Diana sprang wie von der Tarantel gestochen auf und lief mir entgegen, um mich fest zu umarmen und nach meinem Befinden zu fragen.

»Geht so«, sagte ich. »Ich bin froh, dass es vorbei ist.«

Holger sah mich mit dem Gesichtsausdruck eines kleinen Jungen an, der am Weihnachtsabend darauf wartet, dass endlich das Christkind mit dem kleinen Glöckchen klingelt und die Geschenke abliefert. Mir war klar: Heute war ich das Christkind, und das Geschenk war mein Augenzeugenbericht.

Der Tisch war gedeckt: Erdbeerkuchen, Petits Fours, geschlagene Sahne, Kaffee und eine Karaffe Wasser. Das Leben in der Kolonie schien je zur Hälfte aus Gartenarbeit und aus dem Vertilgen von Unmengen Nahrungsmitteln zu bestehen.

Hatte ich Hunger?

Hatte ich Durst?

Ja, hatte ich, wie ich feststellte, als mein Magen laut und ausdauernd zu knurren begann. Vielleicht wollte mein Körper mir auch nur signalisieren, dass ich – im Gegensatz zu Uwe – keineswegs tot war und dringend eine Energiezufuhr benötigte, damit das in Zukunft auch so blieb.

Ich setzte mich und sah mich um.

Die vier marmornen, pinkelnden Götter standen lässig auf ihren Sockeln, blickten harmlos in die Ferne und pullerten schamlos in den Teich. Die Statuen waren lebensgroß … obwohl: Woher wusste man, wie groß Poseidon gewesen war? Oder Zeus? Wie auch immer: Diese Marmortypen waren locker 2 Meter hoch. Und bestimmt nicht von innen hohl, also mussten sie sauschwer sein.

Man wollte nicht unter einem der Kerle begraben werden, weiß Gott nicht …

»Sind die Statuen eigentlich gesichert?«, fragte ich.

Holger, der mir gerade Sahne auf mein Stück Kuchen häufte, ließ den Löffel in der Luft verharren. »Gesichert?«

»Na ja. Irgendwie festbetoniert oder so? Oder auf dem Sockel verschraubt?«

»Nee ...«, erwiderte er gedehnt und wechselte einen raschen Blick mit Diana. »Wieso?«

»Die könnten umfallen und jemanden erschlagen.«

»Könnten sie nicht.« Er reichte mir den Teller und schenkte allen Tee ein. »Die sind tonnenschwer.«

»Eben.«

Holger grinste, was ich reichlich respektlos fand. »Die fallen nicht einfach um. Pass auf, Loretta.«

Er ging zur nächstbesten Statue, dem marmornen Abbild eines muskulösen, nackten Mannes mit Pfeil und Bogen, und trat ein paar Mal kräftig dagegen. Weder wackelte noch wankte die Statue – sie bewegte sich nicht einmal um einen Millimeter.

Er kehrte zum Tisch zurück und setzte sich. »Bist du beruhigt, Schätzchen?«

Ich nickte und stürzte mich auf den Kuchen. Die beiden ließen mir Zeit, bis ich aufgegessen hatte, aber dann musste ich alles erzählen. Und zwar haarklein. Wie hatte Uwe ausgesehen, was hatte der Arzt getan, was hatte die Kommissarin gefragt, wie ging es Lisbett ... und eigentlich wäre ich jetzt lieber allein gewesen. Oder hätte mich an Tom gekuschelt und mich trösten lassen.

»Lisbett kann froh sein, dass sie den Kerl los ist«, sagte Holger mit gedämpfter Stimme.

»Wie kannst du so was sagen?«

Ich war ehrlich empört. Genau diesen Satz hatte ich telepathisch von Ulla und Helga aufgeschnappt. Aber die durften das sagen – oder von mir aus auch nur *denken* – sie waren schließlich Lisbetts Freundinnen und kannten sie und Uwe gut genug, um das beurteilen zu können!

»Gerade ist ihr geliebter Mann gestorben, und du ...«

»Geliebter Mann, das wüsste ich aber ... tss ...«

Ihr habt ja keine Ahnung sagte die wegwerfende Geste, die er mit der rechten Hand machte. Diana und ich blickten uns erstaunt an, was er natürlich bemerkte.

»Also gut.« Er beugte sich vor und winkte uns näher heran. »Die arme Lisbett war todunglücklich«, raunte er. »Tod-un-glück-lich.«

»Sagt wer?«, fragte Diana.

»Frank.«

Du liebes Bisschen. *Frank* war die Quelle dieser Information? Klang für mich jetzt nicht besonders seriös.

Holger bemerkte die Skepsis in unseren Gesichtern und legte rasch nach: »Frank hat Lisbett immer im Garten geholfen, weil Uwe nie da war. Also hat er viel mitgekriegt. Uwes Alkoholprobleme, seine Spielsucht …«

»Frank neigt zu Übertreibungen«, sagte Diana, »das wissen wir alle. Wenn er eine Geschichte erzählt, musst du mindestens 50 Prozent abziehen. Wenn du damit überhaupt hinkommst. Außerdem kenne ich niemanden in der Kolonie, der Nein zu einem selbst gebrannten Schnäpschen sagt – ich eingeschlossen. Egal, ob Mann oder Frau. Und wenn Uwe ab und zu mal einen Euro oder zwei in einen Spielautomaten wirft …«

Wieder diese Geste von Holger: *Ihr habt ja keine Ahnung.*

»Meines Wissens hat der saubere Uwe seine Rente verdaddelt. Und zwar komplett. Vergesst nicht, wer nebenan wohnt.« Er deutete mit dem Daumen in Richtung Theos und Ullas Grundstück. »Büsche sind zwar ein Sichtschutz, aber man kann eine Menge hören. Ich habe oft genug mitbekommen, wie Lisbett sich bei Ulla ausgeweint hat. Und bei den anderen Damen vom Kränzchen. Lisbett brauchte die Ernte von ihrem Acker, weil sie dank Uwe manchmal kein Geld hatte, um was zu essen zu kaufen. Deshalb hat Frank ihr geholfen, denn Uwe hat seine Zeit an Daddelautomaten verbracht. Oder abends mit Theo zusammen bei Jupp. Da haben sie sich dann zu dritt die Kante gegeben, während die Frauen hier nebenan gesessen haben.«

Das Kränzchen hatte Diana schon mal erwähnt, erinnerte ich mich. Jupp war mir neu.

»Bei Jupp? Ist das eine Kneipe?«, fragte ich.

Holger schüttelte den Kopf. »Manche nenne es so. Ist aber Parzelle 3. Jupp und Ilse Hohlbein. Arbeiten beide noch und sind nicht so häufig hier wie unsere Rentner. Aber Jupp hat nicht nur eine Satellitenschüssel auf dem Dach und einen großen Fernseher, sondern auch so ein Abo für einen Sportsender, also hängen die Kerle ständig bei ihm rum. Jupp, Uwe und Theo sind der harte Kern, aber die anderen sind auch willkommen, um Sport zu gucken. Fußball, Autorennen und so 'n Zeug. Nichts für mich. Aber Jan ist manchmal drüben. Und er sagt, dass dabei ordentlich gepichelt wird.«

»Und du sitzt bei den Mädels …«, begann Diana.

»… und höre so einiges über die Herren Ehegatten«, vervollständigte Holger den Satz. »Die sind froh, wenn die Kerle beschäftigt sind und ihnen nicht auf die Nerven gehen, das kann ich euch sagen. Es ist nicht immer ein Segen, wenn der Mann in Rente geht.«

»Deshalb bleibe ich Single«, sagte Diana. »Je mehr Geschichten ich höre«, sie streifte mich mit einem Blick, »desto sicherer weiß ich, dass diese Entscheidung die richtige ist. Und die Kunden, mit denen ich tagtäglich zu tun habe, bestärken mich noch darin. Heute hatte ich einen am Telefon …«

Ich blendete mich aus.

Die Sonne schien, Schmetterlinge und Hummeln flogen von Blüte zu Blüte, Vögel zwitscherten um die Wette.

Als wäre nichts passiert, als wäre nicht vor kurzer Zeit ein Mensch tödlich verunglückt.

Vom Weg vor den Parzellen, wo Frank offenbar noch immer mit den anderen zusammenstand, hörte ich unverständliche Wortfetzen, während Holger meine Freundin zu immer neuen Geschichten anstachelte.

»Ich gehe rüber«, verkündete ich und stand auf.

»Soll ich mitkommen?« Diana sah mich besorgt an.

Ich schüttelte den Kopf. »Vielleicht komme ich später wieder. Ich brauche mal ein bisschen Ruhe.«

Als ich vor die Parzelle trat, stießen gerade ein Mann und eine Frau zu der kleinen Versammlung. Jupp und Ilse, wie ich der Begrüßung der anderen entnehmen konnte.

Das war also der legendäre Jupp, in dessen Gartenhaus die Herren der Kolonie einen frauenfreien Rückzugsort fanden.

Ilses Gesicht verzog sich bestürzt, als sie hörte, was passiert war. Sofort machte sie sich auf den Weg zu Lisbett und den anderen, während Jupp sagte: »Wir gehen jetzt zu mir und trinken erst mal ein Schnäpsken.«

Das musste er nicht zweimal sagen. Binnen Sekunden war kein Mensch mehr zu sehen.

Kapitel 10

*Gevatter Tod löst manches aus –
auch »Appetit«*

Irgendwo habe ich mal gelesen, dass die Konfrontation mit dem Tod bei Menschen durchaus den Effekt haben kann, dass sexuelles Verlangen geweckt wird. Wie beim Appetit, den ich ganz unerwartet angesichts des Erdbeerkuchens verspürt hatte, dürfte auch sexueller Appetit einer gewissen Cleverness der Evolution zu verdanken sein: Schnell noch Nachwuchs zeugen, bevor es einen selbst erwischt und es damit unwiderruflich zu spät ist, sein kostbares Genmaterial weiterzugeben.

Nachdem ich Holger und Diana verlassen hatte, saß ich auf Dianas Terrasse herum und wollte Sex. Tatsächlich dachte ich sogar kurz darüber nach, Frank aus Jupps Parzellen-Spelunke zu locken – der hätte bestimmt nicht Nein gesagt, wenn seine ständige Flirterei nicht reine Pose war. Aber ich befürchtete, dass er eine Maulhure war – und bei Maulhuren bestand eindeutig die Gefahr, dass sie kniffen, wenn man sie beim Wort nahm.

Außerdem – wer wollte schon Sex mit einem Kerl, der sich anfühlte wie eine zu fest aufgepumpte Luftmatratze?

Ich jedenfalls dann doch nicht, wenn ich es recht bedachte.

Tatsache war: Ich sehnte mich nach Sex mit Tom.

Danach, mich an ihn zu kuscheln und mich nach diesem fürchterlichen Tag von ihm trösten zu lassen. Sollte ich meine brandneuen Prinzipien über Bord werfen und auf ein schnelles Hüpferchen nach Hause fahren? Immerhin war ich in einer unerwarteten Extremsituation, und eine solche kann doch alle guten Vorsätze außer Kraft setzen, oder? Vor allem den, ihn mal ordentlich schmoren zu lassen.

Ich war hin- und hergerissen.

Seit drei Tagen war ich jetzt im Schrebergarten und hatte noch kein Sterbenswort von Tom gehört. Dafür, dass ich eigentlich hier war, um über unsere verkorkste Beziehung nachzudenken, war diesbezüglich bei mir bisher erstaunlich wenig passiert.

War ich ihm egal und er genoss die Ruhe zu Hause?

Oder respektierte er mein Bedürfnis nach Rückzug?

Dianas Antwort auf diese Fragen konnte ich mir lebhaft vorstellen, und ich würde mich hüten, sie ihr zu stellen.

Ehe ich wusste, was los war, hatte ich schon einen Zettel mit »Bin kurz weg – bis später« für Diana geschrieben, den Autoschlüssel in der Hand und marschierte zum Parkplatz der Kolonie. Zugegeben, ich traute mich nicht, Diana zu sagen, was ich vorhatte. Ich fürchtete mich vor ihrem höhnischen Gelächter.

Mein Herz klopfte, als ich die Haustür aufschloss und die Treppen hinaufstieg. Vertrauter Geruch nach Altbau stieg in meine Nase, nach altem Holz. Aus den Wohnungen hörte ich Stimmen und Musik, aber hinter meiner – unserer – Wohnungstür war es still. Ob Tom unterwegs war? Unwahrscheinlich.

Ich ging hinein. In Toms Computerzimmer am Ende des langen Flures sagte eine weibliche Stimme: »Wo treffen wir uns?«

Ich schnappte innerlich nach Luft. Ich war gerade mal ein paar Tage aus dem Haus, und der verdammte Kerl verabredete sich mit einem Weib? Das war ja wohl die Höhe!

»In der Ebene von Gordragsil«, antwortete Tom. »Wenn wir die Festung wirklich schleifen wollen, müssen wir aber auf die Trolle warten ...«

Offensichtlich nutzte Tom meine Abwesenheit, um ohne sein Headset mit seinen Kumpanen zu sprechen. Er war also in eine Schlacht vertieft, was mich irgendwie enttäuschte. Aber was hatte ich erwartet? Dass er weinend am Küchentisch saß und meine Abwesenheit beklagte?

Die Küche befand sich im Stadium fortgeschrittener Verwahrlosung, wie ich mit einem Blick feststellte. Benutzte Kaffeefilter gammelten im Spülbecken vor sich hin, auf der Arbeitsplatte leere Pizzakartons und Plastikbecher, in denen man dieses Zeug kriegt, das mit heißem Wasser aufgegossen wird und sich dann in etwas verwandelt, für das der Begriff »Nahrung« eigentlich nicht benutzt werden dürfte. Tassen mit kalten Kaffeeresten, ein vertrocknetes Toastbrot, eine offene Packung Margarine, in der ein Messer steckte. Verhungert war er jedenfalls nicht.

Ich stand schon eine ganze Weile in der Tür zu seinem Zimmer, als Tom mich endlich bemerkte.

»Loretta, verdammt! Du hast mich erschreckt!«, keuchte er und starrte mich an, als wäre ich ein Geist.

Na toll. Genau die Begrüßung, die ich erhofft hatte.

»Was? Deine Alte ist aufgetaucht?«, quäkte es aus dem Lautsprecher am Computer, dann eine andere Stimme: »Sag ihr, sie soll sich wieder verpissen. Die nervt doch nur.«

Tom wurde rot. »Bin Äi Eff Käi!«, bellte er und klinkte sich hastig aus dem Spiel aus.

»Äi Eff Käi?«, echote ich.

»*Away from keyboard.* Damit die wissen, dass ich ...« Er unterbrach sich und schüttelte den Kopf. »Ist ja auch egal.«

»Deine ... *Freunde* haben ja eine hohe Meinung von mir. Das ist ganz schön gemein ... weißt du ... ich ...«

Ich konnte plötzlich nicht mehr weitersprechen. Tränen stiegen mir in die Augen, und bevor ich wusste, was los war, heulte ich hemmungslos.

Tom starrte mich bestürzt an. »Lass die doch labern, Loretta! Deswegen musst du doch nicht weinen!«

»Deswegen doch nicht! Heute ist so was Schlimmes passiert!«, stieß ich schluchzend hervor. »Der Uwe ist tot, und wir haben ihn gefunden!«

Natürlich verstand Tom kein Wort, aber immerhin kam er zu mir und nahm mich in den Arm. »Na, na, na«, murmelte er in mein Haar, »was ist denn los?«

Ich beruhigte mich und nahm die beschlagene Brille ab, um mir mit dem Ärmel Rotz und Tränen aus dem Gesicht zu wischen. Meine Hände wanderten unter sein T-Shirt. »Ich hatte plötzlich solche Sehnsucht nach dir«, wisperte ich, »und ich dachte ...«

Mehr musste ich nicht sagen.

Vier Sekunden später hatten wir uns gegenseitig die Klamotten vom Leib gerissen und befanden uns in seinem Schlafzimmer – weitere zehn Minuten später lag ich zufrieden in seinem Arm und erzählte, was im Schrebergarten passiert war.

»Da warst du also«, sagte er. »Und? Bleibst du jetzt hier?«

»Vermisst du mich?«

Er zögerte drei Sekunden mit der Antwort, und das waren genau drei Sekunden zu viel.

»Klar vermisse ich dich.«

Er hatte mal eben abgewogen, was ihn mehr nervte: Dass ich ihn bei seinem Computerspiel störte oder dass ich nicht mehr für ordentliche Nahrung, Klopapier und saubere Unterhosen sorgte. Nahrung, Klopapier und Unterhosen hatten gewonnen, aber ich wollte lieber nicht darüber nachdenken, wie knapp dieser Sieg gewesen war.

Ich löste mich aus seinem Arm und rückte ein Stück von ihm ab.

»Ich glaube, ich bleibe noch dort«, sagte ich langsam, »bis auf die Sache mit Uwe ist es ja schön im Garten, ein bisschen wie Urlaub. Du kommst doch noch ein paar Tage ohne mich klar?«

»Hm. Sicher.« Nach einer kurzen Pause fügte er hinzu: »Du hast nicht zufällig Klopapier dabei?«

»Na, wie sieht deine Wohnung aus?«, fragte Diana. »Schon ein Fall für den Kammerjäger?«

Sie stellte den Rasenmäher ab und ging voraus zur Terrasse, wo sie sich in einen der Korbsessel warf und sich eine Zigarette anzündete. Ich stand blöd rum und gab mir alle Mühe, ihrem Blick standzuhalten.

»Woher weißt du …«, fragte ich verdattert.

»Wusste ich nicht«, gab sie zurück und fabrizierte einige perfekt kreisrunde Ringe aus Rauch. »Aber du hast es mir gerade bestätigt. Ältester Trick der Welt. Und du bist die dümmste Frau der Welt. Echt. Unfassbar.«

Ich ließ mich in den zweiten Sessel sinken. »Also hör mal!«, protestierte ich schwach.

»Dir ist nicht zu helfen. Aber eins sag ich dir: Du brauchst mich nicht mehr mit Geschichten von diesem Honk vollzuquatschen. Ich stehe nicht mehr zur Verfügung.« Weitere Rauchringe stiegen empor, deren Flug in den Himmel sie nachdenklich verfolgte. »Morgen findet übrigens eine Trauerfeier für Uwe statt.«

Upps – ich hatte Mühe, dem abrupten Themenwechsel zu folgen, da ich noch damit beschäftigt war, mir Argumente auszudenken, warum ich zu Tom gefahren war. Für den Moment meinte meine beste Freundin es offenbar ernst: Sie wollte nichts über ihn hören. Ich kannte sie gut genug, um das zu respektieren, wenn ich es mir nicht mit ihr verscherzen wollte. Womöglich warf sie mich dann aus ihrer Gartenhütte! Das riskierte ich besser nicht.

»Wo denn? Bei Lisbett zu Hause?«

Diana schüttelte den Kopf. »Nee. Hier nebenan, nur für den Perlhuhnweg. Lisbett will kein großes Theater, sagt Ulla. Keine Beerdigung, kein großes Trara. Uwe wird verbrannt und in die Nordsee gestreut, wenn ich das richtig verstanden habe.«

»Wollte er das so?«

Sie zuckte mit den Achseln. »Keine Ahnung. Aber schließlich kann er keinen Einspruch mehr erheben, richtig?«

»Wann denn morgen?«

»Ab fünf. Wenn du dich nützlich machen willst, sagt Holger, kannst du ihm morgen beim Kuchenbacken helfen.«

»Mach ich.«

Sie stand auf und ging in die Hütte. Als sie wieder auftauchte, hatte sie ihre Tasche umgehängt.

»Ich mach mich mal vom Acker. Spätschicht im Irrenhaus.«

Ich blieb sitzen, guckte der Sonne beim Untergehen zu und genoss die Stille. In der Kolonie war es ruhig geworden.

Als ich von zu Hause zurückgekehrt war, hatte ich den Lärm schon von Weitem gehört, denn bei Jupp steppte der Bär: Gläserklirren, Gelächter, männliches Herumgegröle. Jeder Grund für ein ordentliches Besäufnis war den Herren herzlich willkommen, wie es schien. Wo die dazugehörigen Damen waren, fand ich nicht heraus. Ob sie sich bei Lisbett versammelt hatten, um sie zu trösten? Oder bei Ulla, um die Trauerfeier zu planen?

Auf meinem Weg zu Dianas Garten sah ich niemanden außer Rolf von Parzelle 12, der mit je einer Flasche Schnaps in jeder Hand torkelnd Kurs auf die Party bei Jupp nahm. Den Jungs gingen doch nicht etwa die Getränke aus? Auf meinen Gruß hin blieb er stehen, glotzte mich aus rot unterlaufenen Augen an und grunzte Unverständliches, bevor er seinen Weg fortsetzte.

Als das Gartentor quietschte und Frank auf mich zukam, dachte ich, dass es mit der Ruhe vorbei wäre, und hoffte auf einen spontanen Einfall, eine clevere Strategie, ihn so schnell wie möglich wieder loszuwerden. Mir war jetzt nicht nach hohlem Gequatsche. Und bestimmt war er ordentlich angetrunken, zumal er vermutlich – als Insider und Augenzeuge – bei Jupps Party der umschwärmte Mittelpunkt gewesen sein dürfte. Immerhin war er mittlerweile vernünftig angezogen – und von ungewohnter Zurückhaltung, denn er blieb stehen, bis ich ihn mit einer Handbewegung aufforderte, sich zu setzen.

»Menno, Loretta … watt 'n Tach.«

Damit sprach er ein großes Wort gelassen aus, wie ich fand.

»Nix mehr los bei Jupp?«

Er schüttelte den Kopf. »Da hab ich mich wieso nich wohlgefühlt. Diese Sauferei, da steh ich nich drauf. Und ich musste tausendma erzähln, wie Uwe ausgesehn hat, wat die Bullen gesacht ham, wat der Aazt gemacht hat – boaah.« Er sah mich an. »Und jezz frach ich dich, Loretta: Wie willze dat eim erklärn, wie dat war, wo der Uwe da inne Tonne gesteckt hat? Tot, mit 'm Kopp im Wasser? Und wie der dann auffe Erde gelegen hat, so patschnass … Eim, der nich dabei war? Wie dat war, dat wissen nur wir beide, richtich?« Er klopfte sich auf die Brust. »Un wie sich dat anfühlt, hier, mitten innet Herz, dat kannze keim erklärn, richtich? Keim.«

Alter Schwede – das war ja geradezu philosophisch … Innerlich leistete ich Abbitte.

»Und deshalb wollte ich noch ma 'n paar Minuten bei dir hocken, Loretta«, fuhr er fort, »weil nur du verstehn kannz, wie's mir gerade geht.«

»Möchtest du etwas trinken?«

»Boaah, nee, bloß kein Alkohol. Aber danke trotzdem.«

»Frank, mit *trinken* ist nicht automatisch Alkohol gemeint. Ich bin nicht Jupp. Oder Theo. Oder wie die Suffköppe sonst alle heißen. Ich rede von Wasser. Oder Tee, wenn du magst.«

Verlegene Röte stieg in sein Gesicht. »Schulligung. War nich so gemeint. Tee wär super. Aber nur, wennde auch ein trinks.«

Ich beobachtete ihn aus der Hütte, während ich Wasser aufkochte und der Tee ein paar Minuten zog. Ich erkannte ihn kaum wieder. Nichts mehr übrig von dem grellen Poser, der mir sonst mit seinem unentwegten Geplapper den letzten Nerv raubte. Er saß still und nachdenklich im Korbsessel.

Als ich den Tee brachte, schwieg er weiterhin. Langsam wurde es dunkel, nach und nach verstummte das Zwitschern der Vögel.

Plötzlich sagte er: »Dat Leben kann so schnell vorbei sein, finnze nich? Und dann is der, mit dem de zusammen gewesen bis, plötzlich nicht mehr da, einfach wech. Und wat, wenn dat Letzte ein Streit war? Wat machse dann? Dann wirste dein Leben lang nich mehr froh. Oder wat is, wennde irgendwen echt gern has und hasset dem nie gesacht? Dat darf einfach nich sein, dat is mir jetz klar.« Er leerte die Tasse und stand auf. »Danke, Loretta. Dat hat gutgetan, mit dir zu reden. Schlaf gut.«

Ohne eine Antwort abzuwarten, ging er. Das Törchen quietschte, und dann war ich allein.

Ich konnte lange nicht einschlafen an diesem Abend. Die Bilder und Töne des Tages rotierten in meinem Kopf. Lisbetts entsetzter Schrei, als sie ihren toten Mann entdeckt hatte. Uwes Anblick, als er in der Wasserlache lag, das Erstaunen in seinem Gesicht. Die Bemühungen des Arztes, das höhnische und gefühllose Geschwätz der Sanitäter und der Bestatter. Die gelangweilte Routine der Polizisten, die Fragen der Kommissarin … und dann Frank, der so ganz anders war als sonst immer.

Ein Geräusch drang an mein Ohr – ein Sektkorken knallte. Wenn mein Orientierungssinn mich nicht extrem täuschte, kam das Geräusch vom Nachbargrundstück. Gläser stießen aneinander, unterdrücktes Gelächter … bei Lisbett wurde gefeiert.

Kapitel 11

Philosophisches Kuchenbacken und ein Überraschungsbesuch, der seinen Namen wirklich verdient

»Lisbett ist bestimmt froh, dass sie Uwe los ist«, sagte Holger.

Wir saßen vor seiner Hütte in der Sonne, hörten Musik und waren ansonsten damit beschäftigt, blechweise Obstkuchen für Uwes Trauerfeier zu produzieren. Ich putzte das Obst, er war für den Teig zuständig. Und während er da verträumt vor sich hin knetete, haute er mal eben so einen Spruch raus. Ohne auch nur hochzugucken. Als hätte er gesagt: »Ich habe mir heute Schuhe gekauft.«

Obwohl – schlechtes Beispiel, denn dann wäre seine Stimme deutlich aufgeregter gewesen und er wäre vermutlich hysterisch in die Hütte gestürmt, um mir seine schicken neuen Treter vorzuführen. Aber ich schweife ab.

Holger wühlte also ungerührt weiter im Teig herum, während ich damit beschäftigt war, das Gehörte zu verdauen.

»Du machst Witze«, sagte ich schließlich, weil mir nichts Besseres einfiel.

Er sah mich an und grinste. »Denkst du? Falsch gedacht. Der Typ war ein kapitales Arschloch.«

»Kann ja sein. Aber das ist doch noch lange kein Grund …«

»Froh zu sein, dass er in der Kiste liegt?«, fiel er mir ins Wort.

»Genau. Sie hätte ihn verlassen können, wenn es so schlimm mit ihm war.«

Holger hörte auf zu kneten und flitschte sich die Einmalhandschuhe von den Händen. »Also erstens, Schätzchen, hast du keine Ahnung, wie schlimm es mit ihm war. Zweitens waren Lisbett und Uwe ungefähr seit der Steinzeit verheiratet, und Lisbett ist über 60. Da verlässt du deinen Mann nicht mal eben so.« Er schnippte mit den Fingern, um das »mal eben so« zu unterstreichen.

»Das ist doch Unsinn. Heutzutage …«

»Lisbett ist keine Frau von heutzutage, Schätzchen. Lisbett hat noch gelernt, dass die Frau dem Manne untertan ist, verstehst du? Die hat seit Jahrzehnten erduldet und gelitten. Sie wäre nicht die erste Frau in der Menschheitsgeschichte, die heimlich jubiliert, weil es den Göttergatten dahingerafft hat. Und die seine Idee preist, angesoffen auf einer Leiter herumzuturnen. Immerhin hat sie ihn nicht davon abgehalten.«

»Das ist doch Unsinn«, wiederholte ich lahm.

»Mal ehrlich, Loretta: Würdest du auf eine Leiter steigen und die Dachrinne sauber machen, wenn du betrunken bist?«

»Das ist ja mal eine selten blöde Frage«, ereiferte ich mich. »Natürlich würde ich das nicht tun. Aber das sage ich jetzt, denn ich bin nüchtern und vernünftig. Frag mich noch mal, wenn ich angeschickert bin.«

»Aber jeder, der dir wohlgesonnen ist, würde dich davon abhalten, oder?«

»Stopp! Das darfst du nicht einmal denken – geschweige denn aussprechen, Holger. Ich war gestern dort. Sie war total schockiert. Das war nicht gespielt, nie im Leben.«

Holger hob die Hände in einer Ich-will-nichts-gesagt-haben-Geste und wandte sich wieder seinem Teig zu. Eine Weile arbeiteten wir schweigend weiter, dann sagte er: »Mich hat die ganze Sache echt zum Grübeln gebracht, Loretta. Tatsache ist, dass jederzeit blöde Unfälle passieren können, die tödlich ausgehen. Dir, mir, jedem. Ich kann in meine Hütte gehen, und nach einiger Zeit fällt dir auf, dass ich nicht wieder auftauche. Du guckst nach und findest mich tot in einer Blutlache liegen. Warum? Weil ich vielleicht nur über den blöden Teppich gestolpert bin und mir den Schädel an der Tischkante eingeschlagen habe. Zack. Vorbei.«

»Das ist total gruselig!«

Er zuckte mit den Schultern. »Passiert aber tagtäglich, Schätzchen. Eins habe ich mir ganz fest vorgenommen: Ich will keinen Streit mit Jan haben, wenn wir uns trennen. Also, nicht trennen im Sinne von Schluss machen. Sondern morgens, wenn er zu seiner Arbeit geht und ich zu meiner, verstehst du? Stell dir vor, ihm passiert was, und das Letzte, das ich zu ihm gesagt habe, war eine Beleidigung!« Er schüttelte sich. »Horror, echt.«

»Hör auf!«

»Ist doch wahr. Wir sind mit jemandem zusammen und nehmen das irgendwann als Selbstverständlichkeit. Wir hören auf, nett miteinander umzugehen, dem anderen jeden Tag zu zeigen, wie wichtig er für uns ist. Und wie entsetzlich es wäre, wenn er plötzlich aus unserem Leben verschwinden würde.«

Er ging mit dem Teig in die Küche, um zwei Bleche für den Belag vorzubereiten, und ließ mich nachdenklich mit meinen Stachelbeeren am Tisch zurück.

Nachdenklich machte mich vor allem, dass Frank gestern Abend fast das Gleiche gesagt hatte: Wie schlimm er es fände, wenn jemand stirbt und er hätte Streit mit demjenigen gehabt. Oder ihm nicht gesagt, wie gern er ihn mag. Prompt kam mir Tom in den Sinn. Wussten wir einander noch zu schätzen? Und ich sage hier ganz bewusst *wir.* In welcher Situation befanden wir uns gerade? Im Streit? Tatsache war, dass ich mich zurückgezogen hatte, um ihn spüren zu lassen, wie es ohne mich war. Korrigiere: in der Hoffnung, dass er mich vermisste. Ich wollte ihn in seinem eigenen Saft schmoren lassen, er sollte mich anflehen, zurückzukommen, mir beweisen, wie wichtig ich für ihn noch immer war.

Plötzlich fiel es mir wie Schuppen von den Augen: Das war nichts anderes als ein dämliches Kräftemessen, das ich initiiert hatte. Es war nicht von Bedeutung, wie lange er mir nicht mehr gesagt hatte, ob und wie wichtig ich noch für ihn war. Die Frage war: Wann hatte ich es ihm zuletzt gesagt?

Um ehrlich zu sein – ich konnte mich nicht erinnern.

Und ich wusste plötzlich, was ich zu tun hatte: Ich würde verdammt noch mal nach Hause fahren, um für meine Beziehung zu kämpfen. Das war tausendmal wichtiger als eine Trauerfeier für einen mir vollkommen unbekannten Menschen.

Auf Zehenspitzen schlich ich in die Wohnung, denn ich wollte Tom überraschen. Genau wie am Tag zuvor hörte ich eine Frauenstimme aus seinem Zimmer, aber diesmal wusste ich Bescheid. Bestimmt wieder eine Zwergin oder eine Trollfrau oder eine Zauberin aus seinem virtuellen Gefolge … Ich kicherte in mich hinein. Ich bin aus Fleisch und Blut und ihr nicht, dachte ich, letztendlich habt ihr gegen mich keine Chance …

Leise stellte ich die Reisetasche ab und tapste lautlos zu seiner Zimmertür. Was ich sah, wischte mir das erwartungsvolle Lächeln aus dem Gesicht.

Toms Oberkörper war frei, seine Hose stand offen und seine linke Hand war darin verschwunden. Fasziniert starrte er auf den Monitor, wo eine Frau gerade dabei war, ihre Brüste auszupacken.

Ehe hier Missverständnisse aufkommen: Ich spreche nicht von einer virtuellen Pixelzwergin aus dem Spiel mit niedlichen, virtuellen Pixeltittchen, hahaha, wie lustig.

Nein, ich spreche von einer *echten* Frau, die ihre *echten* Titten bildschirmfüllend zu präsentieren gedachte. Sie öffnete ganz langsam den Verschluss vorne an ihrem BH, und die Brüste hüpften heraus wie … na ja, wie Brüste eben aus einem BH hüpfen, wenn sie ihr enges Geschirr endlich verlassen dürfen, die kleinen Racker. Und mein Freund kriegte Stielaugen und wühlte in seiner verdammten Hose herum.

Ich war sprachlos. Tom gab Geld für irgendeine Professionelle im Internet aus, die sich vor ihrer Webcam rekelte?

»Freut mein Häuptling sich, die beiden bald anzufassen?«, gurrte die Frau, die ihre Titten so nah in die Kamera hielt, dass ihr Kopf nicht zu sehen war.

»Und wie«, murmelte Tom, während er sich weiter ausführlich befummelte, »das weißt du doch.«

Die Frau kicherte und veränderte ihre Position. Ihr Nichts von Slip kam in Sicht. Er hatte rechts und links je ein neckisches Schleifchen, die sie aufzog. Das Fetzchen fiel herab, und sie legte genauso langsam, wie sie ihren BH geöffnet hatte, eine Hand vor ihre Scham. Langsam genug, um sich vorher noch ausführlich zu präsentieren.

»Huch«, sagte die Frau, »das ist mir jetzt aber peinlich.«

Tom lachte. »Du bist durch und durch versaut, Tanja. Ich werde dir den Verstand aus dem Leib ficken.«

Die Frau kicherte wieder und setzte sich, sodass jetzt ihr nackter Oberkörper und ihr Gesicht zu sehen waren. »Was willst du deiner Alten sagen, wo du hinfährst?«, gurrte sie, während sie sich wie zufällig die Brüste streichelte.

»Dass unsere Online-Gruppe sich trifft, kein Problem. Das letzte Gruppentreffen war bei uns, und jetzt ist es halt bei jemand anderem.«

»Und eigentlich lügst du ja nicht mal – schließlich gehöre ich im Spiel zu deinem Gefolge. Dass die anderen bei dem Treffen nicht dabei sind, bleibt unser kleines Geheimnis. Endlich darf die gehorsame Sklavin ihrem Herrn beweisen, wie ergeben sie ihm ist.« Eine ihrer Hände verschwand aus dem Bild. »Und bis dahin hält sie alles schön geschmeidig für dich …«

»Du machst mich wahnsinnig, Tanja«, röchelte Tom mehr, als er sprach.

»Armer Häuptling«, die Frau leckte sich über die glänzenden, babyrosa geschminkten Lippen, »du darfst deinen ganzen Frust an mir auslassen, sooft du willst, versprochen …«

»Mach dich auf was gefasst, du geiles Luder, bei mir hat sich einiges aufgestaut …«

»Na, das will ich doch hoffen. Deine Spielverderberin macht es dir ja auch nicht gerade leicht. Kein Wunder, dass du auf die keinen Bock mehr hast.«

»Gestern habe ich mit ihr gevögelt, weil du mich vorher derart scharf gemacht hattest. Ich musste mich einfach abreagieren.«

»WIE BITTE?«, kreischte ich.

Zugegeben: Ich hatte einige Zeit gebraucht, um zu begreifen, was hier ablief. Ich war nicht nur körperlich wie versteinert – mein Gehirn war buchstäblich schockgefroren und außerstande, die Bilder vor meinen Augen zu einer klaren Information zu verarbeiten. Aber langsam, ganz langsam, verstand ich: Keine Professionelle, o nein. Dieses Weib auf dem Bildschirm war eine aus seiner Truppe, wahrscheinlich quatschte er mit ihr jeden gottverdammten Tag und heulte sich darüber aus, wie schrecklich sein Leben mit mir war. Ich wollte mir gar nicht erst vorstellen, wie lange die beiden per Webcam schon »Zeigst du mir deins, dann zeig ich dir meins« spielten, ohne dass ich das Geringste geahnt hatte.

Aber erst die Neuigkeit, dass Tom und ich gestern nur deshalb miteinander geschlafen hatten, weil eine *andere Frau* ihn angetörnt hatte, weckte mich endgültig aus meiner Erstarrung.

Tom fuhr herum.

Seine Augen weiteten sich entsetzt, als ich mit schnellen Schritten zu ihm ging, mich vorbeugte und ihm aus nächster Nähe, so laut ich konnte, noch einmal »WIE BITTE???« ins Gesicht brüllte.

»Ups ...«, sagte die nackte Frau auf dem Bildschirm, der umgehend schwarz wurde, als sie die Verbindung unterbrach.

Tom glotzte mich an und suchte nach Worten. Er zerrte seine Hand so hektisch aus der Hose, dass er sich am Reißverschluss eine lange Schramme holte. Unterdrückt fluchend tastete er nach seinem Hosenstall und mühte sich mit zitternden Händen ab, die Luke zu schließen, während ich innerlich langsam bis zehn zählte, um mich unter Kontrolle zu bekommen. Meine berufliche Routine darin, meine Stimme klingen zu lassen, wie ich es wollte, kam mir sehr gelegen.

»Meinetwegen brauchst du deinen armseligen Pimmel nicht einzupacken«, sagte ich kalt. »Ich bin schon wieder weg. Dann könnt ihr in aller Ruhe weitermachen, du blöder Arsch.«

»Loretta – das ist ein Missverständnis. Wie lange bist du schon ... was hast du ...« Er streckte die Hand nach mir aus. »Das ist nicht, wonach es vielleicht ...«

Weiter kam er nicht, denn ich schlug seine Hand weg. Die Hand, mit der er gerade eben noch seinen ... uaaaaah. Um nichts in der Welt hätte ich jetzt seine Berührung ertragen – und das galt für alle Zukunft, soweit es mich betraf.

»Loretta, wirklich, das ist nicht ... das ist doch nur Spaß! Eine dumme Wette. Ehrlich.«

Das klang dermaßen nach doofer Ausrede, das stank dermaßen nach dreckiger Lüge, dass ich umgehend ausflippte.

»Spaß? Eine dumme Wette?«, schrie ich. »Wenn ihr euch gegenseitig eure ... eure ... *Geschlechtsteile* zeigt? Spinnst du?«

»Loretta, bitte ...«

»Ich werde dir den Verstand aus dem Leib ficken«, äffte ich ihn

nach, und sein Gesicht wurde weiß, denn er begriff, seit wann ich schon in der Tür gestanden und nicht nur zugesehen, sondern vor allem zuge*hört* hatte.

Und trotzdem – ich konnte es kaum fassen – gab er nicht auf.

Er setzte seinen berühmten Welpenblick auf, der bei mir sonst immer funktionierte. »Ich habe mich ohne dich so einsam gefühlt, Loretta. Und Tanja ist nur eine kleine Schlampe. Die kann dir doch nicht das Wasser reichen.«

Mein Blut fing an zu kochen. Ein roter Schleier waberte vor meinen Augen und in meinen Ohren rauschte es. Ich sah, wie er die Lippen bewegte, aber ich hörte nichts mehr außer diesem Rauschen, das immer lauter zu werden schien. Dieser Penner hatte nicht einmal genug Mumm, zu dem zu stehen, was er gemacht hatte. Ich war Augen- und Ohrenzeugin gewesen, und er versuchte trotzdem, so zu tun, als wäre es eine Bagatelle.

Und – man kann es mir glauben oder nicht – ich ärgerte mich maßlos darüber, dass er diese Tanja als *kleine Schlampe* bezeichnete. Mochte ja sein, dass sie tatsächlich eine war, aber ihm stand es zuallerletzt zu, dieses Urteil über sie zu fällen, nachdem er sich selbst wie eine Mega-Schlampe verhalten hatte.

Als wenn das alles noch nicht abartig genug wäre, versuchte er auch noch, mir eine Mitschuld aufzudrücken. Schließlich hatte er das ja nur getan, weil er ohne mich so einsam war. Hieß im Klartext: Wärst du nicht abgehauen, Loretta, hätte ich Tanja nicht gebraucht. Wenn das nicht frech war!

Ich musste hier weg, aber schnell. Nur noch eine winzige Minute länger, und ich …

Ich wandte mich ab, drehte mich aber noch einmal zu ihm um. »Ich gehe jetzt, Tom, denn sonst kille ich dich.«

Kapitel 12

Auf einem Bein kann man nicht stehen (auf zweien aber manchmal auch nicht)

Ich fuhr zurück zu dem Ort, von dem ich wusste, dass ich dort auf jeden Fall jede Menge Alkohol bekommen würde: Parzelle 9 in der Schrebergartenkolonie *Saftiges Radieschen.* Uwes Trauerfeier.

Und wenn ich dann morgen irgendwann wieder nüchtern war, konnte ich mir überlegen, wie es weitergehen sollte. Ohne Tom. Denn der hatte bei mir verschissen, aber endgültig.

Ich war erstaunlich ruhig, während ich meine alte Rostlaube durch die spätnachmittägliche Rushhour in der Innenstadt steuerte. Und ich war ein bisschen erschrocken darüber, dass ich wirklich und wahrhaftig das Bedürfnis gehabt hatte, Tom umzubringen. Ihm endgültig das ungewaschene Maul zu stopfen, aus dem diese gemeinen Dinge über mich gefallen waren. Während er da vor sich hin stammelte und mich kuhäugig-flehend anglupschte, hatte ich vor ihm gestanden und überlegt, welches Werkzeug ich dazu benutzen könnte, um ihn zu massakrieren.

In der Küche gab es wunderbare, riesige, mächtig scharfe Messer, bestens geeignet für ein kleines Spontan-Gemetzel …

Oder im Wohnzimmer, dieser schwere Metallaschenbecher, der würde seinen Schädel bestimmt aufplatzen lassen wie eine reife Tomate …

Und dann würde ich neben seiner Leiche sitzen, auf die Polizei warten und mich widerstandslos festnehmen lassen, völlig zufrieden mit dem, was ich getan hatte …

Aber mal ehrlich: Hatte ich Lust, dafür lebenslang in den Knast zu wandern? War es das wert? War *er* das wert? Der Mann hatte sich wie ein Arschloch aufgeführt, denn er hatte mich betrogen. Auch wenn der reale Vollzug noch nicht stattgefunden hatte, war er immerhin konkret geplant gewesen. Außerdem: Das, was die beiden Früchtchen da mithilfe der Webcam veranstaltet hatten, fiel für mich bereits unter Betrug.

Wette – ha.
Hielt Tom mich für bescheuert?
Das war echt beleidigend, fand ich.

Es war 17.30 Uhr, und auf Parzelle 9 sah es aus wie bei einem Open-Air-Konzert. Die Besucher der Trauerfeier drängelten sich um provisorisch errichtete Verpflegungsstationen, an denen es wahlweise Kuchen oder deftige Speisen gab. Getränke wurden auf der überdachten Veranda ausgeschenkt. Eins musste man ihnen lassen: Wenn es ums Essen ging, konnte kein professionelles Catering-Unternehmen mithalten. Die Schrebergärtner stellten in null Komma nix ein Riesen-Büfett auf die Beine.

Noch war die Stimmung gedämpft, aber man wusste ja, wie das war bei Trauerfeiern: Irgendwann waren alle betrunken genug, um die Veranstaltung in eine feuchtfröhliche Sause ausarten zu lassen. Und wem das nicht passte, der konnte ja gehen.

Holger stand hinter einem langen Tapeziertisch, der sich unter der Last vieler gestifteter Kuchen und Torten buchstäblich bog, und winkte mich zu sich. Er legte ein Stück von unserem Kuchen auf einen Teller und hielt ihn mir hin.

»Hier, musst du unbedingt probieren. Ist super geworden.«

Ich schüttelte den Kopf. »Keinen Hunger. Nachher vielleicht.«

Er musterte mich und runzelte die Stirn. »Was ist los? Du siehst schlecht aus.« Er stutzte. »Wieso bist du überhaupt hier? Du wolltest doch zu deinem Freund und …«

Ich winkte ab. »Erzähle ich dir später. Jetzt brauche ich erst mal einen Schnaps. Und danach noch einen. Bis gleich.«

Ich bahnte mir den Weg durch die herumstehenden Leute, von denen ich viele nicht kannte. Diese Kolonie bestand ja nicht nur aus dem Perlhuhnweg und Uwe war – so vermutete ich jedenfalls – seit Jahrzehnten in diesem Kleingärtnerverein Mitglied gewesen, was den Menschenauflauf erklärte.

Der Mann, von dem ich mittlerweile wusste, dass er Jupp war, schob Dienst am Getränkeausschank – wie passend. Seine blutunterlaufenen Alkoholiker-Augen fixierten mich lüstern, als er fragte: »Na, was darf's denn sein, schöne Unbekannte?«

Großer Gott.

Reiß dich zusammen, Loretta.

»Einen doppelten Wodka auf Eis«, antwortete ich, »oder nein – einen dreifachen.«

»Oho! Eine Frau ganz nach meinem Geschmack.«

Würg.

Jupp versuchte sich an einem verführerischen James-Bond-Blick, was leider – nicht zuletzt wegen seiner in diversen Rot-, Lila- und Blautönen schillernden Säufernase – gründlich misslang. Er füllte großzügig Wodka in einen Pappbecher, warf lässig einige Eiswürfel dazu und stellte das Getränk auf den behelfsmäßigen Tresen.

Wieder dieser Blick, dann: »Wenn du mich suchst, Schätzchen, ich bin hier.«

Pass auf, was du sagst, du Honk, dachte ich grimmig, leg dich nicht mit mir an. Nicht heute. Nur Holger darf mich hier ungestraft *Schätzchen* nennen.

Der Wodka rann ölig und eiskalt durch meine Kehle. Wunderbar.

»Noch einen, bitte.«

Jupp öffnete den Mund und setzte zu einer erneuten verbalen Schmierlappigkeit an, aber ich ließ meinen Zeigefinger erigieren und rammte ihn ihm unter die Nase.

»Ich bin nicht zu Plaudereien aufgelegt, Meister.«

Sein Mund klappte zu. Er beeilte sich, mir den bestellten Drink hinzustellen, und zog sich sofort ans andere Ende der Theke zurück, wo Theo und ein paar andere Nachbarn standen. Gut so. Das erhöhte seine Überlebenschancen beträchtlich. Die Männer glotzten mich schweigend an.

Plötzlich kam ich mir vor wie *Der Fremde,* der in einer kleinen, staubigen Westernstadt zum ersten Mal den Saloon betritt … die Saloontüren schwingen knarrend hin und her … meine Sporen klirren, während ich zur Theke gehe … das Piano verstummt … Gespräche brechen ab … Totenstille um mich herum … »Whisky«, schnarre ich aus zusammengebissenen Zähnen, zwischen denen ein Zigarillo klemmt … der Barmann kippt hastig Whisky in ein Glas … und so weiter, und so weiter.

Ich nickte den Herren knapp zu, nahm meinen Pappbecher und schlenderte über die Parzelle. Sämtliche Nachbarn hatten ihre Gartenstühle und -tische angeschleppt und überall im Garten Sitzmöglichkeiten geschaffen. Die trauernde Witwe Lisbett saß, umgeben von ihren Mädels, in der Hollywoodschaukel und ließ sich kondolieren. Sie lachte zwar nicht gerade über beide Backen, sah aber alles andere als am Boden zerstört aus.

Frank, der mit Bärbel an einem schmiedeeisernen Tischchen hockte, hatte mich entdeckt und winkte mich rüber.

»Na, ihr?«, nuschelte ich mehr, als ich sprach, und setzte mich dazu. Ich setzte meinen Pappbecher an, aber der Alkohol war schon wieder verschwunden. Lediglich die zusammengeschmolzenen Reste der Eiswürfel klirrten gegen meine Zähne. »Mist. Leer.«

Sofort sprang Frank auf. »Ich hole dir was. Dir auch, Bärbel?«

«Wodka, dreifach, auf Eis«, sagten Bärbel und ich, nahezu lippensynchron.

»Ui«, machte Frank beeindruckt und schob ab.

»Und?«, fragte Bärbel.

Ich zuckte mit den Schultern. »Muss. Und selbst?«

»Muss.«

»Der Kerl?«

Sie nickte. »Und bei dir?«

»Was sonst.«

Bärbel seufzte. »Genau. Was sonst.«

Wir hüllten uns in brütendes Schweigen, bis Frank mit unseren Getränken aufkreuzte.

»Wass 'n hier für 'ne miese Stimmung?«, fragte er.

»Wir sind auf 'ner Trauerfeier, oder?«, knurrte Bärbel und kippte sich den Drink hinter die Binde.

»Genau«, sagte ich und tat es ihr gleich.

»Lisbett sieht nich halb so fertich aus wie ihr zwei Trauerklöße«, konstatierte Frank. »Dat du 'n Brass auf dein Ollen has, weiß ich ja, Bärbel. Aber wat is mit Loretta los? Hm, Loretta? Wass los? Sach schon. Ich merk doch, dat mit dir wat nich in Ordnung is. So gut, wie wir zwei uns jetz kennen. Mir kannze allet sagen, weisse doch. Jederzeit, echt.«

Boaaah … das würde ewig so weitergehen. Er würde bohren und nerven und quengeln und unsere besondere *Verbindung* beschwören, bis ich es ihm sagte. Aber ich musste ihm ja nicht die Wahrheit sagen, fiel mir ein, ich konnte ihm ja irgendeinen Bären aufbinden, damit er mich in Ruhe ließ …

»Ich hab Schluss mit meinem Kerl«, sagte ich.

Verdammt.

Ich vertrug einfach keinen Alkohol. Natürlich waren drei Dreifache kein Pappenstiel, aber wie kam ich dazu, mein Privatleben vor fremden Leuten auszubreiten? Bärbel – okay, weibliche Solidarität und so, aber … Frank? War ich blöd?

»Wat? Du hass 'n Kerl?«, fragte Frank verblüfft.

»Hatte. Bis vor einer Stunde«, korrigierte ich ohne nachzudenken.

Verdammt!!!

»Ich will nicht darüber reden«, fügte ich hinzu.

»Aber du musst.« Frank sah mich sehr, sehr ernst an. »Dann geht et dir besser.«

Das wüsste ich aber.

Da – Rettung nahte. Diana hatte Feierabend und war endlich aufgekreuzt. Sie stand bei Holger und ließ sich kichernd von ihm mit Kuchen füttern. Diana wusste ja noch von überhaupt nichts – nicht einmal, dass ich nach Hause gefahren war, um meine Beziehung zu retten. Bei diesem Gedanken stieg mir umgehend reine Galle in die Kehle. Ich hätte kotzen können.

»Da ist Diana.« Ich stand auf. »Bin gleich wieder da«, log ich, ohne rot zu werden.

»Weisse ja – jederzeit, Loretta. Echt«, sagte Frank. Bärbel stieß ihn an und verdrehte die Augen.

Bereits nach zwei unsicheren Schritten wurde mir klar, dass der Alkohol mir nicht nur die Zunge gelöst, sondern auch meine koordinativen Fähigkeiten negativ beeinflusst hatte. Besonders die der unteren Extremitäten. Im Sitzen hatte ich das nicht so gemerkt, aber jetzt war mir plötzlich ordentlich schwindelig. Mit reichlich Schlagseite und verblüffend weichen Knien eierte ich quer über den Rasen, im halsbrecherischen Slalom zwischen den Sitzgruppen hindurch, den Blick mehr oder weniger fest auf mein Ziel gerichtet.

Unterwegs touchierte ich einen Tisch, aber beherztes und reaktionsschnelles Greifen nach Tassen und Gläsern (nicht ich, sondern die Leute, die dort saßen) konnte Schlimmeres verhüten. Na ja, *ich* fand es bewundernswert reaktionsschnell – die Leute am Tisch hatten das Unheil, also mich, vermutlich schon längst auf sich zu torkeln sehen und sich in aller Ruhe auf die Unvermeidlichkeit des Zusammenstoßes vorbereiten können.

Ein schöner Beweis für die Relativitätstheorie: Ich fand mich relativ schnell, aus Sicht aller anderen war ich mit großer Sicherheit relativ langsam.

Wie auch immer.

Ich schleuderte auf die Kuchentheke zu wie ein sich maßlos überschätzender Schlittschuhläufer, der an der Bande ein besonders cooles Bremsmanöver plant, um die 14-jährigen Mädchen zu beeindrucken – aber stattdessen volle Breitseite die Umrandung der Eisfläche rammt.

»Hoppla«, sagte Diana und fing mich auf. »Was ist denn mit dir los?«

»Nichts! Wieso? Mir geht es hervorragend!«, grölte ich und löste mich aus ihrer Umklammerung.

Das Rauschen in meinen Ohren begann ganz leise und wurde immer lauter. Wie durch Watte hörte ich Diana meinen Namen rufen. Schwarze Flecke tanzten vor meinen Augen.

»Wassisdasdenn?«, nuschelte ich, und dann ging das Licht aus.

Kapitel 13

Ein merkwürdiges Erwachen
und ein wertvoller Tipp unter Hausfrauen

»Wo bin ich?«, murmelte ich verwirrt, als die Lichter langsam wieder angingen.

Kein Witz!

Wirklich und wahrhaftig *Wo bin ich?*, genau wie im Film, wenn irgendwelche Leute aus einer Ohnmacht erwachen. Bisher hatte ich das für ein dämliches Klischee gehalten, aber es stimmte: Man weiß nicht, wo man ist. Ich erwachte wie aus einem tiefen Schlaf, und ich kapierte kein Stück, warum sich mein Kopfkissen wie eine Rasenfläche anfühlte, warum ich im Freien war und warum ich auf Füße guckte.

»Alles gut, Loretta«, sagte Diana. Gemeinsam mit Frank half sie mir auf die wackligen Beine. »Geht es einigermaßen?«

Ich nickte, mehr ging im Moment nicht.

»Wir gehen rüber zu mir«, kommandierte sie.

Der Weg kam mir endlos vor, so erschöpft fühlte ich mich. Bärbel hatte sich uns angeschlossen. Obwohl ich protestierte, nötigten sie mich auf die Liege und schoben mir Dutzende Kissen unter die Waden, damit mein Kreislauf sich möglichst schnell wieder stabilisieren konnte.

Ulla tauchte auf und hielt ein Fläschchen hoch. »Weißdorn. Bringt dich ganz schnell wieder auf Trab.«

Sie holte aus der Hütte einen Teelöffel und ließ das Extrakt aus der Flasche tropfen. Es war dunkelbraun und schmeckte so bitter, dass es mich schüttelte, als ich die Flüssigkeit schluckte.

»Boaah«, sagte Frank, in dessen blasses Gesicht allmählich die Farbe zurückkehrte, »weisse wat ich dachte, Loretta? Ich dachte, jezz is schon wieder einer tot, dat dachte ich! Ich seh dich da umkippen, und ich denk mich trifft der Schlach vor Schreck, war dat gruselich …«

»Red keinen Quatsch, Fränkie«, sagte Bärbel, »so schnell stirbt Loretta nicht.«

»Watte nich sachs«, schnappte Frank, »und wie war dat mit den Uwe, hm? Grade noch lebendig, inne nächste Sekunde tot. Ging ganz schnell, kannze mal glauben.«

Bärbel schüttelte den Kopf. »Das war ein tragischer Unfall, Fränkie. So was passiert leider manchmal. Aber woran sollte Loretta sterben? Denk doch mal nach!«

»Wat weiß ich denn? Schlachanfall, Herzinfarkt, Onarisma oder wie dat heißt, wenn da wat platzt inne Birne … hört man doch immer wieder. Zack – kippen die Leute um und sind tot. Zack.«

»Aneurysma«, korrigierte Bärbel.

»Herrgott! Onarisma … Aneurysma … weiß doch jeder hier, wat ich meine!«

Sollen sie sich ruhig in die Haare kriegen, dachte ich, dann will wenigstens niemand wissen, was mit mir los ist.

»Jetzt will ich aber endlich wissen, was mit dir los ist, Loretta«, sagte Diana prompt.

Statt einer Antwort fing ich an zu heulen. Machte aber nichts, denn wir hatten ja Frank.

»Loretta hat Schluss mit ihrn Kerl«, verkündete er. »Und deshalb geht et ihr scheiße.«

Diana beugte sich vor. »Telefonisch? Hat er per Telefon …? Oder du? Dann gratuliere ich.«

Stimmte ja – sie wusste noch nichts von meiner heutigen Entdeckung. Ich schüttelte den Kopf.

Diana zog die Augenbrauen bis zum Haaransatz. »Wann habt ihr euch gesehen?«

Und ich erzählte alles.

Wie ich ihn überraschen wollte und – wow! – wie sehr er mich überrascht hatte.

Meine Zuhörer lauschten atemlos, niemand unterbrach mich oder stellte Zwischenfragen.

»Die Sau«, entfuhr es Frank, als ich geendet hatte.

Ulla nahm meine Hand und tätschelte sie. »Männer sind Schweine«, sagte sie ernst. »Allesamt.«

»He!«, protestierte Frank automatisch. »Ich aba nich, hömma.«

»Ich hätte ihn am liebsten umgebracht!«, heulte ich und schnäuzte donnernd in das Taschentuch, das Frank mir freundlicherweise gereicht hatte.

Das Gartentor quietschte.

Diana kniff die Augen zusammen. »Das kannst du ja jetzt nachholen«, murmelte sie.

Ich mochte meinen Augen nicht trauen, aber Tom kam auf uns zu marschiert. Und damit nicht genug – er hatte einen pervers großen Strauß Blumen dabei.

»Verschwinde! Ich will dich nicht sehen! Nie mehr!«, brüllte ich, schlagartig wieder bei Kräften und stocknüchtern.

»Is dat die Sau?«, zischte Frank und ballte vorsichtshalber schon mal die Fäuste.

Tom kam zögernd näher; offensichtlich dachte er, ich würde die anderen wegschicken, um mit ihm unter vier Augen zu reden. Nichts da, sie wussten ja sowieso über alles Bescheid. Diana, Frank, Bärbel und Ulla saßen um mich herum, mit vor der Brust verschränkten Armen und finsteren Gesichtern wie Bodyguards. In ihrer Gesellschaft fühlte ich mich sicher.

Schließlich setzte sich Tom auf den Rand der Liege und sagte: »Ich will mich entschuldigen, Loretta.« Er hielt mir den wagenradgroßen Strauß unter die Nase. »Hier.«

»Verpiss dich«, fauchte ich und wandte den Kopf ab.

Er warf den anderen einen auffordernden Blick zu, aber alle saßen wie angewurzelt da und rührten sich nicht vom Fleck. »Würdet ihr uns bitte allein lassen? Loretta und ich haben etwas zu besprechen.«

»Haben wir nicht. Und meine Freunde bleiben hier, kapiert?«

Tom runzelte verärgert die Stirn, aber was sollte er dagegen tun?

Er wandte sich wieder mir zu. »Loretta, ich habe einen Fehler gemacht, ich weiß. Es tut mir leid, ehrlich. Aber das kann doch jedem mal passieren.«

Ich riss ihm die Blumen aus der Hand. Knospen, Blätter, Blüten und affige Dekoherzchen flogen wie Daunen aus einem geplatzten Kopfkissen durch die Gegend, als ich mit dem Strauß auf ihn eindrosch. Er entwand mir die Blumen und schleuderte sie in die Botanik. Na und? Ich schlug mit den Fäusten weiter.

Tom hielt mich grob an den Handgelenken fest. »Verdammt, es reicht. Krieg dich mal wieder ein!«

»Ey, sach ma, hörss du schlecht?«, brüllte Frank plötzlich. »Du sollz dich verpissen, aber pronto! Und lass gefällichs Loretta los, du Heiopei, sonz …«

Langsam wandte Tom den Kopf zu Frank, als würde er ihn erst jetzt bemerken. »Sonst?«

»Wirsse schon sehn«, gab Frank angriffslustig zurück und erhob sich aus dem Korbsessel.

Um die Wahrheit zu sagen: Frank war im Stehen nicht wesentlich größer als im Sitzen. Und deshalb war Tom auch nicht sonderlich beeindruckt.

Tom verzog den Mund zu einem spöttischen Grinsen. Dann drehte er sich wieder zu mir um und fragte: »Wer ist denn *der* Clown?«

Ehe ich antworten oder irgendwer hätte eingreifen können – Diana, Ulla und Bärbel waren schließlich auch noch da –, stand Frank auch schon neben meiner Liege. Ich habe bis heute keine Ahnung, wie er das gemacht hat. Eine geschmeidige, fließende Bewegung, und er hatte die halbe Terrasse überwunden: an Ulla und Bärbel vorbei und um das Fußende der Liege herum.

Er packte Tom am Kragen seiner Jeansjacke und zerrte ihn auf die Füße. Eigentlich ein witziger Anblick: der kleine, quadratische Frank und Tom, der lange Schlacks mit Wampe.

»Was …?«, blubberte Tom verblüfft. Er versuchte – vergeblich, natürlich – sich aus Franks Griff zu befreien. »Lass mich los, du Zwerg.«

»Zwerg, hm? Zwerg, hm? Zwerg, hm?«

Bei jedem *Zwerg* schüttelte Frank ihn ordentlich durch. Dann wieder eine blitzschnelle Bewegung, und Tom lag zwei Meter weiter zwischen den Lavendelbüschen auf dem Rücken.

Eines musste man ihm lassen – er gab nicht etwa auf. Tom rappelte sich hoch und klopfte sich abgerissene Blüten und Zweige von den Klamotten. Betörender Lavendelduft breitete sich aus.

Nicht nur Diana und ich, auch Ulla und Bärbel sahen, wie bei einem großen Boxkampf, atemlos zu. Fehlten nur noch der Typ, der mit großem Getöse die Runden ansagte, und natürlich Nummerngirls in knappen, sexy Outfits wie aus dem Sexshop … wie diese Tante auf Toms Monitor … Slip mit Schleifchen an den Seiten … grrrr …

»Los, Frank! Mach ihn fertig!«, hörte ich mich plötzlich schreien.

»Loretta!«, rief Tom entgeistert, und Frank zwinkerte mir zu.

Vielen Dank, Loretta, darauf habe ich nur gewartet, sagte dieses Zwinkern, und ich überlegte kurz, ob ich nicht vielleicht doch zu weit gegangen war …

Als hätte Ulla meine Gedanken gelesen, flüsterte sie mir zu: »Es ist in Ordnung. Er hat es sich verdient.«

Keine Ahnung, ob sie Frank oder Tom meinte. Hatte Tom es sich verdient, hier vor aller Augen Prügel zu beziehen? Oder hatte Frank es sich verdient, meine Ehre zu verteidigen?

Frank und Tom umkreisten einander. Tom schnaubend und rot vor Wut, Frank dagegen entspannt, tänzelnd, flink, mit dem Lächeln des Siegers auf den Lippen. Tom machte mit ausgestreckten Armen einen Schritt auf Frank zu und versuchte, ihn zu packen, aber Frank duckte sich ninjamäßig weg und war urplötzlich hinter seinem Kontrahenten. Tom fuhr herum und stutzte verblüfft, als Frank einfach dicht vor ihm stehen blieb und ihn ruhig ansah. Dann machte Frank einen kleinen Hüpfer. Seine Stirn stieß mit Wucht gegen Toms Adlernase, die mit einem knirschenden Geräusch eine andere, deutlich plattere Form als zuvor annahm.

Mit einem erstaunten »Urgs?!« presste Tom beide Hände auf das, was von seiner Nase übrig geblieben war. Blut quoll zwischen seinen Fingern hervor, besudelte seine Jeansjacke und tropfte großzügig auf seine Lieblingssneakers.

Diana ging in die Hütte und kam mit einem Geschirrtuch wieder zurück, das sie dem benommen herumtaumelnden Tom hinhielt. Er nahm es und drückte es an seine Nase.

»Mit kaltem Wasser auswaschen, sonst geht das Blut nicht raus«, sagte Ulla, und Tom warf ihr einen wilden Blick zu.

»Krankenhaus«, keuchte er. »Loretta, du musst mich ins Krankenhaus fahren.«

»Fahr doch selbst, wenn du ins Krankenhaus willst«, sagte Diana.

»Was? Wie …?« Anklagend hielt er uns das blutverschmierte Tuch entgegen. Aus seiner Nase tropfte es nach wie vor. Er hatte recht – so gehörte er nicht hinter das Steuer eines Autos.

Automatisch wollte ich aufstehen, aber Diana hielt mich zurück. »Ich fahre ihn, du bleibst mal schön hier.«

»Ich könnte auch … mach ich gern«, sagte Frank und griente über das ganze Gesicht.

»Dann schon lieber Diana«, schnappte Tom und stierte mich wütend an. »Das hätte ich nicht von dir gedacht, Loretta. Dass du eiskalt zuguckst, wie dieser … dieser …«

»Wat? Sprich dich aus.«

Frank ging drohend einen Schritt auf Tom zu, der umgehend zusah, einige Meter Distanz zwischen sich und den entfesselten Kampfzwerg zu legen.

Frank nickte zufrieden. »Und du lässt die Loretta gefällichs in Frieden, hörsse? Sonz tanz ich nochma 'ne Runde Tango mit dir. Kannze mich für ankucken, Alter. Und dat geht dann nich so glimpflich für dich aus. Dat is keine Drohung, dat iss 'n Versprechen, Langen.«

»Du solltest mal schön aufpassen, wen du bedrohst«, fauchte Tom aus sicherer Entfernung. »Das hier wird für dich ein Nachspiel haben, und das ist auch ein Versprechen. Ich zeige dich an. Wegen schwerer Körperverletzung. Und dann werden wir sehen, wer zuletzt lacht. Du bestimmt nicht. Ich habe vier Zeugen.«

»Also, ich habe nur gesehen, dass du Loretta angegriffen hast«, sagte Ulla bedächtig und musterte Tom aus zusammengekniffenen Augen von oben bis unten. »Und dann den Frank, als er Loretta helfen wollte. Für mich war das eindeutig Notwehr. Oder, Mädels?«

Bärbel nickte. »Seh' ich genauso. Gott sei Dank war Frank hier, um Loretta vor dir zu beschützen.«

»Wie bitte?« Tom schnappte nach Luft – und das nicht nur, weil mittlerweile seine Nase zugeschwollen war. »Seid ihr auf Droge?«

»Jetzt kommt auch noch Beleidigung dazu …« Ulla schüttelte theatralisch den Kopf.

»Loretta!« Tom sah mich flehend an, aber ich zuckte nur mit den Schultern.

»So, wäre dann alles geklärt? Können wir los?« Diana klimperte ungeduldig mit den Autoschlüsseln.

Und Tom gab sich geschlagen. Mit langen Schritten stürmte er zum Gartentor.

»Dann will ich mal. Bis später«, sagte Diana und folgte ihm.

Nachdem die beiden weg waren, herrschte für einen Moment lang Schweigen. Frank setzte sich wieder zu uns in die Runde. Er war vollkommen gelassen und atmete ganz ruhig. Hätte ich es nicht selbst gesehen, würde ich niemals glauben, dass er vor ein paar Minuten noch jemanden vermöbelt hatte. Nicht irgendjemanden, sondern Tom. Und ich hatte nicht nur in aller Seelenruhe zugesehen, sondern Frank auch noch angefeuert.

»Tut gut, wenn jemand den wohlverdienten Denkzettel bekommt, nicht wahr?«, sagte Ulla plötzlich.

Ich sah sie an. »Ich weiß nicht recht.«

»Du musst dich nicht dafür schämen, wenn du es genossen hast, Loretta.« Ulla beugte sich vor. Ihr Blick war eindringlich. »Er hat dein Vertrauen missbraucht. Er hat dich gedemütigt und beleidigt. Er ist ein Schwein und hat deine Liebe und Geduld nicht verdient.«

»Trotzdem, ich fühle mich irgendwie verantwortlich«, druckste ich verlegen.

Ulla schüttelte den Kopf. »Du fühlst dich verantwortlich? Hast du ihn zu diesem Webcam-Porno mit dieser Schlampe gezwungen? Klar, er hat versucht, dir die Verantwortung zuzuschieben. Typisch. Er hat das nur gemacht, weil er sich ohne dich so einsam gefühlt hat – das hat er doch gesagt, oder? Diese Dreistigkeit muss man sich mal vorstellen! Ich hätte ihm …«

Sie brach ab, ohne uns zu verraten, was sie mit ihm gemacht

hätte, aber ich hatte genug Fantasie, um es mir vorzustellen. Ich war sicher, es wäre mehr Blut geflossen als gerade hier im Garten. Sehr viel mehr. Und hinterher hätte es jede Menge Kaltwäsche zu erledigen gegeben.

Ulla atmete tief durch und fügte hinzu: »Ich finde, er hat noch Glück gehabt. Immerhin hat er den Garten aus eigener Kraft verlassen. Das hätte auch anders ausgehen können.«

Frank winkte geschmeichelt ab. »Ach, Ulla … lass doch …«

Kapitel 14

*Wenn man Farben brummen hört,
kann keine Schmerztablette helfen … wohl aber ein gutes Essen*

»Loretta! Lorettaaaaaaah! Ich weiß, dat du wach bis!«

Hatte es also nichts genutzt, die Lider fest zuzukneifen und keinen Muskel zu rühren. Na ja, man konnte es ja mal versuchen.

Ich blinzelte. Es war natürlich Frank, der mir die Sonne verdunkelte. Er trug geblümte Bermudas in derart schreienden, wahnwitzigen Farben, dass selbst der bekiffteste Surfer sich weigern würde, so etwas anzuziehen. Wer entwarf bloß solche Stoffe? Und verdiente auch noch Geld damit? Jemand, der blind oder doch wenigstens farbenblind war? Und wer kaufte so etwas? Blöde Frage – die Antwort darauf stand direkt vor mir.

Widerwillig zog ich die Ohrhörer heraus.

»Lass mich in Ruhe. Hau ab.«

Meine Kopfschmerzen waren definitiv stärker als meine angeborene Höflichkeit. Da musste Frank jetzt durch.

Nun hatte ich ihn bisher nicht als jemanden kennengelernt, der in diesen Dingen überempfindlich war, und das sollte sich jetzt einmal mehr bestätigen: Er strahlte mich übers ganze Gesicht an.

»Ui, da hat abba einer miese Laune …«

Mal abgesehen davon, dass ich *eine* und nicht *einer* war, hatte er durchaus recht. Ich hatte supermiese Laune, eine Laune von derart kapitaler, monumentaler Giftigkeit, dass ihn eigentlich ein einziger Blick von mir zu Boden hätte schleudern müssen – und zwar in zuckender Agonie und um Gnade winselnd.

Nichts dergleichen passierte. Er wippte munter vor und zurück, das war alles.

Ah – meine Sonnenbrille hatte die Todesstrahlen abgemildert und ihn geschützt. Also nahm ich sie ab und schleuderte ein paar Blitze in seine Richtung.

»Ganz schön rot, deine Augen«, sagte er unbeeindruckt. »Geheult oder ging gestern noch lange?«

Letzteres traf zu 100 Prozent zu.

Nach Dianas Rückkehr aus dem Krankenhaus hatte sich die Konversation rasch auf ein Thema beschränkt: Männer. Darauf, wie gemein, hinterhältig, verlogen und betrügerisch sie waren, um genau zu sein. Nach und nach waren auch Ilse, Helga, Renate und sogar Lisbett bei uns aufgetaucht, und der arme Frank war immer kleinlauter geworden. Irgendwann hatte er sich verzogen. Kein Wunder – bei acht Frauen und einer nicht enden wollenden Flut von Geschichten, bei denen die Männer nicht gerade gut wegkamen, um es mal freundlich zu formulieren.

Bärbel erzählte von ihrem Ex, Ulla beschwerte sich über Theo, Ilse über Jupp. Bei dem, was Bärbel mit ihrem ehemaligen Lebensgefährten mitgemacht hatte, war Toms Aktion am Computer kaum der Rede wert – aber es ging ja nicht darum, die Verfehlungen der Kerle in eine Rangliste einzuordnen.

Mit steigendem Alkoholpegel nahm auch die allgemeine Heiterkeit zu – selbst bei Lisbett. Wie wunderbar doch eine Welt ohne Männer wäre, malten wir uns fröhlich aus, und dass man diese verdammten Kerle alle in einen Sack stopfen und draufkloppen oder sie am besten gleich auf eine einsame Insel verschiffen oder ins All schießen sollte, hahaha. Darauf noch einen Wodka.

Erst weit nach Mitternacht blieben Diana und ich allein zurück. Sie wollte mich nicht allein lassen und blieb über Nacht. Aber brauchte ich Trost? Nein – das würde wohl erst später kommen.

Diana war schon weg, als ich am späten Vormittag aufwachte. Mein Kopf dröhnte wie ein Bootsdiesel und meine Kehle war trockener als die Kalahari. Nach zwei Gläsern Leitungswasser ging es mir etwas besser, aber essen mochte ich nichts. Als Frank auftauchte, lag ich draußen auf der Liege und hörte depressive Musik.

»Schon wat gegessen heute?«, fragte Frank.

Sein Gewippe machte mich aggressiv. Und seine fürchterlichen Shorts. Und seine Fröhlichkeit. Und die Tatsache, dass er sich von mir nicht niederstarren ließ.

»Lass mich in Ruhe, du Freak.«

Alles, was ich damit erreichte, war, dass er vor Lachen brüllte.

Und was er damit erreichte, war, dass ich mich davon anstecken ließ. Irgendwann beruhigten wir uns einigermaßen, aber dann guckten wir uns an, und alles ging wieder von vorne los – pure Hysterie, wenn man mich fragen würde.

»Boah, Loretta. Du bis mir vielleicht 'ne Marke«, schnaufte er schließlich begeistert und wischte sich die Lachtränen aus dem Gesicht.

»Vielen Dank«, erwiderte ich würdevoll und mied angestrengt jeglichen Blickkontakt. Nicht nur, weil ich nicht mehr lachen konnte, sondern auch, um meine Augen vor seinem exzentrischen Beinkleid zu schützen. Dennoch ließ sich nicht ignorieren, dass seine fürchterlichen Bermudas am Rande meines Blickfeldes vor sich hin flimmerten. Und zwar derart penetrant, dass sie in meinem Kopf so eine Art elektrisches Hintergrundbrummen auslösten.

Bssss ... bssss ... bssss ...

»Weisse wat? Ich koch uns wat Schönet«, sagte er. »Dat wird dir guttun. Komm inner Stunde rüber zu mir. Wir zwei, wir müssen doch zusammenhalten.«

Auch ohne hinzugucken wusste ich, dass er mich erwartungsvoll ansah. Mein erster Impuls war, abzulehnen, aber dann dachte ich, warum eigentlich nicht? Eigentlich war er ja ganz süß in seiner Fürsorge, und von dem schmalen Brett, dass wir seit dem Vorfall mit Uwe eine ganz besondere Verbindung zueinander hatten, würde ich ihn sowieso nicht mehr runterkriegen.

»In Ordnung. Aber zieh dir was anderes an, ja? Von deiner Buxe gehen meine Augen kaputt. Ein Oberteil wäre auch schön.«

»Geht klar!«, trompetete er glücklich.

Flink wieselte er den Weg herunter zum Gartentor. Ins vertraute Quietschen der rostigen Türangeln mischte sich sein kicherndes »Also echt, die is vielleicht 'ne Marke ...«

Das Ungünstige an der Lage von Dianas Parzelle am Ende einer Sackgasse war, dass ich auf dem Weg zu Frank an mehreren anderen Gärten vorbei musste. Ungesehen würde mir das nicht gelingen. Bei Lisbett nebenan wurden die Spuren der Trauerfeier beseitigt – in rein weiblicher Besetzung. Ich hörte die Stimmen von Lisbett,

Ulla, Helga und Renate, und eigentlich war es ungewöhnlich, dass Frank nicht mithalf, wenn ich es recht bedachte.

Mir fiel ein, dass Diana mir von einem Trampelpfad erzählt hatte, der an der Rückseite der Parzellen am Bahndamm entlanglief. Das war natürlich kein offizieller Weg, zumal es auch nicht ganz ungefährlich war, sich dort herumzutreiben. Auf dieser Strecke fuhr zwar nur eine S-Bahn, aber die konnte einen natürlich genauso zu Brei zermatschen wie jeder andere Zug, wenn man zur falschen Zeit auf den Gleisen herumturnte und nicht aufpasste.

Ich wühlte mich also durch die hohe Hecke hinter Dianas Häuschen und bahnte mir meinen Weg durch das Unkraut zu Franks Parzelle. Plattgetretene Gräser markierten den schmalen Pfad. Es war schwierig, die hohen Brennnesseln rechts und links nicht zu streifen. Als ich an Bärbels Garten vorbeikam, sah ich, dass sie zum Bahndamm hin einen hohen, stabilen Metallzaun gezogen hatte – bei drei kleinen und abenteuerlustigen Kindern eine clevere Vorsichtsmaßnahme.

Das nächste Grundstück war das von Frank. Ich arbeitete mich durch die zerzauste Ligusterhecke und ging um sein Steinhäuschen herum. Aus einem offenen Fenster hörte ich Töpfe klappern, ein Radio dudeln – und Franks lautstarken Gesang, in dem es darum ging, dass er irgendwo allein in Mexiko weilte und dort ein Mädchen namens Anita traf. Frank – ein Schlagerfan? Eine ganz neue Facette.

Er stand mit Rüschenschürze am Herd und wendete gerade irgendetwas, das in der Bratpfanne brutzelte. Dann hob er den Deckel von einem Topf, aus dem eine dicke Wolke Wasserdampf quoll.

Ich war überrascht.

Irgendwie hatte ich mit etwas Einfachem wie Käsebrot gerechnet. Oder Kartoffelsalat vom Discounter und Wiener Würstchen. Allenfalls eine Pizza aus dem Backofen. Was Jungs halt so für *Essen kochen* halten. Als mich Tom mal nach wochenlangem Genörgel meinerseits mit einem Essen überrascht hatte, als ich von der Arbeit kam, bestand dieses aus matschigen Fischstäbchen und Toast mit Nutella.

Kein Witz.

»Hey!«, rief ich und klopfte an den Fensterrahmen.

Er fuhr erschrocken herum. Der Topfdeckel landete scheppernd auf dem Fußboden.

»Boah, wat …?«, stammelte er und presste die Hand auf seine Herzgegend. Hastig zerrte er sich die Schürze herunter.

Ich grinste. »Kleine Revanche für meine erste Nacht hier. Du erinnerst dich?«

Er entspannte sich wieder. »Setz dich schomma. Tisch is gedeckt. Schluck Wein?«

Ich winkte ab. »Bloß nicht, dann bin ich direkt wieder stramm. Wasser reicht.«

»Mit Blubber oder Kraneberger?«

»Mir wurscht.«

In der Tat, der Tisch war gedeckt. Oder das, was Frank darunter verstand. Es gab ein altes Marmeladenglas mit Blümchen, zwei zerkratzte Tischsets aus Plastik und Besteck, bei dem kein Teil zum anderen passte. Die Trinkgläser hatten irgendwann einmal Senf beherbergt und die Papierservietten waren mit Christbaumkugeln bedruckt und wünschten mir ein Frohes Fest.

»Und Frieden auf Erden«, murmelte ich und setzte mich auf einen der Klappstühle am Tisch.

»Bin gleich soweit!«, rief Frank.

»Keine Eile«, rief ich zurück und sah mich um.

Er hatte einen schönen Garten. Viel Obst und Gemüse, aber auch einige hübsche Staudenbeete. Theo ist bestimmt zufrieden mit dir, dachte ich.

Der Fliegenvorhang aus bunten Plastikstreifen an seiner Eingangstür teilte sich und Frank erschien mit einer Karaffe Wasser. Er hatte sich tatsächlich mir zuliebe umgezogen. Und er hatte sogar verstanden, worum es mir ging. Ich hatte mit allem gerechnet, denn ich kannte mittlerweile einige seiner Outfits. Im schlimmsten Fall hätte er die Flower-Power-Katastrophe durch ein ähnlich schrilles Ensemble in Neonfarben ersetzen können, aber nichts dergleichen: Sein derzeitiger Dress stammte offenbar aus einem Bundeswehr-Shop und bestach durch augenfreundliches Khakigrün. Sowohl

Shirt als auch knielange Hose. Kein Muster, keine Blumen, keine weiteren Farben. Ich war begeistert.

Frank füllte unsere Gläser, verschwand wieder und kehrte Sekunden später mit zwei Tellern zurück, die er auf die Platzsets stellte.

Betörender Duft stieg in meine Nase; völlig baff – ich gebe es zu – glotzte ich auf gebratenes Fischfilet in Dill-Senf-Soße, Salzkartoffeln und Gurkensalat.

»Hau rein«, sagte Frank, nachdem er sich gesetzt und eine Serviette so in den Ausschnitt seines T-Shirts gestopft hatte, dass er jetzt ein weihnachtliches Lätzchen trug.

Schon der erste Bissen ließ mich dahinschmelzen. Der Fisch war auf den Punkt gegart und die Soße ein perfekt komponiertes Meisterwerk aus subtilen Senfaromen und genau der richtigen Menge Dill. Die goldgelben Kartoffeln hatten exakt den Grad an Mehligkeit, den ich überaus schätzte, und der Gurkensalat schmeckte, als hätte meine Omma selig ihn gemacht. Ich hätte mich in dem köstlichen Essen wälzen können. Stöhnend.

»Das war fantastisch«, sagte ich, nachdem ich die letzte, bis zum Schluss aufgesparte Kartoffel zerquetscht hatte, um auch ja keinen Milliliter der himmlischen Soße auf dem Teller zurückzulassen.

Frank zog das Lätzchen aus dem Halsausschnitt und wischte sich den Mund ab. »Super. Nachtisch?«

Ich nickte stumm. Das wurde ja immer besser!

Er servierte Vanillepudding mit Erdbeeren, aber so simpel, wie es sich anhörte, war es mitnichten. Zunächst einmal war der Pudding gekocht und nicht kalt aus einem Pulver zusammengerührt. An den fein gewürfelten Erdbeeren entdeckte ich kleine Blättchen, die gezackte Ränder hatten. Bestimmt Zitronenmelisse, dachte ich, aber weit gefehlt. Als ich probierte, fand in meinem Mund ein gänzlich unerwartetes Geschmackserlebnis statt: Er hatte die mit Zucker und etwas Zitrone marinierten Erdbeerstückchen mit Pfefferminze angereichert.

Die Art, wie ich meinen Pudding löffelte, kann ich nur als andächtig bezeichnen.

»Du bist ja ein Küchengott, Frank. Wahnsinn.«

Er lächelte verlegen. »Wenn et dir schmeckt …«

»Jetzt hör aber auf. *Wenn es dir schmeckt* … also ehrlich. Ich muss mich für etwas entschuldigen, wovon du nicht einmal weißt, aber ich tue es trotzdem. Ich hätte in 1.000 Jahren nicht damit gerechnet, dass du so gut kochst. Dass du überhaupt mehr drauf hast als Spiegelei, um die Wahrheit zu sagen.«

»Bisse nich die Einzige. Aber …«, er hob den Zeigefinger und zwinkerte mir zu, »nich jeder erfährt die Wahrheit, weisse. Manche Leute kenn ich schon jahrelang, aber die denken immer noch, ich kann nur Bütterken unfallfrei. So, und jezz mach ich uns 'n Expresso, wat meinze?«

Nach diesem fürstlichen Mahl hatte er sich das Recht verdient, *Expresso* zu sagen, ohne dass ich Klugscheißerin ihn verbesserte.

Als ich an dem starken, pechschwarzen Gebräu nippte, fiel mir auf, dass meine Kopfschmerzen verschwunden waren. Ich fühlte mich hervorragend.

»Wirst du nicht bei Lisbett zum Aufräumen erwartet?«, fragte ich schließlich. »Ich will dir nicht die Zeit stehlen.«

»Die hat mich doch zu dir geschickt. Die hat dich da so auffe Liege gesehen, Sonnenbrille auf, traurich … Weisse wat, Fränkie, hat se zu mir gesacht, geh du mal rüber zu Loretta, bisken aufmuntern, die Arme. Und da dachte ich, ich koch dir ma wat Schönes, damitte wieder auffe Füße komms.«

»Ziel erreicht, das auf jeden Fall. Was ich irre finde, ist, dass sie sich darum Gedanken macht, wie es mir geht, und dabei ist doch ihr Mann gerade gestorben. Man sollte meinen, sie ist diejenige, die Trost braucht.«

»Quatsch. Die Lisbett is froh dabei, dat sie ihn endlich los is. Ohne Scheidung und so ne Sperenzkes.« Er kicherte. »Ich wette, die Ilse beneidet sie. Und die Ulla erss!«

»Ach komm. So schlimm wird es schon nicht sein.«

»Du has ja keinen Schimmer, Loretta!« Er neigte sich mir zu und senkte die Stimme. »Die Mädels erzählen mir doch allet, wenn ich da im Garten helf. Die ham nix zu lachen, kannze ma glauben. Der Jupp mit seine Sauferei … weisse, warum die Ilse immer lange Ärmel anhat, auch im Sommer? Rate ma! Ich hab die Ilse schon vierma inne Notaufnahme gefahren, mitten inne Nacht, weil der Jupp ausgetickt is. Und der Theo … die Bärbel sacht, der Schweinehund will, dat sie an seim Schniedel rumkaut, sonst nimmt er ihr den Garten wech.«

»WIE BITTE?«

»Scht, nich so laut …«

»Weiß Ulla, dass der Theo …?« Ich konnte es nicht aussprechen.

»Um Gottes Willen – nee! Die würde ihn höchstpersönlich 'n Kopp kürzer machen, kannze mich für angucken.«

»Dann hat es mit Uwe vielleicht den Falschen getroffen?«

Frank schüttelte ernst den Kopf. »Nie im Leben. Der war auch so 'n Drecksack. Hat dat ganze Geld verspielt. Allet, wat die sich angespart hatten – futschikato. Dat der inne Regentonne ersoffen is, war reinet Glück für Lisbett. Auch wenn dat für uns zwei nich so schön war.«

Die Wucht der Informationen ließ mich verstummen. Holger hatte sich ja ganz ähnlich geäußert. Diana hatte auch geglaubt, dass Theo Bärbel sexuell belästigen würde. Ich wollte nichts weiter über diese Arschlöcher hören, kein Wort mehr.

Frank ging in seine Hütte und spülte das Geschirr. Mein Angebot, ihm dabei zu helfen, hatte er entrüstet abgelehnt. Nach einiger Zeit kam er wieder hinaus und brachte zwei frische Tässchen Espresso mit.

»Noch 'n kleinen Schwatten, wat meinze?«

Konnte ich gut gebrauchen, das stand mal einwandfrei fest. Gegen diese Albtraumprinzen aus der Kolonie hatte ich mit meinem Tom ja wohl das große Los gezogen …

Ich wollte gerade einen Schluck trinken, als Lisbett in Franks Garten gestürzt kam. Sie war bleich bis in die gesträubten Haarspitzen. Sie stoppte, kurz bevor sie den Tisch umgerannt hätte, und starrte uns wilden Blickes an.

»Ihr müsst sofort … Wir sind gerade … wir haben gerade …« Sie brach ab und schluckte. Dann krächzte sie: »Theo.«

Frank und ich sahen uns an. Dann sprach er aus, was ich dachte.

»Boah. Nich schon widda.«

Kapitel 15

Man sieht sich immer zweimal im Leben (auch wenn es das Letzte ist, was man will)

Es war wirklich schade um das schöne Essen, aber ein Blick auf Theo genügte, und ich raste zur Mülltonne, registrierte auf einer Nebendatei meines ansonsten Amok laufenden Gehirns, dass die Tonne sauberer war als mein Küchenfußboden zu Hause, riss den Deckel auf und kotzte hinein. Auch als mein Magen längst leer war, würgte ich krampfhaft weiter. Es fühlte sich an, als würden mir jeden Moment die Augäpfel aus den Höhlen treten und mein Schädel explodieren. Endlich beruhigte sich mein Körper. Ich richtete mich auf, atmete tief und sehr langsam durch, zählte innerlich sehr, sehr langsam bis zehn und drehte mich um – in der völlig irrationalen Hoffnung, ich hätte mir alles nur eingebildet.

Pustekuchen.

Halb kniete, halb lag Theo bäuchlings in einem See von Blut. Aus seinem Rücken ragten zwei riesige, sich an den Enden zuspitzende Metall…*dinger,* die ich im Moment nicht identifizieren konnte, auf jeden Fall aber irgendwann schon einmal gesehen hatte. Und ich erinnerte mich auch daran, dass ich damals gedacht hatte: Alter Schwede, die sehen aber echt gefährlich aus … Wenn die in falsche Hände geraten …

Jetzt waren sie in Theo geraten. Sein Kopf war zur Seite gedreht, sodass man sein Gesicht sehen konnte. Seine Augen waren weit aufgerissen, und aus meiner Perspektive wirkte es beinahe so, als würde er Franks Flip Flops einer sorgfältigen Inspektion unterziehen. Was natürlich Quatsch war, denn Theo war mausetot.

Hinter ihm stapelten sich zugeschnittene Holzteile und -pfosten sowie zwei weitere von diesen Metallspießen, die allerdings nicht aufrecht standen, sondern auf der Erde lagen, wie es auch vernünftig war, wie ich fand. Und jetzt fiel mir auch ein, worum es sich dabei handelte: Einschlaghülsen! Genauer gesagt: Bodeneinschlaghülsen. Gefährlich aussehende Biester, die man benutzte, um

Pfosten für Zäune, Carports und Ähnliches im Boden zu verankern. Ein langer, spitz zulaufender Dorn wurde ins Erdreich gerammt und die oberirdische Hülse nahm den Pfosten auf. Ich hatte sie mal gesehen, als ich mit Diana zusammen im Baumarkt war, um irgendetwas für den Garten zu holen.

Ulla und Lisbett hielten sich umschlungen und flüsterten miteinander. Was ihnen wohl durch den Kopf geht, fragte ich mich, und: Warum haben sie Frank und mich geholt? Weil wir schon Erfahrung mit dem Auffinden von toten Schrebergärtnern haben?

Also, ich für meinen Teil konnte gut darauf verzichten. Wenn ich gewusst hätte, von welcher diesbezüglichen imaginären Liste ich mich hätte streichen lassen können, um in Zukunft davon verschont zu bleiben, frische Leichen zu sehen, dann hätte ich es getan, aber sofort.

Wo waren überhaupt die anderen? Ilse, Helga und Renate, deren Stimmen ich eindeutig in Lisbetts Garten gehört hatte, als sie dort gemeinsam aufgeräumt hatten?

Und wo waren die Männer? Bei der Arbeit?

Komisch, wenn es irgendwo was zu saufen gab, waren sie vollzählig am Start, aber jetzt?

Keine Spur.

»Der Notarzt kommt gleich«, sagte Frank zu Ulla und steckte sein Handy weg.

Und der Rest der Brigade würde auf dem Fuße folgen: die Polizei und die Bestatter, natürlich.

»Was … Wie … Wie habt ihr …«, stammelte ich.

Lisbett sah mich an. »Ulla und ich sind hier rüber, um Kuchen zu holen. Der ist noch übrig von gestern, und Ulla hatte den im Kühlschrank.« Sie räusperte sich ein paar Mal. »›Wo ist denn eigentlich der Theo?‹, frage ich die Ulla, und die Ulla sagt: ›Drüben. Der wollte die Pergola aufbauen, hat er gesagt.‹«

Ulla nickte bestätigend, und ich glaubte kein Wort. Der Theo und eine Pergola aufbauen, das kam mir reichlich spanisch vor. Zumal man so ein Monster nicht allein, sondern mindestens zu zweit errichten würde, so viel wusste ich mittlerweile. Außerdem war Theo nicht gerade berühmt dafür, freiwillig schwere körperliche Arbeit zu verrichten – dafür gab es schließlich den gutmütigen Frank, der immer gern aushalf.

Aber Frank war bei mir gewesen. Nein, andersherum: Ich war bei Frank gewesen. Fakt blieb, dass wir zusammengewesen waren. Weil die Frauen ihn zu mir geschickt hatten, um mich aufzumuntern.

Der See von Blut, in dem Theo lag, sah nicht so aus, als wäre er schon Stunden alt – im Gegenteil. Also war ich praktisch Franks Alibi – es sei denn, er wäre von mir aus nicht zu sich gegangen, um das Essen vorzubereiten, sondern hätte mal wacker Theo gekillt und erst danach gekocht. Hm. Das glaubte ich allerdings noch viel weniger als die Geschichte, dass Theo die Pergola aufbauen wollte.

Wieso denke ich eigentlich, dass jemand nachgeholfen hat?, fragte ich mich plötzlich. Wieso kommt mir ein Begriff wie ›Alibi‹ in den Sinn? Nur wegen der Pergola-Geschichte?

Offenbar hatte Frank meine Gedanken gehört, denn er fragte ungläubig: »Wat? Der Theo wollte die Pergola aufbauen? Alleine?«

»Vielleicht wollte er auch nur die verdammten Einzelteile sortieren«, fuhr Lisbett ihn an. »Ist doch egal! Auf jeden Fall muss er gestolpert und in diese Hülsen gefallen sein! Sieht man doch!«

»Aba wer is denn bloß so dusselich und stellt die Dinger hochkant hin?!«, rief Frank aus. »Dat tut doch keiner, der bei Verstand is! Dat is doch viel zu gefährlich!«

Sein Blick flog zu Ulla, und er schlug erschrocken die Hand vor den Mund. »Ulla, tut mir leid, ich …«

Die frischgebackene Witwe winkte kraftlos ab. »Du hast ja recht. Es war dusselig von ihm.«

Im Großen und Ganzen folgte nun eine Wiederaufführung des Stücks, das wir bereits am Sonntag bei Uwe erlebt hatten. War es wirklich erst zwei Tage her?

Es kam mir wie eine Ewigkeit vor.

Der Notarzt traf ein und wurde von Frank an der Gartenpforte in Empfang genommen. Der Arzt war der gleiche wie vorgestern, die Sanitäter waren eine Neubesetzung. Lisbett und Ulla hatten sich in die Hütte zurückgezogen.

»Mal was anderes«, murmelte der Notarzt, als er den aufgespießten Theo sah. »Schöne Schweinerei.«

Er beugte sich über den Toten und kam schnell zu der Erkenntnis, dass er nichts mehr für Theo tun konnte.

Der Arzt richtete sich auf. »Sind Sie Angehörige?«, fragte er Frank und mich. Als wir synchron die Köpfe schüttelten, kniff er die Augen zusammen und musterte uns. »Sie beide kenne ich doch. Sie waren doch … Wann war denn das?«

»Vorgestern«, soufflierte ich.

Ich wunderte mich nicht, dass er sich nicht erinnerte. Meine Güte, der Mann hetzte von einem Drama zum nächsten, da konnte es schon mal passieren, dass er nicht mehr wusste, wann und wo er welchen Toten untersucht hatte. Und wer danebengestanden hatte.

Er nickte. »Genau. Vorgestern. Das war doch auch hier in der Kolonie.«

»So isset«, sagte Frank. »Dat war gegenüber, Nummer 9. Dat hier is Nummer 8. Perlhuhnweg. Nummer 8.«

Der Arzt hielt schon sein Handy in der Hand. »Und die Kolonie heißt *Rotes Radieschen* oder so ähnlich.«

»*Saftiges Radieschen*«, korrigierte Frank. »Saftich, nich rot. Obwohl – Radieschen sind natürlich rot, aba die Kolonie heißt …«

Der Notarzt legte eilig einige Meter zwischen sich und Frank, um die Polizei anzurufen. Seine beiden Sanitäter drückten sich bleichgesichtig im Hintergrund herum und waren kurz davor, sich heulend aneinanderzuklammern. Sie sahen aus, als hätten sie ihren ersten Tag und würden gerade ihre Berufswahl überdenken. Klar, als Finanzbeamter oder Schuhverkäufer lief man viel, viel seltener Gefahr, durchs Blut anderer Leute waten zu müssen. Da hatten sie sich von ihrem Idealismus leiten lassen und gedacht, sie könnten täglich ein paar Leben retten – und dann das. Die beiden waren so jung, dass sie sich den Bartflaum vermutlich morgens mit einem Handtuch von den Wangen rubbelten. Sie waren noch Lichtjahre von der Kaltschnäuzigkeit ihrer Kollegen entfernt, die ich zwei Tage zuvor kennenlernen durfte. Aber vermutlich war dieser Job nicht gerade einfach und machte einen früher oder später zum Zyniker, ob man wollte oder nicht.

Als der Notarzt sie heranwinkte, gingen sie widerwillig ein paar Schritte auf die Leiche zu.

»Da der Verunfallte nicht in den Sarg passt, wie Sie sehen, bringen wir ihn ausnahmsweise mit dem Krankenwagen in die Rechtsmedizin. Wir brauchen also gleich die Trage. Haben wir Tücher dabei?«

Die beiden Sanis nickten stumm.

»Gut. Dann wird die Polizei uns nachher eskortieren und den Toten damit vor den Blicken Neugieriger verbergen.« Er seufzte. »Wir müssen durch die halbe Kolonie, und ich habe keine Lust, Filmchen oder Bilder davon im Internet zu finden.«

Ach so, deshalb? Und ich hatte schon gedacht, er wollte die zarten Seelen der Kinder schützen, denen man auf dem Weg zum Krankenwagen vielleicht begegnete.

»Ulla? Lisbett? Wo bleibt ihr denn? Habt ihr uns vergessen? Wir warten auf den Kuchen!«

Das war Helga. Ich flitzte los, um sie zu informieren, was passiert war, und traf gleichzeitig mit der Polizei am Gartentor ein. Den einen der beiden Uniformierten kannte ich bereits: Wittke oder Wuschke oder so ähnlich.

»Sie dürfen nicht in den Garten, solange wir ihn nicht freigegeben haben«, herrschte er mich an.

»Ich *komme* gerade aus dem Garten«, gab ich zurück und hoffte, nicht allzu patzig zu klingen. Traditionell reagierten Polizisten empfindlich, wenn man patzig zu ihnen war. »Ich könnte mir vorstellen, dass Sie ein paar Fragen an mich haben.«

»So? Könnten Sie?«, fauchte er. »Haben Sie den Toten gefunden?«

»Den Toten? Welchen Toten?«, rief Helga, an die ich überhaupt nicht mehr gedacht hatte.

Ach du liebe Güte.

»Theo. Er hatte einen Unfall«, sagte ich rasch, und dann befahl der Polizist mir auch schon, gefälligst mitzukommen. Und Helga, gefälligst dazubleiben, wo sie war. Oder dorthin zurückzukehren, wo sie hergekommen war.

Ich trottete hinter ihm und seinem Kollegen her in den Garten, wo die beiden Beamten sich leise mit dem Notarzt unterhielten, der sie rasch und schnörkellos auf den Stand der Dinge brachte und zu Theo führte.

»Wahnsinn!«, hörte ich die Polizisten unisono ausrufen, als sie die Leiche sahen.

Ich stellte mich brav neben Frank und hielt die Klappe.

Der eine Polizist – wie hieß er noch gleich? – kam auf uns zu und baute sich vor uns auf. Er verschränkte die Arme vor der Brust und begutachtete uns argwöhnisch aus zu messerscharfen Schlitzen zusammengekniffenen Augen – genau wie der Notarzt vorhin. Fehlten noch ein Poncho, ein staubiger Hut, ein qualmender Zigarillo und Mundharmonikagewimmer und ich wäre mir wie in einem Film mit Clint Eastwood vorgekommen.

Aber Spaß beiseite – seinen Argwohn konnte ich ihm nicht verdenken.

Zwei tödliche Unfälle – wenn es denn Unfälle waren – in zwei Tagen, und beide Male trieben Frank und ich uns am Ort des Geschehens herum. Da konnte man schon mal ins Grübeln kommen. Zumal als Polizist.

Durfte das noch guten Gewissens unter Zufall verbucht werden?

Wie groß war wohl die Wahrscheinlichkeit, dass unsere Anwesenheit ganz harmlos war und nichts mit dem tragischen Geschehen zu tun hatte?

Ziemlich klein, würde ich mal vermuten. Würde mich an seiner Stelle auch misstrauisch machen, aber hallo. Wie viele Verbrechen würden wohl unaufgeklärt bleiben, wenn die Polizei nicht mehr miss…

»Sie beide kenne ich doch!«, blökte er in meine Überlegungen hinein.

»Frank Kropka.« Frank deutete erst auf sich und dann auf mich. »Das ist Loretta Luchs.«

Wie süß, dass er dem Polizisten zeigte, welcher Name zu wem gehörte.

Der Polizist wedelte ungeduldig mit der Hand. »Ja, ja. Ich meine etwas anderes: Sie haben doch auch vorgestern hier den Toten gefunden, oder?«

»Dat ist nich ganz richtich, Herr Wachtmeister. Erstens war der Tote vorgestern nich hier, sondern gegenüber, in Nummer 9. Hier, dat is Nummer 8. Und zweitens ham Loretta und ich die nich gefunden, sondern wir sind von den … also quasi von den *eigentlichen* Finderinnen gerufen worden. Also so als Erste dazugeholt worden, quasi. Oder als Zweite, wenn Se so wolln, Herr Wachtmeister. Die Ersten waren nich wir, sondern die Gattinnen. Die Lisbett Westermann hat den Uwe Westermann gefunden, dat war vorgestern, und dann hat die Lisbett geschrien und Loretta …«, wieder zeigte er auf mich, »… und ich sind hingerannt. Also hat die Lisbett Westermann uns genau genommen ja nich geholt. Und die Lisbett Westermann und die Ulla Passeck ham den Theo Passeck gefunden. Dat ist der heute. Und dann hat die Lisbett uns zwei geholt. Vorhin. Aus meim Garten.«

Der Polizist stierte Frank mit versteinertem Gesicht an und ich dachte, gleich zieht er seine Knarre und knallt ihn ab. Nur, damit er mit seinem wirren Geplapper aufhört. Ich hoffte inständig, er würde sich beherrschen können, damit mir bei all dem Unschönen, was ich heute schon gesehen und erlebt hatte, nicht auch noch Franks Gehirn um die Ohren flog. Aber vielleicht würde er ihn ja nur ins Bein schießen, so als kleine Warnung. Und damit die Sanitäter-Frischlinge was zu tun hatten.

»Wo sind die beiden, die den Toten gefunden haben?«, blaffte der Polizist.

Frank deutete mit dem Daumen hinter sich. »Drin.«

Der Polizist befahl uns, auf der Terrasse zu warten, und ging ins Haus. Am großen Gartentisch saß bereits der Notarzt und erledigte seinen Papierkram. Frank und ich hockten uns ans andere Ende des Tisches, um ihn nicht zu stören.

Als Stimmen aus dem Haus drangen, spitzte ich die Ohren. Bisher war nur Gemurmel zu hören gewesen, aber jetzt rief Ulla: »Das weiß ich doch nicht! Ich war doch nicht dabei!«

Eine Sekunde später erschien der Polizist in der Tür und blickte sehnsüchtig in Richtung Gartentor. Dann hellte sich sein Gesicht auf, und ich drehte mich um, um herauszufinden, warum.

Der Grund war weiblich und kam mit schnellen Schritten auf uns zu: Hauptkommissarin Küpper. Wieder viel zu warm angezogen, wieder schlecht gelaunt.

»Was ist hier los, Wuttke?«, fragte sie sofort, ohne Zeit mit sinnlosen Nichtigkeiten wie einer höflichen Begrüßung verplempern.

»Tödlicher Unfall«, referierte Wuttke, »das Opfer befindet sich hinter dem Haus. Theo Passeck, 61 Jahre. Ist in zwei Bodeneinschlaghülsen gestürzt.«

Sie runzelte die Stirn. »In was?«

»Bodeneinschlaghülsen. Da sind so Dinger, mit denen man Pfosten im Boden …«

»Ja, ja.« Sie wedelte ungeduldig mit der Hand. »Werde ich ja gleich sehen. Todesursache?«

Mit dieser Frage wandte sich die Kommissarin dem Notarzt zu.

Der zuckte mit den Schultern. »Kann ich nicht mit Bestimmtheit sagen, das wird die Obduktion zeigen. Entweder ist er verblutet oder es sind lebenswichtige innere Organe verletzt worden, die zum sofortigen Eintritt des Todes geführt haben. Eine der Einschlaghülsen hat die Herzgegend durchbohrt. Wenn sie das Herz direkt getroffen hat …«, er fuhr sich mit dem Finger quer über die Kehle und schnalzte mit der Zunge, »… dann ging es sehr schnell. Sehr schnell.«

Hauptkommissarin Küpper hatte, während er sprach, in ein Notizbuch geschrieben, jetzt blickte sie hoch. »Unfall?«

»Möglich. Bei Gartenunfällen habe ich schon die fürchterlichsten Dinge gesehen. Die Leute hantieren ohne fachliche Einweisung mit Kettensägen, Äxten und Astscheren. Kann man sich alles beim Werkzeugverleih holen. Müsste verboten werden. Baumärkte und Gärtnereien bieten zwar Kurse an, aber das ist den Hobbygärtnern natürlich viel zu teuer. Selbstverständlich tragen sie bei ihren Kamikaze-Aktionen auch keine Schutzkleidung, trinken dafür aber reichlich Bier und Schnaps. Jede Gartensaison beschert mir abgetrennte Hände, Finger und Füße, ausgestochene Augen, Verbrennungen, außerdem jede Menge Sonnenstiche, Schlaganfälle, Herzinfarkte …« Er atmete tief durch. »Ich kann Ihnen sagen: Sie würde nicht glauben, wie viele dieser Unfälle aussehen, als hätte jemand nachgeholfen. Aber nein – es waren nur grenzenlose Selbstüberschätzung und bodenloser Leichtsinn.«

Holla. Einen derartigen Vortrag hätte ich dem einsilbigen Notarzt ja gar nicht zugetraut!

»Und hier? Unfall?«, wiederholte die Kommissarin ungerührt.

Der Notarzt seufzte und stand auf. »Kommen Sie.«

»Haben Sie schon Fotos gemacht, Wuttke?«, fragte die Kripobeamtin und runzelte die Stirn, als der Angesprochene betreten den Kopf schüttelte. »Dann los.«

Beide verschwanden hinter dem Haus. Wuttke wieselte nach einem kurzen Moment des Zögerns hinter ihnen her.

Frank und ich sahen uns an.

»Und jezz?«, fragte er.

»Jetzt warten wir«, sagte ich.

Kapitel 16

Wo jede Fantasie versagt:
Willkommen im Puppentheater des Todes!

Als mir langweilig wurde – was keine zwei Minuten dauerte –, ging ich ins Haus, um nach Ulla und Lisbett zu sehen. Um ehrlich zu sein, trieb mich weniger echte Sorge als vielmehr Neugier. Ich wurde einfach das blöde Gefühl nicht los, Teil einer Inszenierung zu sein. Vielleicht lag es nur an der wahnwitzigen Duplizität der Ereignisse in derart kurzer Zeit? Ich wusste es nicht. Wenn das so weiterging, wäre die Kolonie bald ausgerottet.

Ich hatte mal gelesen, dass die mexikanische Grenzstadt Ciudad Juárez angeblich die höchste Pro-Kopf-Mordrate der Welt hatte. Vorausgesetzt, dass bei Uwe und Theo doch jemand nachgeholfen hatte, war die beschauliche Schrebergartenkolonie *Saftiges Radieschen* jedenfalls auf dem allerbesten Weg, die Spitzenposition zu übernehmen.

Ulla und Lisbett redeten leise miteinander, verstummten aber sofort, als ich ins Haus kam. Auf dem Tisch stand der allgegenwärtige Selbstgebrannte. Vor Lisbett lag ein Block, auf dem sie eine ellenlange Liste notiert hatte. Die Überschrift dieser Liste konnte ich entziffern, weil sie in großen Blockbuchstaben geschrieben war: TRAUERFEIER. Zweimal unterstrichen.

»Kann ich irgendetwas tun?«, fragte ich, aber beide schüttelten den Kopf.

Lisbett tippte mit dem Finger auf den Block. »Wir planen die Trauerfeier. Theo war immerhin Vorsitzender.«

Das geht ja flott, dachte ich, aber die Feier für Uwe hatten sie ja auch ratzfatz aus dem Boden gestampft.

»Wollt ihr hier …?«

»Vereinsheim«, sagte Lisbett.

»Dann lasst das den Vorstand machen. Ihr müsst doch momentan andere Sorgen haben. Die Beerdigungen …«

»Wir haben entschieden, dass wir Theo und Uwe in ein Krematorium nach Holland bringen lassen«, sagte Ulla mit fester Stimme. »Kein großes Brimborium.«

»Da kann man auch die Asche verstreuen. Wir haben uns erkundigt. Das kostet nicht mal halb so viel wie hier.« Lisbett drückte die Hand ihrer Freundin. »Das machen viele«, fügte sie trotzig hinzu, »und ich habe nicht Tausende von Euro übrig für jemanden, der ...«

Der deiner Meinung nach allenfalls auf den Kompost oder in die Biotonne gestopft gehört, vervollständigte ich in Gedanken den Satz, den sie unvollendet gelassen hatte.

Wahrscheinlich hatte Frank recht, und die beiden waren einfach froh, ihre Kerle los zu sein. Warum sollten sie hier eine teure Grabstätte bezahlen, die gepflegt werden musste? Sie machten nicht gerade den Eindruck gramgebeugter Witwen, denen das Liebste im Leben genommen worden war und die einen nahe gelegenen Ort brauchten, um mit dem teuren Verblichenen regelmäßig innere Zwiesprache zu halten. Allenfalls, um sie post mortem zu beschimpfen. Dass Lisbett dank ihres spielsüchtigen Gatten selig kein Geld für ›Brimborium‹ hatte, war ja zudem allgemein bekannt.

Unschlüssig, ob von mir noch irgendein Gesprächsbeitrag erwartet wurde – was ich insgeheim stark bezweifelte –, stand ich doof in der Gegend herum, als Frank nach mir rief.

»Ich geh dann mal«, murmelte ich in die Runde und floh erleichtert nach draußen.

Kommissarin Küpper sah schon wieder so aus, als würde sie am liebsten Köpfe rollen lassen. Sie erteilte dem Notarzt die Genehmigung, Theo in die Rechtsmedizin bringen zu lassen. Der Arzt packte seine Papiere zusammen und ging zu seinen Sanis. Die beiden Jungs hatten das nackte Entsetzen im Gesicht, denn jetzt mussten sie Theo samt Einschlaghülsen auf die Trage wuchten. Ich hätte nicht mit ihnen tauschen mögen.

Sowieso schon nicht.

Aber jetzt erst recht nicht.

»Vergewissern Sie sich bitte, dass Wuttke wirklich alles fotografiert hat, bevor Sie ihn abtransportieren!«, rief die Kommissarin dem Arzt nach, dann wandte sie sich Frank und mir zu. »Bevor ich mich mit Ihnen beiden beschäftige, möchte ich mit den Damen im Haus reden. Sie warten hier.«

Ohne unsere Antwort abzuwarten, ging sie hinein. Zu meinem Ärger schloss sie sorgfältig die Tür hinter sich. Mist. Ich hätte zu gern gelauscht.

»Kannze mir ma sagen, wat hier abgeht?«, fragte Frank mich leise, kaum dass die Kommissarin die Szene verlassen hatte.

»Siehst du doch. Polizei, Notarzt, Sanitäter, Befragung ... kennen wir doch alles schon.«

Er machte eine ungeduldige Handbewegung. »Dat mein ich nich, Loretta.« Er beugte sich ganz nah zu mir und flüsterte: »Dat die alle abnippeln. Ers der Uwe, jezz der Theo. Ich find dat unheimlich.«

»Ehrlich? Ich finde das ganz normal.«

Offenbar war Ironie nichts, was in seinem Universum zu Hause war, denn er riss die Augen auf und vergaß alle Diskretion. »Wat? Dat findes du *normal?*«, rief er laut aus und zuckte sofort zusammen, als ihm die Witwen in potenzieller Hörweite einfielen.

»Scht! Frank! Brüll doch nicht so rum! Natürlich finde ich das nicht normal, Herrgott. Wie könnte ich? Zwei merkwürdige tödliche Unfälle in zwei Tagen – was soll daran bitteschön normal sein?«

»Siehste? Und willze wissen, wat ich besonders merkwürdich daran finde?«

Ergeben nickte ich. Er würde es mir so oder so erzählen, und außerdem interessierte es mich auch.

»Haste dich nich gefragt, warum ...«

Er stockte, und sein Blick ging an mir vorbei zu etwas in meinem Rücken, das ihm spontan die Sprache verschlug. Neugierig drehte ich mich um: Theo wurde abtransportiert. Die Beine der Trage waren ausgeklappt und die kleinen Rollen holperten emsig den Gartenweg entlang. Ein Sanitäter schob, der andere zog. Wachtmeister Wuttke versuchte, mit ihnen Schritt zu halten, während er mit weit ausgebreiteten Armen entlang der Trage ein hellblaues Laken hochhielt. Das zwang ihn zu einem ungelenken Seitwärts-Hoppeln, das ihn sichtlich anstrengte, denn er war nach den wenigen

Metern bereits knallrot und schweißüberströmt. Mir ein Rätsel, wie er es schaffte, nicht über seine eigenen Füße zu stolpern.

Durch Wuttkes aufopferungsvollen Einsatz war nicht nur Theos Leiche vor unseren Blicken verborgen, sondern auch der zweite Polizist, der die andere Seite sichern musste. Das ganze Konstrukt wirkte wie ein improvisiertes Kasperletheater. Halb und halb rechnete ich damit, dass am oberen Rand des Lakens Handpuppen auftauchen würden, die sich gegenseitig zeternd die Kasperklatsche um die Ohren hauten – das hätte den Anblick nicht absurder machen können. Wuttke sah aus, als wäre er schon jetzt am Ende seiner Kräfte, und die kleine Prozession hatte noch nicht einmal die Parzelle verlassen.

Wenn ich mir vorstellte, dass sie noch den ganzen Perlhuhnweg runter mussten, dann noch den Birkhuhnweg und den Wachtelweg, bis sie zum Parkplatz mit dem Krankenwagen kamen ... Immerhin war Wuttke in der glücklichen Lage, den Notarzt schon dabei zu haben, falls er kollabieren sollte. Das Trüppchen samt Trage quetschte sich durch das breite Gartentor und rollte beziehungsweise hoppelte außer Sicht.

Als hätte Theo geahnt, dass er mal mitsamt Sichtschutz durch sein Tor muss und es deshalb extra-breit gebaut hat, sinnierte ich.

Ich wollte gerade zu meinem Gespräch mit Frank zurückkehren, als Kommissarin Küpper aus dem Haus trat.

»Jetzt zu Ihnen«, sagte sie und setzte sich zu uns an den Tisch. »Mit Ihnen habe ich doch vor zwei Tagen schon gesprochen, als der Herr Westermann tot aufgefunden wurde.«

Aha – im Gegensatz zu ihrem uniformierten Kollegen erinnerte sie sich immerhin, wann und wo das gewesen war.

»Frau Luchs, nicht wahr? Und Herr ...«

»Kropka, Frank Kropka«, sagte Frank und strahlte.

Diesmal vollständig bekleidet, fügte ich in Gedanken hinzu, und sogar in dezenten Farben.

Die Kommissarin schlug ihr Notizbuch auf und zückte ihren Kuli. »Sie waren also nach den Damen Passeck und Westermann als Erste hier?«

»Und diesmal ham wa nix angefasst. *Ich* hab nix angefasst. Und die Loretta auch nich. Nich wie bei Uwe, wo ich dat Fass umgekippt hab, weil ich dachte, ich kann noch wat tun. Hier war sofort klar, der Theo is mausetot. Sowat von klar. Ich frach Sie: Wie soll der noch leben, mit zwei so'ne fetten Pinne im Balg?«

Die Kommissarin seufzte leise. »Mit den *fetten Pinnen* meinen Sie vermutlich die Einschlaghülsen.«

»So isses.«

»Wieso sind Sie hier in den Garten gekommen?«

Als Frank zu einem weiteren Ohne-Punkt-und-Komma-Monolog ansetzen wollte, hob sie die Hand und fügte hinzu: »Frau Luchs?«

»Ich war bei Herrn Kropka auf der Parzelle, als Frau Westermann uns holte. Kurz zuvor hatten sie und Frau Passeck den Toten gefunden, wie sie uns erzählte. Wir sind dann sofort hierher gekommen und haben Herrn Passeck hinter dem Haus liegen sehen.«

»Hm«, machte die Kommissarin, während sie in ihr Notizbuch schrieb. Dann: »Wann war das?«

»Äh … Frank, hast du eine Ahnung …?«

»Watte ma … als ich bei dir war, dat war so um zwölf, kurz nach zwölf. Dann bin ich rüber zu mir, Essen vorbereiten. Kartoffeln schälen und so. Als ich am Herd stand, waren im Radio Nachrichten, dat muss um eins gewesen sein. Kurz danach biste gekommen. Wir ham gegessen, dann Expresso getrunken, dann hab ich gespült, dann noch 'n Expresso … und dann is die Lisbett aufgetaucht.« Er kratzte sich am Kopf. »Wann war dat? Vielleicht so zwei, halb drei? Loretta? Wat meinste?«

Ich zuckte mit den Schultern. »Keine Ahnung. Könnte sein. So um halb drei rum?«

»Ist das eine Frage oder eine Feststellung? Oder einfach ein Schuss ins Blaue?«, raunzte Kommissarin Küpper.

»Bei allem Respekt, Frau Küpper – in dem Moment habe ich an andere Dinge gedacht, als nach einer Uhr zu suchen, um festzustellen, wann genau Lisbett bei Frank auf der Matte gestanden hat. Oder wann mein erster Blick auf den durchbohrten Herrn Passeck gefallen ist. Ich verspreche, beim nächsten Mal führe ich ein genaues Protokoll«, erwiderte ich förmlich. »Abgesehen davon trage ich zurzeit keine Uhr. Ich habe Urlaub. Und ich mag es nicht, nach dem Sonnenbad einen weißen Streifen in Form einer Armbanduhr am Körper zu haben. Da bin ich eitel.«

Ich hob den linken Arm und hielt ihr mein uhrloses, nahtlos gebräuntes Handgelenk unter die Nase.

»Hihihi«, kam ein leises Kichern von Frank.

Kommissarin Küpper war deutlich anzusehen, dass sie sich beherrschte. Sie schloss die Augen, ihre Stirn umwölkte sich, und ich bildete mir ein, Rauch aus ihren Ohren steigen zu sehen.

Ich stellte mir vor, dass sie von einer Welt träumte, in der Zeugen klare und kurze Sätze mit präzisen, nachprüfbaren Angaben formulierten. Dass ihr das krause Gequatsche von Frank auf den Keks ging, konnte ich nur zu gut nachvollziehen. Tat mir ja auch irgendwie leid für sie. Aber was sollte ich machen?

Für einen Moment starrte sie ausdruckslos an uns vorbei in die Botanik, als würde sie innerlich langsam bis 20 zählen, damit sie nicht ihre professionelle Beherrschung verlor.

»Fällt Ihnen noch etwas ein, das Sie mich wissen lassen möchten?«, fragte sie dann.

Frank und ich schüttelten synchron den Kopf.

Beinahe erleichtert klappte die Kommissarin das Notizbuch zu und stand auf. »Haben Sie meine Karte noch?« Als Frank und ich ebenso synchron nickten, wie wir bei ihrer letzten Frage den Kopf geschüttelt hatten, fuhr sie fort: »Dann wissen Sie ja, wie Sie mich erreichen können, sollten Sie mir doch noch etwas zu sagen haben.«

Und wie zwei Tage zuvor war auch jetzt klar, dass sie gut darauf verzichten konnte.

»Und wat is mit dem Blut?«, fragte Frank plötzlich.

Schon halb runter von der Terrasse, drehte sie sich noch einmal um. »Bitte? Was meinen Sie?«

»Na, dat Blut. Kommt da einer von Ihren Jungs, um dat wegzumachen? So ein … wie heißt dat … Tatortreiniger? Bei Uwe, da war ja kein Blut, nur Wasser. Aber jetz? Allet voller Blut. Literweise. Dat kann doch nich einfach da so … is doch ekelich. Dann kommen doch Millionen Fliegen. Oder Ratten. Oder beides! Dat ist doch ’ne totale Sauerei!«

Jetzt war sie aber richtig irritiert. Ob sie das noch nie jemand gefragt hatte? Aber vielleicht gehörte diese Art von Kollateralschäden nicht zu ihrem Aufgabenbereich.

»Nun …«, sagte sie zögernd. »Es gibt Spezialisten, die Sie beauftragen können. Tatortreiniger, wie Sie richtig sagen. Nicht ganz billig, soweit ich weiß. Meine Behörde ist jedenfalls nicht dafür zuständig. Im Internet finden Sie bestimmt …«

»Wat? Wir müssen dat selber wegmachen?«, fiel er ihr ungläubig ins Wort. »Dat is aber mit 'n bisken Aufwischen nich getan, Frau Kommissarin.«

Sie runzelte die Stirn und dachte nach. »Sägemehl«, schlug sie dann vor. »Das streuen Sie drüber und dann können Sie es zusammenfegen. Am besten verbrennen. Das ist besser, als wenn es in irgendeiner Mülltonne vor sich hingammelt. Zumal jetzt. Im Sommer.«

Damit wandte sie sich ab und ging.

»Sägemehl …«, murmelte Frank nachdenklich. »Hätte ich auch drauf kommen können, aber echt. Dat ham wir früher immer in der Disse genommen, wenn die uns inne Ecke gekotzt hatten. Sägemehl drauf und gut.« Er stand auf. »Der Jupp müsste eigentlich noch wat im Schuppen ham. Ham wir gebraucht, als ihm Öl aussem Auto gelaufen is, im Frühjahr. Dat hol ich ma eben.«

Und schon saß ich alleine auf Ullas Terrasse.

Von den beiden im Haus war kein Mucks zu hören. Waren sie wohl mit ihrer Liste für die Trauerfeier beschäftigt? Oder saßen sie einfach nur still beieinander?

Ich schreckte aus meinen Gedanken hoch, als Helga und Renate plötzlich vor mir standen.

»Wo sind Ulla und …?«

Ich deutete mit dem Daumen hinter mich aufs Haus, dann verabschiedete ich mich von den beiden und ging.

Hier wurde ich nicht mehr gebraucht.

Kapitel 17

Leider muss einer der Dumme sein, der hinterher aufräumt (ein Abend am Lagerfeuer)

Als ich aus dem Gartentor trat, kam Bärbel von ihrem Grundstück geschossen.

»Ich hab schon auf dich gewartet, Loretta! Der Frank sagt ...«

Ich legte den Finger an die Lippen und packte ihren Arm. Ich konnte mir lebhaft vorstellen, was sie wissen wollte. Sie hätte schon blind und stocktaub sein müssen, um den Auflauf von Polizei, Arzt und Sanitätern nicht zu bemerken. Und vermutlich hatte sie auch die mobile Puppenbühne mit dem hoppelnden Wachtmeister Wuttke gesehen.

»Loretta! Bärbel!«

Wir drehten uns um und sahen Holger aufgeregt winken. Er kam den Perlhuhnweg entlang, noch in seiner Bankangestellten-Montur mit Aktentasche, Anzug, weißem Hemd und Krawatte. Wie immer, wenn er direkt von der Arbeit in den Garten kam. Er beschleunigte seine Schritte, als er sah, dass wir stehen blieben, um auf ihn zu warten. Keuchend kam er bei uns an.

»Ihr glaubt nicht, was gerade auf dem Parkplatz los war!«, rief er aufgeregt. »Habt ihr eine Ahnung, was da passiert ist? Ich habe natürlich ...«

Er nestelte sein Smartphone aus der Hosentasche und zeigte uns die Bilder, die er von der Aktion, Theo-am-Spieß in den Krankenwagen zu laden, gemacht hatte. Dutzende Bilder. Und es gab nicht nur Bilder, denn sein Handy hatte selbstverständlich auch die Funktion, Videos aufzuzeichnen.

Fasziniert sahen Bärbel und ich dem Notarzt dabei zu, wie er fuchtelnd Anweisungen erteilte, die allerdings von den am Abgrund zur Hysterie balancierenden Sanitätern komplett ignoriert wurden. Ungeschickt versuchten sie, die Trage in den Krankenwagen zu bugsieren, während Wuttke und sein Kollege schwitzend mit den großen Tüchern kämpften, begafft von Kindern, Jugendlichen und

Erwachsenen. Die Tonqualität war nicht gerade Dolby Surround, aber es reichte, um alles zu verstehen – bis hin zu den Kommentaren der Umstehenden.

»Ist das der Hammer oder was?«, fragte Holger atemlos, nachdem das Filmchen zu Ende war. »Wollt ihr noch mal sehen?«

»Holger, da auf der Trage, das ist Theo! Die Loretta war … der Theo ist …«, stammelte Bärbel mit weit aufgerissenen Augen, aber ich hob die Hand, um sie zu unterbrechen.

»Scht! Verdammt! In Dianas Garten, okay? Da erzähle ich euch alles. Hier können sie uns doch hören!«

»Wer kann uns hören?«, fragte Holger begriffsstutzig.

Ich deutete mit dem Kopf auf Theos und Ullas Parzelle, vor der wir standen.

Endlich hatte Holgers Gehirn alle Informationen verarbeitet und in Zusammenhang gebracht. Der Groschen war gefallen. »Moment mal – Theo? Theo Passeck?«, fragte Holger mit hoher, gepresster Stimme, die wie ein Quieken klang. »Das war Theo, da am Krankenwagen? Hinter den Tüchern? *Unser* Theo?«

Nein, Theo Lingen, dachte ich grimmig.

»Kommt schon!«, fauchte ich und marschierte los, Bärbel hinter mir her zerrend.

»Wartet auf mich! Ich ziehe mich schnell um!«, rief Holger und galoppierte an uns vorbei auf seine Parzelle.

Als er Minuten später in Räuberzivil, wie er das nannte, bei mir auftauchte, hatte ich mich bereits vergewissert, dass nebenan tatsächlich niemand war. Das Aufräumkommando befand sich wohl mittlerweile vollzählig drüben bei Ulla. Oder wo auch immer. Hauptsache nicht in Hörweite.

»Ich will *alles* wissen«, sagte Holger, kaum dass er sich zu Bärbel und mir gesetzt hatte. »Hatte Theo einen Unfall? Ist er sehr schwer verletzt?«

»Schwer verletzt? Schön wär's«, gab ich zurück.

»Nein.« Holger schlug die Hand vor den Mund. »Du willst doch nicht etwa sagen, dass …« Sein Blick ging zwischen Bärbel und mir hin und her.

»Tot«, sagte ich.

»Waaas?«, kreischte Holger, während Bärbel gleichzeitig »Also stimmt es. Wie?« wisperte.

Solange ich erzählte, was ich wusste, hielten die beiden dankenswerterweise die Klappe und ließen mich reden, ohne mich mit Zwischenfragen zu nerven.

»… und dann haben sie ihn abtransportiert«, schloss ich meinen Bericht.

Holger starrte auf das Display seines Handys. »Heftig.« Mit großen Augen sah er mich an. »Frank und du – ihr habt ihn gefunden? Genau wie Uwe?«

Ich verdrehte die Augen. »Nein, wir haben ihn nicht gefunden! Wieso denkt eigentlich jeder, wir hätten die *gefunden?* Lisbett hat uns geholt. Keine Ahnung, warum ausgerechnet uns und nicht Helga und Renate. Der totale Horror! Vielleicht wollte sie ja Frank holen, weil sie meinte, dass es Männersache ist, sich um alles zu kümmern. Und ich bin mal wieder zufällig mitgehangen, mitgefangen. Wo bin ich hier bloß gelandet? Ich wollte doch nur ein paar Tage Urlaub machen! Ein bisschen Ruhe haben, um nachzudenken! Ehrlich – ich kann echt gut darauf verzichten, ständig tagesfrische Leichen zu sehen.«

Bärbel tätschelte mitfühlend meine Hand. »Zumal das viele Blut, oder? Frank sagt, Theo kann keinen Tropfen mehr im Körper gehabt haben.«

Spontan musste ich würgen, und Holger sah mich besorgt an. »Du bist blass, Loretta. Ist dir schlecht? Willst du ein Wasser? Oder einen Tee?«

Ich nickte, erfüllt von Dankbarkeit. »Kamillentee wäre super. Und Zwieback, aber ich habe keinen. Toast tut es auch. Geröstet, ohne alles. Ich habe vorhin alles ausgekotzt, und jetzt wird mir allmählich flau im Magen …«

»Du bist gestern Nacht schon umgekippt«, sagte Bärbel. »Einmal reicht. Ich habe Zwieback. Hole ich eben.«

Und schon war ich allein.

Ah – Ruhe.

Ich schloss die Augen und atmete bewusst tief und gleichmäßig, um mich zu beruhigen. Es war sehr warm, aber ich saß im Schatten. Von Theo zu erzählen hatte mich aufgeregt. Und es würde heute nicht das letzte Mal sein, dass ich darüber sprechen musste, ganz sicher. Diana wusste zum Beispiel noch nicht Bescheid, und sie würde bald hier auftauchen.

Am liebsten wäre ich geflüchtet – aber wohin?

Nach Hause wollte und konnte ich nicht, denn da lauerten Tom, unsere kleine persönliche Krise, die längst fällige Aussprache und eine Entscheidung.

Aber spontan fiel mir keine Alternative ein.

Hotel? Zu teuer. Und die Vorstellung, mit mir und meinen Gedanken allein auf einem anonymen Zimmer zu hocken, ließ Panik in mir aufsteigen.

Einen Kurzurlaub buchen? Wegfahren? Auf eine Nordseeinsel, vielleicht? Wir waren mitten in den Sommerferien und halb Nordrhein-Westfalen bevölkerte momentan die Nordseeküste samt Inseln. Jede Wette, alles war komplett ausgebucht. Wenn ich ein Zimmer bekam, dann war das allenfalls eine Besenkammer mit Feldbett, die teurer war als eine einwöchige Kreuzfahrt mit Außenkabine und Butler.

Ruhig atmen, Loretta, alles wird gut …

So sehr mir die Nähe zu den Leuten in der Kolonie auch gerade auf den Keks ging, war ich doch andererseits nicht allein. Innerlich verfluchte ich den Tag, als ich Urlaub genommen hatte, um hier eine geruhsame Zeit zu verbringen. Geruhsam – ha! Alles hätte so schön sein können, würden nicht lästigerweise andauernd irgendwelche Leute sterben.

Böse Männer, um genau zu sein.

Böse Männer, die glückliche Witwen hinterließen.

Na ja, jedenfalls waren sie nicht besonders unglücklich.

Das hier alles bot jede Menge Stoff für eine von pechschwarzem Humor triefende Filmkomödie, wenn ich es recht bedachte: skurrile Todesfälle, überforderte Sanitäter, eine Kommissarin mit schlechter Laune, sarkastische Bestatter, ein dicker Polizist. Ganz nach meinem Geschmack – solange ich im Kino saß, mit einer Tüte Popcorn in der Hand. Mitten unter vielen anderen, vor Vergnügen kreischenden Zuschauern, die meinen Humor teilen.

Aber doch nicht mit mir im Ensemble! Noch dazu ohne einen Regisseur, der »*Cut!*« rief, und dann standen die Toten auf und wurden abgeschminkt. Theo wäre nicht wirklich Theo, sondern nur ein Theo-Darsteller. Die Einschlaghülsen wären nicht echt und würden ihn nicht wirklich durchbohren, sondern wären Attrappen, hinten und vorn am Theo-Darsteller befestigt.

Und das Blut wäre nur Kunstblut.

»Loretta? Schläfst du?«

Ich schlug die Augen auf. Holger setzte ein Tablett auf dem Tisch ab. Eine Kanne auf einem Stövchen mit brennendem Teelicht, eine Karaffe Wasser, drei Tassen, drei Gläser. Eine liebende Mutter hätte nicht fürsorglicher sein können. Gleichzeitig kam Bärbel zurück und brachte einen Teller mit ein paar Scheiben Zwieback. Ich musste lächeln. Zwieback mit Schokolade, mit Kokosraspeln, aber Gott sei Dank auch der klassische ohne alles. Genau den brauchte mein Magen jetzt.

Holger schenkte mir und sich Tee ein, Bärbel wollte Wasser.

»Und was jetzt?«, fragte Holger. »Die nächste Trauerfeier im Perlhuhnweg? Wieder Kuchen backen?«

Ich schüttelte den Kopf. »Glaub ich nicht. Theo war immerhin der Große Vorsitzende. Das findet auf jeden Fall im Vereinsheim statt. Ulla und Lisbett haben allerdings vorhin schon an der To-do-Liste geschrieben.« Und da war Theo noch nicht einmal kalt, fügte ich in Gedanken hinzu.

»Dann soll sich doch der Vorstand darum kümmern«, sagte Holger schnippisch. »Aber unser selbst gebackener Kuchen wird denen zu popelig sein.«

»Genau das habe ich zu Ulla auch gesagt. Das mit dem Vorstand, meine ich, nicht das mit dem popeligen Kuchen. Unser Kuchen war alles andere als popelig.«

Holger warf mir einen Blick zu. »Ach, du willst doch nicht etwa behaupten, dass du dich daran erinnerst?«

Ich kicherte, nippte am heißen Tee und atmete den Kamillenduft ein. Ich liebte Kamillentee. Krachend biss ich in einen Zwieback, kaute das trockene Zeug, trank wieder einen Schluck Tee. Ich konnte buchstäblich spüren, wie sich mein System langsam beruhigte und wieder stabilisierte.

»Ich frage mich, was mit dem Wettbewerb ist«, sagte Bärbel. »Ob die den absagen?«

Holger zuckte mit den Schultern. »Mir so wurscht wie nur was. Mit unseren Nackedeis im Garten haben wir sowieso keine Chance. Du doch auch nicht, Bärbel.«

»Vielleicht nehmen die einen Teil von dem Geld, um für Theo eine Riesensause zu veranstalten«, überlegte ich laut. »Fettes Büfett, Bergmannskapelle, jede Menge Reden … was man halt so macht, wenn der Präsi stirbt. Und der Rest kommt in den Pott für nächstes Jahr.«

»Die Kohle könnte ich wirklich gut gebrauchen«, sagte Bärbel. »Frank wollte mir noch … Wolltest du doch, Frank?«

»Wollte ich was?«, kam es zurück, und ich drehte mich um.

Frank eierte auf uns zu, vor sich eine riesige Schubkarre, die turmhoch mit blutigen Sägespänen gefüllt war.

Während Holger und Bärbel sprachlos auf die schwankende rote Pyramide starrten, wusste ich leider, worum es sich dabei handelte und auch, was Frank damit vorhatte.

Ich seufzte. »Muss das unbedingt hier sein, Frank? Das ist jetzt bitte nicht dein Ernst.«

Er sah mich flehend an. »Ihr seid doch alle hier, und ich will nich so ganz alleine …«, er deutete hilflos auf die Sägespäne. »Helga hat mir damit geholfen, mit dem Ausstreuen und Fegen und so, aber ich kann doch jetz nich drüben ein Feuer … dat geht doch nich! Dat wär doch, als würd ich vor die Ulla ihre Augen den *Theo* verbrennen!«

Na ja, irgendwie hatte er ja recht. Zumindest waren die Holzspäne mit Theo getränkt, wenn man es genau nahm.

»Wieso Theo verbrennen? Was meint er denn damit? Ist das Rote etwa Blut? Theos Blut?«, fragte Holger mit hervorquellenden Augen, wieder mit dieser hohen, quiekigen Stimme. Natürlich ahnte er die Antwort bereits, aber er hoffte wohl noch, dass Frank Farbe verschüttet hatte.

Frank nickte und rollerte die Schubkarre an uns vorbei zur gemauerten Feuerstelle neben dem Haus.

»Kommt«, sagte ich zu den beiden anderen, »erweisen wir Theo die letzte Ehre, indem wir sein Blut rituell den Flammen opfern.«

»Ehre? Ich hör wohl schlecht. Die hat der verfluchte Drecksack nicht verdient«, knurrte Bärbel. »Ich stelle mir lieber vor, dass wir seine schwarze Seele durch die Flammen direkt ins Fegefeuer schicken, wo sie hingehört.«

»Oder so«, erwiderte ich. »Ganz wie ihr wollt.«

Aus Reisig und Holzscheiten verschiedener Größe errichteten wir einen kleinen Scheiterhaufen. Frank hatte Grillanzünder dabei, um das Feuer in Gang zu bringen. Während die ersten Flämmchen züngelten, holten wir uns Stühle von der Terrasse und gruppierten uns um die Feuerstelle. Holger verschwand kurz und kehrte mit einer Flasche Wodka und zwei Flaschen Kirschsaft zurück. Er mixte Longdrinks für uns, deren Anteil an Alkohol deutlich höher als normal war. Fifty-fifty, wenn ich eine Schätzung abgeben müsste. Ein uneingeweihter Zuschauer hätte denken können, hier begänne gerade ein gemütlicher Grillabend unter Freunden.

Es wurde Zeit für die erste Schaufel Theo.

Als die feuchten Sägespäne ins Feuer fielen, zischte es leise, und dicker Qualm stieg hoch. Ich dankte innerlich dafür, dass vollkommende Windstille herrschte und die Rauchsäule kerzengerade in den Himmel ragte. Alle paar Minuten stießen wir an und tranken. Schweigend sahen wir zu, wie die Späne verglühten, dann legte Frank vorsichtig nach. Nicht zu viel, um das Feuer nicht zu ersticken.

Holger sammelte unsere leeren Gläser ein und mixte eine zweite Runde Drinks. Er servierte sie uns und sagte: »Ich hab uns da noch was mitgebracht. Zur Entspannung.«

»Noch mehr Wodka? Valium?«, murmelte ich. »Immer her damit. Hauptsache, ich vergesse diesen verfluchten Tag. Und den gestern am besten auch.«

Er lachte und schüttelte den Kopf. Dann zauberte er einen beeindruckend langen Joint und ein Feuerzeug aus der Tasche am Bein seiner Bermudashorts. Er zündete den Joint an und machte zwei kräftige Züge, danach gab er ihn an mich weiter.

Was soll's, dachte ich und zog. Mein letzter Joint war ungefähr 20 Jahre her, aber das war jetzt genau das Richtige. Beim Inhalieren kratzte es gewaltig, aber ich schaffte es, nicht zu husten. Noch ein Zug, dann wanderte die Tüte zu Frank. Ich lehnte mich zurück, und mein Gehirn wurde leicht. Wundervoll. Ich kann nur für mich sprechen, aber mir stieg das Zeug in Lichtgeschwindigkeit zu Kopfe.

Der Joint kam noch einmal an mir vorbei, und diesmal kratzte es nicht einmal mehr. Schließlich war er aufgeraucht, und Holger schnippte den Filter ins Feuer.

Ich merkte, dass ich dämlich vor mich hin grinste. Die anderen ebenfalls, wie ich nach einem kurzen Rundblick feststellte. So ließ es sich aushalten … ein weißer Schmetterling taumelte vorbei, und meine Augen folgten ihm von ganz allein, wie er einen Sommerflieder ansteuerte und sich zu seinen Kollegen gesellte, die in großer Zahl auf den lila Blütendolden hockten und Nektar schlürften … Schmetterling müsste man sein …

»Was ist denn hier los? Spinnt ihr?«

Wir zuckten synchron zusammen und fuhren herum.

Wie ein Racheengel stand Diana hinter uns. Sie zeigte anklagend aufs Feuer. »Ihr wisst doch wohl, dass das nur zu bestimmten Zeiten erlaubt ist, oder? Theo wird uns die Hölle heißmachen!« Dann deutete sie auf die Schubkarre. »Und was bitte ist *das?*«

»Das ist Theo«, sagte Bärbel und giggelte. »Also keine Angst, der macht uns heute nicht die Hölle heiß. Auch wenn er dort gerade einzieht.«

»*Wie bitte?* Soll das witzig sein? Seid ihr betrunken? Macht das Feuer aus, aber dalli!« Ihr Zeigefinger stach in meine Richtung. »Loretta? Kannst du mir das hier vielleicht erklären?«

Oh-oh … so viele Fragen auf einmal.

Und natürlich sollte ich sie beantworten, klar, wer auch sonst. Nicht Bärbel, nicht Frank, nicht Holger, sondern Loretta. Ich hatte keine Lust dazu, ich wollte lieber weiter diesen leckeren Wodka mit Kirschsaft trinken und den Funkenflug betrachten. Das war wirklich hübsch, wie die blutigen Theo-Sägespäne sich in kleine Glühwürmchen verwandelten und in den Himmel aufstiegen, was ja eigentlich die vollkommen falsche Richtung war.

Aber Diana sah so *wütend* aus. Und gleichzeitig albern, wie sie dastand, die Hände in die Hüften gestemmt, und mich anfunkelte. Wie eine Lehrerin, die uns auf dem Schulklo beim Rauchen erwischt hatte. Bärbel, Frank und Holger stießen sich an und kicherten.

Ich hätte mich vor Lachen im Gras kugeln können, aber ich riss mich zusammen.

»Theo hat sich heute auf zwei Einschlaghülsen gespießt«, erklärte ich würdevoll. »Theo-Schaschlik, wenn du so willst. Und das da …«, ich wedelte lässig mit der Hand in Richtung Schubkarre, »… das ist ein Teil von Theos sterblichen Überresten.«

»Burn, motherfucker, burn«, sagte Bärbel und hob ihr Glas.

Holger, Frank und ich taten es ihr nach, stießen mit ihr an und brüllten im Chor: *»Burn, motherfucker, burn!«*

Dann setzten wir an und kippten. Bärbel trank wohl einen zu großen Schluck von der blutroten Flüssigkeit. Sie verschluckte sich und prustete alles in die Gegend.

Während Diana uns fassungslos anstarrte, gab es für uns kein Halten mehr. Wir grölten los und kreischten vor Lachen, bis uns buchstäblich die Tränen kamen.

Kapitel 18

Ein dringend nötiger Tapetenwechsel und eine seriöse zweite Meinung

Wäre ich im Besitz einer Schusswaffe gewesen, hätte ich mir am nächsten Morgen eine Kugel in den Kopf gejagt, nur damit die Kopfschmerzen aufhörten.

Normalerweise pflegte ich nicht annähernd so viel Alkohol zu trinken wie in den letzten Tagen. Mal ein Glas Wein oder zwei, aber momentan ... und dann noch dieser Joint, der hatte mich endgültig zu Boden gestreckt. Ich fragte mich, ob es den anderen wohl ähnlich ging. Der arme Holger musste heute Morgen sogar arbeiten.

Regen trommelte auf das Dach der Hütte.

Aha, ein Geräusch konnte also nervtötend und beruhigend zugleich sein, interessant.

Nervtötend, weil es, na ja, weil es ein *Geräusch* war. Und bei diesen Kopfschmerzen waren Geräusche nicht unbedingt meine besten Freunde.

Und es war beruhigend, weil grelles Sonnenlicht mich zum Weinen gebracht hätte, todsicher.

Vorsichtig zog ich die Schlafbrille von den Augen, die Diana mir gestern Abend noch dringend ans Herz gelegt hatte, die Gute. Viel wusste ich allerdings nicht mehr von der letzten Nacht. Vielleicht besser so. Von dem Zeitpunkt an, als Diana aufgetaucht war und uns angebrüllt hatte, verschwand alles in dichtem Nebel. Hatten wir noch länger dort gesessen – mit Diana? Waren die Sägespäne komplett verbrannt worden?

Ich stand auf und schlurfte los. Vom kleinen Fenster im Bad aus sah ich vier Stühle mit klatschnassen Polstern und die Schubkarre, die neben der niedergebrannten Feuerstelle stand. Soweit ich erkennen konnte, befand sich in der Karre nur Regenwasser.

Hm.

Vier Stühle.

Noch mal: Hm.

Sah nicht so aus, als hätte Diana Lust gehabt, sich zu unserer fröhlichen kleinen Runde zu gesellen.

Vorsichtig tastete ich mich unter die Dusche und ließ mich ein paar Minuten lang einfach nur mit warmem Wasser berieseln. Langsam wurde es kühler, und ich seifte mich hastig ein, damit ich mich noch abspülen konnte, bevor es eiskalt war. Ich trocknete mich flüchtig ab und wickelte mich in Dianas voluminösen Frotteebademantel, um Kaffee zu kochen. Die Küchenuhr informierte mich darüber, dass es bereits 11 Uhr war.

Ich zuckte mit den Achseln. Na und? Ich hatte Urlaub, was konnte ich schon groß verpassen?

Höchstens eine neue Leiche.

Ha, ha, ha – kleiner Scherz am Rande.

Mein Handy piepste. Ohne besonders große Neugier sah ich nach: eine Nachricht von Tom. Ich löschte sie, ohne sie zu lesen, genauso, wie ich es mit den anderen SMS gemacht hatte, die seit vorgestern von ihm gekommen waren.

Ich zog mich an und suchte einen Regenschirm. Dann ging ich hinaus, um die Polster aus dem Regen zu holen und sie zum Trocknen auf dem Wäscheständer auszubreiten.

Mit einer Tasse Kaffee hockte ich mich nach draußen unter das Vordach. Trotz des starken Regens war es sommerlich warm, und ich schlürfte das heiße Gebräu, während ich in den vor Nässe glänzenden Garten starrte. Das Tor quietschte.

»Loretta?«

Auch das noch – Frank. Gegen den Regen hielt er sich eine blaue Mülltüte über den Kopf. Trotz des Wetters trug er eine Sonnenbrille. Er wirkte zerknittert. (Aha! Er also auch.)

»Morgen. Willze mit Bärbel und mir frühstücken?«, grunzte er knapp.

Ich schüttelte den Kopf. »Kopfschmerzen. Kriege nichts runter. Schöne Grüße an Bärbel.«

Erst wollte er etwas sagen, dann nickte er nur und drehte ab.

Ich war ihm zutiefst dankbar dafür, dass ich nichts weiter erklären musste. Von den Leuten aus der Kolonie wollte ich niemanden sehen. Ganz sicher würden wir die Zeit nur damit verbringen, uns bis zum Platzen vollzustopfen und zum gefühlt tausendsten Mal die Ereignisse der letzten Tage durchzuhecheln. Nein, danke.

Leider schützte mich hier vor ihren ungebetenen Besuchern weder eine geschlossene Wohnungstür noch eine abgestellte Türklingel, und ich hatte keine Lust, mich in der dunklen Hütte zu verschanzen. Vielleicht sollte ich für alle sichtbar den Perlhuhnweg in Richtung Parkplatz laufen und dann über den Trampelpfad am Bahndamm zurück auf die Parzelle schleichen? Aber selbst dabei bestand die Gefahr, entdeckt zu werden.

Kurz entschlossen stand ich auf. Doris hatte gesagt, sie hätte Mittwoch und Donnerstag frei. Heute war Mittwoch.

Eine halbe Stunde später war ich auf dem Weg zu ihr. Ich hatte sie angerufen, und natürlich war ich herzlich willkommen. Die Scheibenwischer schoben ächzend regelrechte Wasserfälle auf meiner Windschutzscheibe von rechts nach links und wieder zurück, während mein Auto, genauso wie die vor, hinter und neben mir, Gischtfontänen versprühte. Die Fußgänger verschanzten sich unter Regenschirmen und fluchten, wenn sie von Autos, die durch Pfützen fuhren, mit Wasser bespritzt wurden.

Endlich kam ich bei ihr an. Doris wohnte in einer Vorortstraße mit Einfamilienhäusern. Nicht weit von ihrem adretten Bungalow fand ich eine Möglichkeit, mich zwischen zwei geparkten Autos an den Bordstein zu quetschen.

Als ich durch ihren Vorgarten sprintete, stand sie schon in der offenen Haustür.

»Loretta. Komm rein.« Sie nahm mir den Schirm ab und stellte ihn in der Gästetoilette ins Waschbecken. »Ich hab draußen auf der Veranda gedeckt.«

Natürlich hatte sie *gedeckt.* Hätte ich mir eigentlich denken können. Bei einem Besuch bei Doris kam man nicht aus dem Haus, bevor man gegessen hatte, egal was. Und wenn man sich weigerte, wurde man gefesselt und gefüttert, jede Wette. Das war ihre Medizin für alles, wenn man sich auf der Arbeit bei ihr ausheulte: *Iss erst mal was, dann geht es dir gleich besser.* Dann kramte sie eine oder mehrere Plastikdosen aus ihrer riesigen Tasche. Und dann … ja, dann gab es Frikadellchen oder Kuchen oder beides. Und immer lecker, da konnte man echt nicht meckern.

Zu meinem Erstaunen stellte ich fest, dass mein Magen knurrte.

Doris' Veranda war einer der gemütlichsten Orte, den man sich vorstellen kann: Holzplanken am Boden und zum Rest des Gartens hin abgetrennt durch eine hüfthohe Mauer, auf der dicht an dicht Kästen mit Sommerblumen standen. Von der Holzkonstruktion des Daches hingen zahlreiche Ampeln mit Petunien. Ein riesiger Holztisch mit Eckbank und Rattanstühlen bot, konservativ geschätzt, 12 bis 15 Personen Platz. Es war für zwei gedeckt. Ich sah Kartoffelsalat, Gurkensalat, Kräuterbutter und Brot. Mein Magen knurrte lauter. Auf der anderen Seite der Veranda stand ihr Gatte Erwin am Grill und wendete Würstchen. Auf seiner Schürze prangte *Nicht nur Frauen lieben Kohle,* und er lächelte uns freundlich entgegen. Blingbling – Goldzahn und fette Goldkette, braun gebrannt, gefärbte Dauerwelle und Schnäuzer, ganz alte Ruhrpott-Schule also.

»Tach, Erwin! Alles senkrecht?«

»Tach, Loretta. Alles senkrecht, wie immer«, sagte Erwin und wandte sich wieder seinen Würstchen zu. »Sind gleich fertig, Mädels. Zwei Minuten.«

»Wunderbar!«, flötete Doris und raunte mir zu: »Perfektes Timing, oder? Nach dem Grillen hat er eine Verabredung, dann haben wir unsere Ruhe.« Sie zwinkerte.

»Meinetwegen muss er nicht …«

Doris unterbrach mich mit einer Handbewegung. »Unsinn. Aber wir Mädchen wollen doch in Ruhe quatschen, oder? Was möchtest du trinken? Bier? Wasser? Saft?«

Beim Gedanken an Alkohol wurde mir kurz schwummerig. »Wasser, bitte. Viel Wasser. Kalt. Mit Kohlensäure, wenn du hast. Ich sterbe vor Durst.«

»Vor Hunger hoffentlich auch«, sagte Erwin und grinste strahlend. Bling-bling.

Doris holte eine Flasche Mineralwasser, die vor Kälte beschlagen war, einen Sektkühler mit Eiswürfeln und eine Untertasse mit Zitronenscheiben. Wir hatten uns gerade gesetzt, als Erwin einen Teller Würstchen auf den Tisch stellte und sich verabschiedete. Von mir mit einem Nicken und einem Lächeln (Bling!), von Doris mit einem Kuss. Soweit ich das einschätzen konnte, war ihr vierter Gatte mindestens zehn Jahre jünger als sie, wenn nicht mehr. Nicht schlecht.

Das erste Glas Wasser leerte ich gierig in einem Zug. Doris schenkte umgehend nach. Dann häufte sie mir eine furchterregende Portion Kartoffelsalat auf den Teller und hielt mir die Würstchen unter die Nase. Ich ahnte, sie würden von dort nicht wieder verschwinden, bis ich mich bedient hatte, also griff ich zu.

Wir ließen es uns schmecken. Aus einem Radio dudelte leise Schlagermusik. Der Regen beruhigte sich allmählich und hörte ganz auf. Während wir Würstchen und Salate verputzten, erzählte Doris Anekdoten von der Arbeit. Als wir satt waren, räumte sie den Tisch ab, nachdem sie sich jede Hilfe von mir streng verbeten hatte. Als sie aus der Küche zurückkehrte, brachte sie Kaffee und selbst gebackenen Bienenstich mit. Meine Kopfschmerzen waren verschwunden.

»Ich hab ja dolle Sachen von gestern Nacht gehört«, schoss Doris ohne Vorwarnung aus der Hüfte.

Herrje. Natürlich hatte Diana gequatscht, das hätte mir eigentlich klar sein müssen. Ich wollte mit Doris allenfalls über Tom sprechen und hatte nicht vorgehabt, irgendetwas von den Vorkommnissen aus dem Schrebergarten zu thematisieren, aber der Zug war wohl abgefahren. Also Augen zu und durch.

»Hm. Was hat sie erzählt?«

Doris gackerte. »Dass sie in ihren Garten kam und dort eine Horde vollkommen verstrahlter Leute vorfand. Sie sagt, ihr wart stinkbesoffen. Wodka. Und hättet Parolen gegrölt. Irgendwas mit *motherfucker.*« Sie machte eine Kunstpause und fuhr mit gesenkter Stimme fort: »Und sie sagt, ihr wärt gerade dabei gewesen, Leichenteile zu verbrennen.«

Ich verschluckte mich prompt und hustete los. Gleichmütig wartete sie ab, bis ich wieder sprechen konnte.

»Das waren keine Leichenteile!«, brachte ich keuchend hervor.

»Das waren nur blutige Sägespäne!«

»So so. *Nur* blutige Sägespäne. Na dann ...« Sie musterte mich, während sie konzentriert ihren Kaffee umrührte. »Scheint überhaupt eine Menge los zu sein, in der idyllischen Radieschen-Kolonie.«

»Hör bloß auf. Was weißt du?«

Sie zuckte mit den Achseln. »Nicht viel. Zwei Tote in zwei Tagen. Eine gebrochene Nase.« Sie grinste. »Und ich bin gespannt auf die Details. Wie ein Flitzebogen.«

Eine halbe Stunde, jede Menge Details und zwei Tassen Kaffee später fragte sie: »Willste meine Meinung hören?«

»Klar.«

»Die Frauen. Das waren die Frauen. Oder dieser kleine Quasselkopp, dieser Frank.«

»Das waren Unfälle.«

Irgendwie glaubte ich mir selbst nicht so ganz. Aber die Vorstellung, dass es wirklich Morde gewesen sein sollten, ließ mir die Haare zu Berge stehen.

»Das glaubst du wohl selbst nicht«, sagte Doris, als hätte sie meine Gedanken gelesen. »Die Frauen hatten die Schnauze voll und haben nachgeholfen. Klar wie Kloßbrühe. Oder Frank hat es getan, weil er ihnen helfen wollte. Aus ihrem Elend erlösen, wenn du so willst.« Sie grinste. »Wenn man seinen Kerl loswerden will, kann man sich natürlich auch scheiden lassen, so wie ich.«

»Frank war das nie im Leben, dafür würde ich meine Hand ins Feuer legen. Das könnte der gar nicht.«

»Aber er hat doch deinen Tom durchgelassen, oder? Deine Ehre verteidigt und ihn vom Hof gejagt. Und ihm die Nase gebrochen. Hihihi. Hätte ich zu gern gesehen. Ich mag Männer, die sich nicht scheuen, sich für Damen zu prügeln und Mistkerlen eine Lektion zu erteilen.«

Ich runzelte die Stirn. »Eine Lektion? Na, ich weiß nicht. Jegliche Gewalt ist mir zuwider.«

Sie lachte lauthals. »Jetzt spiel mal nicht die schockierte Klosterschülerin. Du tust gerade so, als hätte dir das nicht gefallen«, sagte sie und seufzte wehmütig. »In meinem Leben hat sich so mancher Mann in mein Herz geprügelt. Edle Ritter, die in die Schlacht zogen, weil das schöne Fräulein von einem gewissenlosen Unhold beleidigt wurde.«

»Das klingt ja finster. Aber ja, ich gebe zu, dass es mir ein gewisses Gefühl der Befriedigung gegeben hat, als Tom mit blutender Nase durch den Garten getaumelt ist.«

»Siehst du. Frank ist ein edler Ritter. Der edelsten einer. Und ein Freund der Damen. Wenn ich dich richtig verstanden habe, hilft er den Frauen in der Kolonie bei allen anfallenden Arbeiten und hört sich ihre Sorgen an. Wer weiß, wie weit seine Hilfsbereitschaft geht? Die beiden Toten sind ja wohl echte Ekelpakete gewesen.«

»Und wenn schon. Aber er würde niemals jemanden umbringen, Doris. Für keine Frau der Welt. Du kennst ihn nicht. Er kann eine Nervensäge sein und labert dir den Quark aus dem Hirn. Aber er ist eine Seele von Mensch.«

Sie musterte mich nachdenklich. »Weißt du, was mir auffällt, Loretta? Du erklärst mir sehr leidenschaftlich, dass Frank nichts damit zu tun hat. Aber zu den Frauen hast du kein Wort der Verteidigung gesagt. Kein einziges.«

»Das sind harmlose Hausfrauen, Doris! Die backen Kuchen, zupfen Unkraut und putzen ihr kleines Häuschen. Und sie stellen ihren Männern seit Jahrzehnten brav die Hausschuhe hin.«

Ihr Zeigefinger stach in meine Richtung. »A-ha!«

»Nix aha. Wieso überhaupt aha? Was ist daran aha, bitteschön, wenn man jahrzehntelang brav ist?«

»Das kann ich dir sagen: Wenn du jahrzehntelang einen Drecksack an der Hacke hast und das brave Muttchen gibst, dann fliegt dir irgendwann die Sicherung raus. Das ist so sicher wie das Amen in der Kirche. So. Das mag noch irgendwie klappen, solange der Kerl jeden Tag zur Arbeit geht und du ihn nur abends und am Wochenende ertragen musst. Wenn du Glück hast, hat er irgendein möglichst zeitaufwendiges Hobby. Die Eisenbahn im Keller. Oder er angelt. Aber wehe dir, wenn er in Rente geht, oh mein Gott. Dann hast du ihn den ganzen Tag lang am Hals und er begreift einfach nicht, dass du nicht vor Freude aus dem Hemd springst. Das ist schon bei netten Männern nicht einfach, aber bei Drecksäcken, die dann den lieben langen Tag Zeit dafür haben, ihre Drecksackigkeit an dir oder anderen auszulassen … Der eine verballert euer ganzes Geld in Spielhöllen, der andere missbraucht seine armselige Macht als Vorsitzender einer Schrebergartenkolonie, um hilflose Frauen sexuell zu nötigen … und du kannst es einfach nicht mehr ertragen und würdest ihn am liebsten in der nächstbesten Regentonne ersäufen … oder in irgendetwas sehr Spitzes schubsen. Weil du es schlicht und ergreifend keine Minute länger aushalten kannst.« Sie schlug die Hand vor den Mund. »Ups! Das ist ja genau das, was passiert ist! Na so was … Noch 'n Käffchen?«

Ehrlich – ich war zu verdattert, um etwas anderes zu tun als zu nicken.

Sie schenkte ein und fuhr fort: »Ich will dir keinen Floh ins Ohr setzen, aber ich weiß, wovon ich rede, Schätzchen. Mein Erwin war doch bei der Polizei. Nicht Kripo, sondern bei denen auf der Straße. Die mussten andauernd zu Einsätzen, bei denen es um häusliche Gewalt ging. Gern in Kombination mit viel zu viel Alkohol. Unglaublich, was manche Männer ihren Frauen und Kindern antun. Natürlich auch Frauen, aber meist sind es Männer. Und neben körperlicher gibt es ja auch seelische Gewalt. Wenn ein Mann das ganze Geld verspielt oder versäuft oder beides – das nenne ich Psychoterror. Sein Leben kann er ja von mir aus ruinieren, wenn er will, aber stell dir vor, er reißt dich mit in den Abgrund! Alles, was du dir aufgebaut hast, wofür du vielleicht geschuftet hast, um deinen Lebensabend mal genießen zu können – Futschikato!«

»Dann müssten ja andauernd irgendwelche Leute zu Mördern werden. Das ist doch Unsinn!«

Doris zog die Augenbrauen hoch. »Meinst du? Erwin sagt, er ist sicher, dass es eine hohe Dunkelziffer an nicht entdeckten Morden gibt. Du würdest nicht glauben, was für Geschichten der mir erzählt hat. Das mit den Hausfrauen, die irgendwann ausflippen – das ist gar nicht mal so selten, sagt er.«

»Ja, aber … aber …«, blubberte ich, »doch nicht Ulla oder Lisbett! Die sind … das sind supernette ältere Damen!«

Doris winkte ab. »Und wenn schon. Denen kannst du auch nur vor den Kopp gucken. Sei mal ehrlich: Hattest du nicht das Bedürfnis, deinem Tom den Hals umzudrehen, als du ihn da vor dem Computer erwischt hast?«

Ich nickte langsam. Doch, das hatte ich gehabt, daran gab es nichts zu beschönigen.

»Siehst du? Und das war nur ein einziges Vorkommnis, bei dem du dich verraten, betrogen und gedemütigt gefühlt hast.«

»Aber ich hätte ihn doch nicht wirklich umgebracht!«

»Nach einem Mal vielleicht nicht. Aber was ist nach dem zehnten Mal? Oder dem hundertsten? Nachdem er dir 99 Mal geschworen hat, dass es nicht mehr vorkommen wird? Und du ihm immer wieder geglaubt hast, weil du ihn liebst und weil du ihm glauben *wolltest?*«

»Ich weiß es nicht, keine Ahnung.«

»Siehst du? Und bei der Gelegenheit: Schieß den Kerl ab, Loretta, bevor du eines Tages mit einem blutigen Messer über seiner Leiche stehst.«

Kapitel 19

Reden ist Silber, Schweigen ist Gold
(und Letzteres könnte Peinlichkeiten verhindern ...)

Ich war sehr nachdenklich, als ich mich von Doris verabschiedete.

Sie umarmte mich und sagte: »Ich wollte dich nicht erschrecken, Loretta, aber diese Schrebergärtner ... ich weiß nicht. Ich finde, das hört sich alles sehr ...« Sie zuckte mit den Achseln. »Pass einfach auf dich auf. Erwin sagt, wenn du seinen Rat brauchst, kannst du ihn jederzeit fragen.«

»Erwin weiß auch Bescheid?«

»Klar. Sag mal, wie hieß denn der Bulle, der vor Ort war? Der uniformierte?«

»Wuttke.«

»Wuttke«, wiederholte sie. »Bestimmt kennt der Erwin den von früher. Der soll den mal fragen, ob die Polizei irgendwas komisch findet.«

»Ich weiß nicht, vielleicht besser nicht.«

Doris grinste fröhlich. »Ich mach sowieso, was ich will. Ich ruf dich an, wenn ich dir was zu erzählen habe. Und ansonsten sehen wir uns Montag.«

Als ich durch die Stadt fuhr, fiel mein Blick auf ein Hinweisschild für das Polizeipräsidium. Spontan bog ich ab und stellte Minuten später meinen Wagen auf dem Besucherparkplatz des mehrstöckigen Betonklotzes ab. Blöderweise hatte ich Kommissarin Küppers Visitenkarte nicht dabei, aber man würde mir ja wohl sagen können, wo sie zu finden war.

»Hauptkommissarin Küpper? KK 12. Todesermittlung, Brand, Waffen, Vermisste«, hatte der Mann an der Pforte heruntergebetet, so wie früher die Aufzugführer in großen Kaufhäusern »Dritter Stock: Damenoberbekleidung, Wäsche, Kurzwaren« geleiert hatten.

»Vielen Dank«, sagte ich und marschierte los.

»Moment, junge Dame! Hiergeblieben!«

Überrascht kehrte ich um. »Aber ich will zu …«

»Hauptkommissarin Küpper, das haben Sie bereits gesagt. Werden Sie erwartet?«

»Äh … nein. Ich bin ganz spontan …«

»Da muss ich erst anrufen und fragen, ob Hauptkommissarin Küpper Zeit für Sie hat. Wer sind Sie denn überhaupt?«

»Loretta Luchs. Es geht um die Todesfälle in der Schrebergartenkolonie *Saftiges Radieschen.* Sie weiß dann schon.«

»Da bin ich ja mal gespannt«, murmelte er. »Tss – ganz spontan, was die Leute sich denken.« Er wählte eine Nummer und wartete mit dem Hörer am Ohr, während er mich streng fixierte. Dann nahm er Haltung an und meldete zackig: »Döpfner hier, Pforte. Hier ist eine Loretta Luchs, die zu Ihnen will, Frau Küpper. Frau Luchs sagt, es geht um die Todesfälle in der Schreberg… Aha … Moment, ich frage sie mal.« Wieder dieser strenge Klassenlehrer-Blick. »Was Sie wollen, fragt die Frau Hauptkommissarin.«

Boah, war das kompliziert. Schon ärgerte ich mich, hierhergefahren zu sein. Aber wie blöd würde es aussehen, wenn ich einen Rückzieher machte?

»Ich habe Informationen über die Todesfälle«, log ich frech, und er kaufte es mir ab.

»Frau Luchs hat Informationen über die Todesfälle«, gab er weiter und lauschte. »Hm. Verstehe. In Ordnung. Einen schönen Tag noch, Frau Hauptkommissarin.«

Dann stand ich endlich im Aufzug und sauste hoch in den fünften Stock.

Ich stieg aus, ging durch eine Glastür, an der KK 12 stand (KK 11 und KK 13 gab es im fünften Stockwerk ebenfalls), und wanderte durch einen Flur mit etlichen geschlossenen Bürotüren. Es gab zwar Namensschilder, aber die waren lediglich mit der Nummer des Raums beschriftet. Was sollte das denn? Wie sollte man denn da jemanden finden?

Eine der Türen ging auf und die Kommissarin streckte ihren Kopf heraus. »Frau Luchs, hier bitte.«

Ihr Büro war karg und schmucklos. Auf der Fensterbank dämmerte ein vernachlässigter Gummibaum seinem sicheren Tod entgegen, an einer Wand hing ein riesiger Stadtplan. Regale, Ordner, Kaffeemaschine, Schreibtisch, zwei altmodische Besucherstühle – das war's auch schon. Ihr Schreibtisch war aufgeräumt.

»Nehmen Sie bitte Platz, Frau Luchs. Was führt Sie zu mir?« Sie setzte sich auf ihren Schreibtischstuhl und sah mich mäßig neugierig an.

»Sagen Sie, warum haben Sie keine Namen an den Türen, Frau Küpper? So kann man Sie ja gar nicht finden.«

Sie zuckte nicht mit der Wimper. »Man muss mich nicht finden, Frau Luchs – *ich* finde. Das ist mein Beruf. Verbrecher finden. Hier oben hat niemand etwas verloren, den wir nicht hergebeten haben. Es gehört nicht zu meinen Pflichten, für Laufkundschaft oder spontane Besuche verfügbar zu sein.«

Danke, Frau Hauptkommissarin, die Nachricht ist angekommen. Die beabsichtigte lockere Eröffnung des Gesprächs war also gründlich in die Hose gegangen.

Sie lächelte mit schmalen Lippen. »Also, Frau Luchs: Was führt Sie zu mir? Es geht um die Todesfälle in der Schrebergartenkolonie? Sie haben Informationen?«

Tja, was führte mich eigentlich zu ihr? Gute Frage. Hatte ich Informationen? Nun ... äh ... Ich hatte nicht weiter nachgedacht, wie mir aufging.

»Ich habe so ein komisches Gefühl«, sagte ich mit leidlich fester Stimme.

»Ein komisches Gefühl?«

Ihr Gesicht war ausdruckslos, und ich kam mir plötzlich unsagbar dämlich vor, aber es war zu spät. »Na ja, finden Sie nicht auch, dass zwei Todesfälle in zwei Tagen ein bisschen zu viel des Guten sind? Das kann doch nicht mit rechten Dingen zugehen.«

»Das ist Ihre Information? Dass Sie ein komisches Gefühl haben? Wer hat denn Ihrer Meinung nach mit den Todesfällen zu tun? Haben Sie etwas beobachtet?«

»Ich ... ich weiß nicht«, stammelte ich.

Oh mein Gott – was tat ich hier? Wollte ich wirklich Ulla und

Lisbetts Namen nennen und behaupten, sie hätten ihre Männer gekillt? Ohne auch nur den kleinsten Beweis?

Die Kommissarin seufzte. »Nun, Frau Luchs?«

Mit fiel etwas ein. »Na ja, Lisbett Westermann hatte gesagt, sie hätte nichts davon mitgekriegt, dass Uwe von der Leiter gefallen ist, weil der Wasserkocher so laut war. Aber der war überhaupt nicht benutzt, als ich kurze Zeit später einen Tee machen wollte«, sprudelte ich heraus und kam mir wie die mieseste aller Denunziantinnen vor.

»Das ist Ihre Information, Frau Luchs?«, fragte sie. Ihre Stimme klang noch eisiger als beim ersten Mal, als sie diese Frage gestellt hatte.

Ich sagte das Erste, das mir einfiel. »Ich komme gerade von Doris, meiner Arbeitskollegin, und die denkt auch, daran müsste etwas faul sein.«

Schon während ich redete, war mir klar, wie unbeschreiblich, unfassbar, einzigartig *doof* dieser Satz war.

Ihre Augenbrauen schossen hoch. »Ihre Arbeitskollegin Doris findet das auch? Und diese Doris – hat die etwas beobachtet?«

Ich schüttelte den Kopf. »Die war überhaupt nicht da«, murmelte ich kleinlaut. »Die weiß nur, was ich ihr erzählt habe.«

Hauptkommissarin Küpper blickte lange aus dem Fenster. Dann sah sie mich an. Ihre Augen waren kalt. »Frau Luchs, Sie stehlen meine Zeit. Ihre Fantasien interessieren mich nicht die Bohne. Wissen Sie, wie oft ich mir so einen Mist anhören muss? Von neidischen Nachbarn, eifersüchtigen Exliebhabern oder gelangweilten, wahlweise psychisch angegriffenen Menschen, die ausgehungert nach Beachtung sind? Die mir einreden wollen, irgendetwas ginge nicht mit rechten Dingen zu? Und alle haben eins gemeinsam: Sie gucken zu viele Krimis. Hirnlose, schlechte Serien, die mit der Realität rein gar nichts zu tun haben. Sehen Sie sich gern Krimiserien an, Frau Luchs?«

»Ja«, piepste ich.

Sie schnaubte. »Welche Überraschung. Frau Luchs, Unfälle sind manchmal einfach nur Unfälle. Bei keiner der beiden Obduktionen wurde etwas festgestellt, das unseren Argwohn geweckt hätte. Und eine Frau, die gerade ihren toten Mann gefunden hat, erinnert sich manchmal nicht genau, ob sie den Wasserkocher benutzt hat oder nicht. Nebenbei – es nicht untypisch für Mörder, zur Polizei zu rennen, um etwas über den Stand der Ermittlungen herauszufinden. Oder ihre Mitarbeit anzubieten.«

Ich spürte buchstäblich, wie mir sämtliche Farbe aus dem Gesicht wich.

Mit eisiger Stimme holte sie zum finalen Schlag aus. »Seien Sie froh, dass ich mehr Arbeit habe, als ich schaffen kann. Sonst könnte mir in den Sinn kommen, gegen Sie zu ermitteln. Nur zum Spaß. Sie tauchen in der Kolonie auf – zwei merkwürdige tödliche Unfälle passieren. Könnte mich stutzig machen. Könnte ja sein, dass Sie eine Serienmörderin sind.« Sie musterte mich. »Nein, das glaube ich nicht. Ich glaube, Sie haben einfach Langeweile und finden es unterhaltsam, unbescholtene Witwen anzuschwärzen. Und jetzt entschuldigen Sie mich – ich habe heute auch noch einige *wichtige* Dinge zu tun.«

Wie ein geprügelter Hund schlich ich aus ihrem Büro.

Was hatte ich mir nur dabei gedacht?

Ich schämte mich halb zu Tode und meine Laune war denkbar schlecht, als ich wieder im Garten ankam. Und – man glaubt es kaum – sie wurde noch mieser, als ich sah, wer dort auf mich wartete: Tom. Er saß unter dem Vordach und sprang auf, als er mich sah. Seine Nase war verpflastert.

»Hau ab. Sofort. Sonst schrei ich um Hilfe«, fauchte ich, schloss die Tür zur Hütte auf und ging hinein.

»Loretta …«

Ich fuhr herum. Er stand in der Tür. Im Gegenlicht konnte ich sein Gesicht nicht sehen.

»Wage es nicht, hereinzukommen.«

»Dann komm raus. Ich will mit dir reden.«

Ich stürmte los, rempelte mich an ihm vorbei durch die Tür und baute mich mit verschränkten Armen auf. »Sag, was du zu sagen hast. Du hast fünf Minuten.«

Er stellte sich mir gegenüber hin und sah mich über sein Nasenpflaster hinweg bittend an. »Loretta, das kann doch nicht so enden mit uns. Nicht wegen so einer Lappalie. Wie oft soll ich mich denn noch bei dir entschuldigen? Ich liebe dich. Und ich vermisse dich. Was kann ich tun, damit du mir verzeihst?«

»Nichts. Vier Minuten.«

Er schnappte nach Luft, beherrschte sich aber. »Gut, ich verstehe, dass du sauer auf mich bist. Dazu hast du jedes Recht der Welt. Ich habe mich wie ein Drecksack benommen und dein Vertrauen missbraucht. Aber glaube mir bitte: Diese Frau ... sie bedeutet mir nichts. Gar nichts. Glaubst du mir das?«

»Nein. Drei Minuten.«

»Das war doch nie im Leben ...« Er brach ab und fuhr sich mit der Hand durch die Haare. »Ich habe verstanden. Du willst mich zappeln lassen. Also gut. Spielen wir Spielchen. Was soll ich tun, Loretta? Vor dir auf die Knie fallen? Betteln? Mich zum Horst machen?«

»Hast du schon. Hat mir nicht gefallen. Noch zwei Minuten.«

»Jetzt hör doch auf mit diesem Scheiß!«, rief Tom. »Merkst du nicht, wie lächerlich du dich machst? Herrgott – das ist doch absurdes Theater hier! Ich komme und entschuldige mich, und du führst dich auf wie Madame Pompadour! Ich dachte, wir lieben uns!«

»Noch eine Minute.«

Er kam auf mich zu und versuchte mich zu umarmen. Ich wich zurück und kreischte: »Hilfe! Fass mich nicht an!«

»Sonst *was?*«, brüllte er. »Was passiert, wenn ich dich anfasse, hm? Was willst du dann tun? Rufst du wieder diesen ... diesen ... *Proleten* ... diesen ... diesen ... *Kampfzwerg* und lässt mich verprügeln? Das hätte ich nie von dir gedacht, dass du derart niveaulos sein kannst! Echt nicht!«

Es machte *ssssingggg!!!* in meinem Kopf, als irgendein Nervenstrang riss, und ich sah nur noch rot.

Ich ging wieder einen Schritt auf ihn zu und brüllte zurück: »Ich bin niveaulos? Habe ich mit dem Schwanz in der Hand vor dem Computer gesessen und auf die Titten von ... wie hieß sie noch? Tanja? ... geglotzt? Und wer kann wissen, wie oft du das vorher schon gemacht hast und wie oft seither! Ich traue dir nicht weiter als ich dich werfen kann, du Arsch. Verstehst du das? Ich vertraue dir nicht mehr! Und nichts kann das ändern. Kein Versprechen. Kein Schwur. Nichts. Und mit jemandem, dem ich nicht vertraue, vergeude ich keine Zeit mehr!«

»Du tust gerade so, als hätte ich dich betrogen.«

»Du hast mich betrogen, raffst du das nicht? Du warst mit ihr verabredet, um sie zu vögeln! Dass es noch nicht dazu gekommen ist, war purer Zufall! Sie kann dich haben, deine Tanja. Ich will dich nicht mehr. Dein schönes bequemes Leben mit mir ist vorbei. Und jetzt hau ab! Das mit der Wohnung regeln wir irgendwie. Aber geh mir aus den Augen!«

Er griff nach meinen Handgelenken und versuchte, mich an sich zu ziehen. Wir rangelten miteinander. Als es mir gerade gelang, mein Knie hochzuziehen, um es in seine Weichteile zu rammen, wurde er von mir weggezerrt.

»Ich glaub, wir zwei müssen uns nochma unterhalten«, sagte Frank lächelnd zu Tom. Er war vollkommen ruhig, stand einfach da.

Tom starrte wild zwischen Frank und mir hin und her. »Ah, jetzt verstehe ich! Ist das dein neuer Stecher? Diese Witzfigur? Dieser … dieser … hirnlose Muskelprotz? Besorgt er es dir denn auch richtig? Aber dumm fickt gut, heißt es ja!«

»Da spricht ein Mann, der Bescheid weiß!«, höhnte ich. »Tanja machte nicht gerade den Eindruck, als wäre sie Raketenwissenschaftlerin.«

»Lass Tanja aus dem Spiel!«

»Jezz is aba gut hier. Aufhörn. Beide«, sagte Frank in einem Ton, als hätte er es mit zwei Kindern zu tun, die sich um einen Lolli stritten.

Plötzlich war ich erschöpft. Mein Adrenalin war aufgebraucht. »Er soll abhauen. Ich kann den Kerl nicht mehr sehen.«

Tom wollte protestieren, aber Frank machte ein paar schnelle Schritte auf ihn zu, und er wich hastig zurück und sprintete zum Gartentor.

»Wir sind noch nicht fertig miteinander, Loretta«, rief er mutig aus sicherer Entfernung und verschwand.

Ich ließ mich in einen der Korbsessel fallen und starrte vor mich hin. Ich wollte nichts als Ruhe.

»Brauchsse irgendwat?«, fragte Frank leise.

Ich schüttelte den Kopf. »Vielen Dank, aber nein. Wieso bist du überhaupt hier?«

Er grinste. »Weil man euren Rabatz kilometerweit hören konnte, wat denkst du denn? Ich bin in mein Garten, wennde mich brauchs. Du weißt ja …«

»Jederzeit, ich weiß«, sagte ich und sah ihm lächelnd nach, wie er den Weg hinunter marschierte.

Dann schloss ich die Augen und legte den Kopf zurück. Was für ein Tag. Doris brachte mich auf dumme Gedanken, ich hatte mich bei Hauptkommissarin Küpper zur Vollidiotin gemacht und dann auch noch Tom. Es reichte mir. Eigentlich wollte ich nur noch ins Bett und die Decke über den Kopf ziehen. Nichts mehr sehen, nichts mehr hören.

Die Luft war warm, die Sonne hatte die Wolken durchbrochen, und das Summen der Bienen, Hummeln und Wespen machte mich schläfrig. Aber es war mir nicht vergönnt, einzuschlafen, denn ich wurde gerufen – wenn auch leise.

»Psst. Loretta.«

Ich schreckte hoch und sah mich um. Am Zaun zum Nachbargrundstück stand Lisbett und winkte mich zu sich.

»Hör mal, Loretta«, sagte sie leise, als ich herangekommen war. »Ich konnte gerade nicht umhin, alles mitzukriegen von deinem Streit mit deinem Kerl. Ich will nur eins sagen: Man muss sich nicht alles gefallen lassen. Man muss sich wehren.« Sie sah mich beschwörend an. »Wenn du Hilfe brauchst – wir sind für dich da. Und egal, wonach dir ist, wir werden dich nicht verurteilen.«

Sprachs, drückte mir die Hand und ging.

Und ich stand verdattert am Zaun und fragte mich, ob ich gerade wirklich gehört hatte, was ich glaubte, gehört zu haben.

Als Diana anrief, um mir mitzuteilen, dass sie heute nicht in den Garten kommen würde, war ich nicht böse. Ich schleifte die Sonnenliege von der Terrasse auf das Stückchen Rasenfläche neben der Hütte. So konnte mich vom Eingang und selbst von der Terrasse aus niemand sehen.

Ich wollte an diesem Tag endgültig mit niemandem mehr reden, ich musste nachdenken.

Nicht über diese vermaledeiten Todesfälle, die hingen mir zum Halse heraus. Am liebsten hätte ich die Zeit zurückgedreht und die letzten paar Tage komplett gelöscht. Aber dann hätte ich nichts von Toms Internet-Liebschaft erfahren, die auf der Schwelle zum realen Vollzug stand, als ich ihn ertappt hatte. Immer wenn ich daran dachte, kam mir die Galle hoch. Zu hören und zu sehen, dass mein Partner hinter meinem Rücken rumpoussierte und einer anderen Frau gegenüber über mich herzog, hatte mich zutiefst erschüttert. Ich war wirklich erschrocken, wie tief mich das traf, wie gedemütigt ich mich fühlte. Der Schock hatte körperlich wehgetan.

Meine Fantasie – von der die Küpper mir ja eine Menge attestiert hatte – reichte nicht aus, um mir ein weiteres Leben mit Tom vorzustellen. Wie sollte das gehen? Von Natur aus war ich kein misstrauischer Mensch, auch Eifersucht war mir fremd – bisher. Mein Vertrauen zu ihm war unwiederbringlich zerstört. Wie würde es sein, zur Arbeit zu gehen und ihn zu Hause am Computer zu wissen? Ohne Kontrolle darüber, was er tat? Brr … Kontrolle, ekelhaft. Wollte ich ihn kontrollieren? In seinem Handy nach Nummern und Textnachrichten schnüffeln? Jedes Mal ausflippen, wenn ein unbekannter Frauenname auftauchte?

Ganz bestimmt nicht.

Also mussten wir uns trennen, daran ging kein Weg vorbei. Das mit der Wohnung würde noch kompliziert werden, aber das war mir egal. Ich würde mir etwas Neues, Kleineres suchen. Damit würde ich gleich nächstes Wochenende beginnen, wenn in der Samstagsausgabe der Tageszeitung die Wohnungsanzeigen erschienen.

Kapitel 20

Auf einem Bein kann man nicht stehen,
Teil 2: Schnitzeljagd am Bahndamm

Es war tiefe Nacht, als ich auf meiner Liege erwachte. Pechschwarze Finsternis um mich herum. Ich wusste zunächst nicht, wo ich war, ich merkte nur, dass ich mich im Freien befand.

Vorsichtig tastete ich mich durch die Dunkelheit zur Tür der Hütte. Nebenan bei Lisbett brannte noch Licht und ich hörte Stimmen. Neugierig schlich ich an den Zaun und spitzte die Ohren.

Mehrere Frauen debattierten miteinander, mal leiser, mal lauter. Ich konnte mir schon denken, wer sich dort versammelt hatte: die üblichen Verdächtigen. Nur wenn eine von ihnen die Stimme erhob, konnte ich einzelne Worte verstehen. Aber wahrscheinlich redeten sie gerade über die Trauerfeier für Theo. So sehr interessierte es mich dann doch nicht, welche Metzgerei die Platten mit dem kalten Braten liefern würde.

Ich wollte mich gerade zurückziehen, als drüben die Tür aufging. Im Lichtschein aus der Hütte erkannte ich Ilse, Jupps Frau.

Sie drehte sich zu den Frauen im Haus um und sagte scharf: »Ich bin mir einfach nicht mehr sicher. Was soll ich denn machen? Das ist eben so.«

»Nicht mehr sicher?«, fragte Lisbett von drinnen. »Aber du hast ihm doch schon …«

Sie brach ab, weil eine andere Frau etwas sehr leise sagte, dann fuhr Lisbett fort: »Ulla hat recht. Komm wieder rein. Wir besprechen das ganz in Ruhe.«

Ilse zögerte kurz, dann ging sie wieder hinein. Die Tür schloss sich hinter ihr und von da an hörte ich nur noch Gemurmel.

Ich verharrte noch einen Moment vollkommen ruhig, falls sie doch wieder herauskommen sollte. Dann bewegte ich mich auf Zehenspitzen, Zentimeter für Zentimeter, zur Hütte, betete, dass meine Tür nicht knarren würde, als ich mich hineinließ, und legte mich aufs Bett, ohne Licht zu machen. Es war 3 Uhr morgens. Meine Gedanken rasten.

Wurde drüben gerade der nächste ›tragische Unfall‹ geplant?

War jetzt Jupp an der Reihe?

Konnte ich irgendetwas tun?

Musste ich irgendetwas tun?

Klar – je mehr Gedanken ich mir über andere machte, desto weniger musste ich über meine eigene Misere nachdenken. Die Ereignisse in der Kolonie lenkten mich vortrefflich davon ab, das zu tun, warum ich eigentlich hier war. Und die Kommissarin hatte recht: Ich las gern Krimis und ich sah mir im Fernsehen all diese Serien an. Wie eine Schneekönigin freute ich mich, wenn ich frühzeitig wusste, wer der Täter war. Lief meine Fantasie deshalb gerade Amok?

Ich überlegte, wie Hauptkommissarin Küpper reagieren würde, wenn ich Alarm schlug und sich alles als Nonsens herausstellen würde. Oh mein Gott – das wollte ich mir lieber nicht vorstellen.

Dennoch – das gerade belauschte Gespräch ließ mich nicht los. Vielleicht war ja alles doch ganz harmlos, wie Kommissarin Küpper gesagt hatte, und ich reimte mir hier gerade eine vollkommen hirnverbrannte Räuberpistole zusammen. Ich war hin- und hergerissen zwischen der Hoffnung, mir das alles nur einzubilden, und der bösen Ahnung, dass die Damen nebenan gerade etwas Übles ausheckten.

Sollte ich einfach rübergehen und mich dazuhocken? Vorgeben, dass ich nicht schlafen konnte und auf der Suche nach Gesellschaft war? Und weil ich bei Lisbett Licht gesehen hatte …

Nervös setzte ich mich auf. Ich musste mit jemandem reden, sofort.

Ich könnte mich zu Frank schleichen, aber dann lief ich Gefahr, erwischt zu werden, weil das vermaledeite Gartentor quietschte. Aber was machte das schon – ich könnte behaupten, ich sei auf dem Weg zu Lisbett gewesen.

Blieb noch Weg hinter den Hütten entlang, am Bahndamm. Mit Taschenlampe müsste das eigentlich funktionieren …

Ein paar Minuten später war ich unterwegs.

Der schmale Lichtkegel der Taschenlampe wies mir mehr schlecht als recht den Weg, als ich mit angehaltenem Atem über den Trampelpfad tapste. Gegen 4.30 Uhr würde die erste S-Bahn des Tages über die Gleise sausen, und dann viermal stündlich bis Mitternacht. Zwei pro Stunde in die eine Richtung, zwei in die andere. Sie war nicht besonders laut, eigentlich nur ein rasches Vorbeirauschen, ich hatte mich sehr schnell daran gewöhnt.

Als ich Franks Grundstück erreichte, stieg ich durch die Hecke und klopfte an sein Fenster. Nichts rührte sich. Ich klopfte noch einmal und rief leise seinen Namen. Wieder nichts.

Hatte er einen leichten Schlaf oder war er einer von der Sorte – wie Tom –, neben dem man eine Kanone abfeuern konnte, ohne ihn damit zu wecken? Ich hatte keine Ahnung.

Ich beschloss, alle Zurückhaltung über Bord zu werfen, und schlich zu seiner Tür. Er schloss nachts nicht ab, hatte er mir erzählt. Er würde damit leben müssen, von mir wachgerüttelt zu werden. Ich drückte die Klinke herunter. Die Tür blieb zu. Frank war nicht zu Hause.

Jetzt wusste ich nicht mehr weiter. Ich kehrte auf dem gleichen Weg in mein Bett zurück; bei Lisbett war noch immer Licht.

Während ich noch darüber nachdachte, was ich tun sollte, schlief ich ein.

Wer jemals das Geräusch eines notbremsenden Zuges gehört hat, kann auf eine Wiederholung getrost verzichten. Davon aus dem Schlaf gerissen zu werden ist wahrlich kein Spaß. Zumal, wenn es in unmittelbarer Nähe stattfindet, gerade einmal ein paar Meter Luftlinie vom Kopfkissen entfernt, auf dem Bahndamm hinter dem Haus. Ironischerweise erinnerten mich die kreischenden Bremsen an Lisbetts Schrei, als sie ihren Uwe in der Wassertonne gefunden hatte.

Ich stürzte aus dem Bett und rannte nach draußen. Es herrschte das milchig-graue Dämmerlicht kurz vor dem Sonnenaufgang. Die ersten Vögel begrüßten fröhlich zwitschernd den Tag. Ich wühlte mich durch die Hecke zum Bahndamm und sah mich um.

Ein paar Meter weiter übergab sich Bärbel in die Brennnesseln, gestützt von Frank, der mit einer Hand ihre langen Haare aus ihrem Gesicht hielt. Sie trug ein kurzes Nachthemd, er war in Shorts und T-Shirt.

Oben auf den Gleisen stand eine S-Bahn, besser gesagt guckte ich auf das Ende eines S-Bahn-Zuges. Seine Geschwindigkeit konnte noch nicht hoch gewesen sein, als die Notbremsung begann, denn die Haltestelle war ganz in der Nähe. Dementsprechend kurz dürfte der Bremsweg gewesen sein.

Ich raste zu Bärbel und Frank. »Was ist passiert?«

»Bein!«, keuchte Bärbel und holte krampfhaft Luft. Mit zitterndem Finger deutete sie vage auf den Bahndamm. »Hinter Jupps Parzelle. Bein. Abgerissen.« Sie beugte sich vor und würgte.

Ich ging los.

»Bleib hier!«, herrschte Frank mich an. »Da gehsse jetzt nich hin! Ich kann nur einer helfen!«

Verdutzt blieb ich stehen. »Aber ich will ...«

»Verdammt, Loretta, bleib hier! Oder willze schon wieder die Bullen am Hals haben? Finze nich, dat reicht allmählich?«

»Was ist hier denn überhaupt los? Habt ihr irgendwas davon mitbekommen?«

Bitte nicht Jupp, dachte ich, oder ein anderer Kerl aus dem Perlhuhnweg, bitte nicht.

»Wat weiß ich«, raunzte Frank. »Notbremsung. Ein appet Bein am Bahndamm. Personenschaden, also.«

Es gab wohl kaum jemanden im Ruhrgebiet, der die S-Bahnen benutzte und noch nie einen Personenschaden erlebt hatte oder zumindest jemanden kannte, der live dabei gewesen war. Die Städte in dieser Gegend waren durch den öffentlichen Nahverkehr eng verbunden und das Schienennetz zog sich kreuz und quer durch die Landschaft.

Es war tragisch, aber es passierte immer wieder.

Manchmal durch Unachtsamkeit, wenn jemand den Weg querfeldein über den Bahndamm oder an den Gleisen entlang als Abkürzung benutzen wollte. Mal abgesehen davon, dass diese

S-Bahnen wirklich nicht laut waren, reichten die Kopfhörer eines laufenden MP3-Players im Ohr, um einen herannahenden Zug zu überhören.

Andere stellten, setzten oder legten sich mit Absicht auf die Gleise. Die Methode galt als todsicher, wenn man sich wirklich umbringen wollte. Die bedauernswerten Zugführer leiteten die Notbremsung ein, wohl wissend, dass sie keine Chance hatten, rechtzeitig anzuhalten. Immer wieder las man davon, dass jedes Jahr viele Mitarbeiter der Bahn durch dieses Erlebnis traumatisiert und in der Folge arbeitsunfähig wurden, weil sie nicht verkrafteten, einen Menschen überfahren zu haben.

»Wessen Bein ist das, Frank? Weißt du das?«, wisperte ich.

Ehe er antworten konnte, wurde es oben auf dem Bahndamm lebhaft. Aus Richtung der nahegelegenen Station rannten Leute herbei, Bahnpersonal und zwei Polizisten, soweit ich sehen konnte. Von der anderen Seite kamen der Schaffner und der Zugführer. Die Passagiere durften den Zug natürlich nicht verlassen.

»Loretta – bring Bärbel ins Haus und bleib bei ihr. Ich geh mal gucken, wat da oben los is«, sagte Frank.

Bärbel und ich sahen ihm nach, wie er den Bahndamm hochstieg und mit einem Polizisten sprach. Dann gingen die beiden in Richtung Haltestelle. Ungefähr in Höhe von Jupps Parzelle blieben sie stehen und beugten sich über etwas, das auf den Gleisen lag. Dann zeigte der Polizist auf irgendetwas hinter dem Bahndamm und die beiden verschwanden aus unserem Blickfeld.

Plötzlich stand Lisbett neben Bärbel und mir. Wir hatten sie nicht kommen hören. Sie trug einen altmodischen, geblümten Morgenmantel und Lockenwickler in den Haaren. »Habt ihr mitbekommen, was da oben los ist?«, fragte sie.

»Personenschaden auf der Strecke«, sagte ich. Ich blickte den Trampelpfad hinunter. »Merkwürdig, dass Ilse davon nicht wach geworden ist.«

»Die nimmt Schlaftabletten. Aber sie hat nicht hier übernachtet, sie musste heute besonders früh zur Arbeit. Kann sich nicht jeder den Luxus leisten, im Garten zu schlafen. Jedenfalls nicht jeden Tag.«

Na, um drei war sie jedenfalls noch hier, dachte ich.

»Und Jupp? Wo steckt der?«

Lisbett zuckte mit den Achseln. »Liegt bestimmt noch in Essig, wie üblich. Na ja, ich will dann mal wieder. Wir werden schon noch erfahren, was passiert ist. Mal sehen, ob Ulla schon wach ist. Ich geh mal wacker durch deinen Garten, Bärbel.«

Diese nickte abwesend und erst als Lisbett hindurchging, fiel mir auf, dass es in Bärbels stabilem Zaun ein Tor gab, das jetzt offenstand.

Wir starrten noch ein paar Minuten schweigend auf die Leute oben auf den Gleisen. Es wurde viel telefoniert. Mehrstimmiges Sirenengeheul näherte sich rasant.

Die Kavallerie ist im Anmarsch, dachte ich, dann sagte ich zu Bärbel: »Lass uns abhauen. Zu dir oder zu mir?«

Sie wollte zu mir. Möglichst weit weg vom appen Bein, vermutete ich mal.

Weil Bärbel sich noch etwas anderes anziehen wollte, ging ich schon vor und machte Kaffee. Zur Sicherheit setzte ich zusätzlich Wasser auf, denn es konnte ja sein, dass sie lieber einen Kamillentee wollte, um ihren Magen zu beruhigen.

Wollte sie nicht, und so saßen wir schweigend mit unseren Kaffeebechern draußen vor der Hütte und warteten auf Frank, während die Sonne langsam höher stieg.

Es mochten zwei Stunden vergangen sein, als er endlich auftauchte. Ich hatte gerade frischen Kaffee gemacht und er griff dankbar zu.

Wir mussten ihn nicht erst dazu auffordern, zu erzählen.

»Dat da oben, der Personenschaden, dat is der Jupp«, sagte er. »Der is ziemlich zerfetzt, aber dat Gesicht is noch heile.«

Was ich bereits befürchtet hatte, bestätigte sich. Auch ohne mir Jupps Überreste im Detail vorzustellen, wurde mir ganz anders. Hätte ich irgendwas tun können, um das zu verhindern?

»Riesenauflauf, da oben. Sanis, Bullen, Feuerwehr, die Typen vom Bestatter … Die haben den Jupp eingesammelt und in so ’ne Plastiktüte gesteckt, boah, Horror. Und dann habense die Ilse von zu Hause geholt, die wollte wohl grade zur Arbeit, und die is vollkommen durchgedreht. *Ich will mein Jupp sehn,* hat die immer wieder geheult, aber dat wollten die natürlich nich, weil der Jupp ja nur noch Hackfleisch is. Also hat der Notarzt ihr 'ne Spritze gegeben, aber dafür mussten die die Ilse mit vier Mann hoch festhalten, weil die sich wie 'ne Irre gewehrt hat. Aber dann is die vonne Spritze ganz still und bräsich geworden, dat war noch unheimlicher als dat Theater, dat se vorher gemacht hat. Und dann is diese Kommissarin aufgekreuzt, und die hat mich total komisch angeguckt. *Sie schon wieder, Herr Kropka,* hat die zu mir gesacht, aber wat sollte ich denn bitteschön machen, dat is nun mal direkt hier vor unsere Nase passiert, oder? Dat war ja nun wirklich nich zu überhörn, oder? Also sach ich: *Wat soll ich machen, Frau Kommissarin! Wer bei den Lärm nich sofort losrennt, um zu gucken, wat los is, der is tot,* sach ich, und die guckt mich noch komischer an. *Interessant, dat Sie dat so formuliern, Herr Kropka,* sacht die da zu mir, *Sie gestatten mir, dat ich dat merkwürdich finde.* Herrgott, muss diese Kripo-Else jedet Wort auf die Goldwaage legen? *Wat finden Sie merkwürdich, Frau Kommissarin,* frach ich, *dat ich schon wieder hier bin, wo 'n Toter is, oder dat ich dat so formuliert hab?* Und die glotzt mich an, als wollte se jede Sekunde austicken. Wär ja nich so schlimm gewesen, der Herr Doktor hat ja jede Menge guten Stoff am Start! Na, irgendwann hatse mich jedenfalls aus ihre Krallen gelassen, und ich hab gesehen, dat ich 'n langen Schuh mach.«

Er nickte zufrieden und schüttete den Kaffee in sich rein.

»Der arme Jupp«, flüsterte Bärbel, sichtlich erschüttert. »Was er wohl da oben wollte?«

»Dat hat der öfters gemacht«, sagte Frank. »Wenn ihm die Kippen ausgegangen sind oder so, dann is der mal eben übern Bahndamm, um auffe andere Seite zum Kiosk zu gehen. Deshalb hat der auch 'n Fahrplan inner Bude hängen. Der wusste genau, wann die S-Bahn da oben längs donnert.«

Ich schüttelte den Kopf. »Offensichtlich wusste er das nicht, sonst läge er jetzt nicht zerschnetzelt auf den Gleisen, oder?«

»Wennde so richtich besoffen bist, kannze schonma den Fahrplan vergessen, wennde überhaupt weiß, ob Tach oder Nacht is.

Der Jupp is einfach losgestratzt, der hat doch nich mehr nachgedacht! Und dann setzte dich schonma 'n Momentchen hin, weilde müde bis. Siehsse doch oft genuch auffe Straße, wenn die aufm Bürgersteich liegen und pennen. Oder im Park. Dat kriegen so 'ne echten Säufer doch garnich mehr mit, Loretta!«

Da hatte Frank natürlich recht.

Aber wenn jeder von Jupp wusste, dass er gerne mal über die Gleise turnte, war das gleichzeitig die perfekte Möglichkeit, ihn umzubringen.

Sah so aus, als müsste ich mal mit Erwin sprechen.

Kapitel 21

Essen und Trinken hält Leib und Seele zusammen (und weitere Erkenntnisse)

»Hallo? Jemand da?«

Ein junger uniformierter Polizist betrat den Garten und kam auf uns zu.

»Guten Morgen. Polizeiobermeister Stelzer mein Name. Auf dem Bahndamm hinter den Gärten hat es um 4.39 Uhr einen Unfall mit Personenschaden gegeben«, verkündete er. »Sind Sie Pächter in dieser Kolonie?«

Als Frank und Bärbel nickten, fuhr er fort: »Ich habe einige Fragen an Sie. Keine Angst, das ist reine Routine. Darf ich um Ihre Namen bitten?«

Ich bot ihm einen Stuhl an, den Kaffee lehnte er dankend ab.

»Ich bin Bärbel Minkenberg«, sagte Bärbel, »und das sind Frank Kropka und Loretta ...« Sie sah mich fragend an.

»Luchs«, soufflierte ich.

Polizist Stelzer legte sein Klemmbrett auf den Tisch und studierte den darauf befestigten Plan des Perlhuhnwegs. »Hm ... Herr Kropka, das ist Parzelle 5«, er malte ein Kreuz in das entsprechende Grundstück, »Frau Minkenberg, Parzelle 7«, wieder ein Kreuz, ins Feld links daneben. Dann kreiste der Stift suchend über dem Plan, und er blickte fragend auf. »Diese Parzelle hier soll einer Diana Jedamzik gehören?«

Mein Einsatz. »Frau Jedamzik ist meine Freundin. Ich mache zurzeit hier ein paar Tage Urlaub.«

»Aha. Hm. Verstehe.«

Mit einem Kuli kritzelte er meinen Namen in den Plan, dann ließ er ein Kreuz folgen.

»Sie wissen nicht zufällig, wie ich die Pächter der anderen Parzellen, die an den Bahndamm grenzen, erreiche?«, fragte er.

»Lisbett Westermann von Parzelle 9 – das ist hier gleich nebenan – wollte zu Ulla Passeck«, sagte Bärbel. »Das wäre Parzelle 8 auf der anderen Seite. Das hat die Lisbett zumindest heute Morgen gesagt, als wir sie am Bahndamm getroffen haben. Horst und Helga Siemer von Parzelle 1 sind wahrscheinlich auf der Arbeit, die übernachten höchstens mal am Wochenende im Garten. Und Jupp und Ilse Hohlbein von Parzelle 3 …« Sie verstummte, und ihre Augen füllten sich mit Tränen.

Frank übernahm. »Der Jupp, dat is leider der Personenschaden oben aufm Bahndamm. Den findense als Fleischpuzzle inner Plastiktüte. Und die Ilse habense ins Krankenhaus gekarrt, glaub ich.«

Der junge Polizist errötete. »Natürlich, Jupp Hohlbein, Parzelle 3. Verzeihen Sie bitte.«

»Dat is doch gar kein Ding!«, rief Frank munter. »Kann ja ma passiern, Herr Wachtmeister.«

»Polizeiobermeister.« Er räusperte sich. »Sie erwähnten, Frau Minkenberg, Sie hätten Frau Westermann heute Morgen am Bahndamm gesehen. Wann war denn das? Und mit wem waren Sie dort? Sie sagten: *Wir haben sie getroffen.*«

»Das waren Loretta und ich. Ich meine Frau Luchs. Und das war kurz nach dem Unfall. Wir sind wohl alle von der Notbremsung der S-Bahn wach geworden.«

Der Polizist notierte etwas. »Aha. War noch jemand da?«

Bärbel warf Frank einen schnellen Blick zu. »Ja, Frank Kropka. Ich … wir trafen uns am Bahndamm. Mir wurde schlecht, weil … « Sie würgte und blieb stumm.

»Weil die Bärbel dat appe Bein vom Jupp gesehen hat, da is ihr allet hochgekommen«, erklärte Frank. »Und dann is die Loretta aufgetaucht. Ich hab die Lisbett nich gesehen, da war ich schon wech.«

»Aha, und wo waren Sie?«

»Na, oben, Ihre geschätzten Kollegen helfen!«, sagte Frank stolz. »Ich hab denen gesacht, wer dat is, der da in mehrere Teile …«

»Frank!«, riefen Bärbel und ich gleichzeitig aus, und er machte seine vorlaute Klappe zu.

Kritzel, kritzel. »Hat jemand von Ihnen vom Unfall selbst etwas gehört oder gesehen?«, fragte der Polizist.

Wir schüttelten synchron die Köpfe.

»Dann darf ich Sie um Ihre Kontaktdaten bitten, falls wir noch weitere Fragen haben. Adresse und Handynummer, bitte.«

Er notierte alles, erhob sich, bedankte sich artig bei uns und ging.

Nachdem auch Bärbel und Frank sich endlich verabschiedet hatten, flitzte ich in die Hütte, um zu telefonieren. Es war mittlerweile kurz nach acht und ich hoffte inständig, Doris mit meinem Anruf nicht zu wecken.

Sie ging sofort ans Telefon, klang aber verschlafen.

»Doris, hier ist Loretta. Schon wieder einer tot«, flüsterte ich. »Heute Morgen. Auf dem Bahndamm hinter den Gärten. Und gestern Nacht habe ich mitgekriegt …«

»Stopp!«, unterbrach sie mich rigoros. »Du kommst her. Sofort. Erwin ist gerade Brötchen holen, wir warten mit dem Frühstück auf dich. Mach voran.«

Das musste sie mir nicht zweimal sagen.

Ich sprang rasch unter die Dusche, denn ich trug noch immer die Kleidung, in der ich geschlafen hatte. Im Perlhuhnweg war alles ruhig, aber am Parkplatz standen einige Polizisten, die miteinander die Ergebnisse ihrer Befragungen in der Kolonie austauschten.

Polizeiobermeister Stelzer kam einen Schritt auf mich zu, erkannte mich dann aber und winkte mir, dass ich die behördliche Erlaubnis hatte, mich zu entfernen.

Mit den Lebensmitteln, die auf Doris' Frühstückstisch standen, hätte sie locker die zehnköpfige, muskelbepackte, hart arbeitende Belegschaft eines Holzfällercamps in Kanada sattgekriegt. Aber ganz locker. Beeindruckt sah ich Erwin dabei zu, wie er Streifen gebratenen Frühstücksspecks neben einen monumentalen Berg Rührei stapelte, bevor er ein Brötchen aufschnitt und es dick mit Salzbutter und Honig bestrich. Doris musterte ihn liebevoll von der Seite, das glückliche Pärchen saß mir gegenüber.

»So«, sagte Erwin, nachdem er die Vorbereitungen für den ersten Gang – ich zweifelte keine Sekunde, dass weitere folgen würden – abgeschlossen hatte, »jetzt erzähl mal, Loretta.«

Er aß und lauschte gleichermaßen konzentriert, während ich von den Vorkommnissen in der Kolonie berichtete. Ab und zu brummelte er ein »Hm«, unterbrach mich aber nicht. Ich kam bis zu der nächtlichen Szene am Zaun, als Doris sich zu Wort meldete.

»Jetzt lass das Mädchen doch auch mal was essen«, schimpfte sie und schob den kinderbadewannengroßen Brötchenkorb in meine Richtung.

»Momentan reicht mir Kaffee«, sagte ich.

»Siehste, Täubchen«, sagte Erwin. »Aber ich habe ein paar Fragen. Als du heute Nacht diesen kurzen Dialog gehört hast – was haben die genau gesagt? Nee, anders – was von dem, das gesagt wurde, lässt dich glauben, es handelte sich um ein Mordkomplott?«

»Eigentlich klang es ganz belanglos, aber Ilse wollte eindeutig irgendwas abblasen. Sie wolle nicht mehr, sagte sie, und sie sei halt nicht mehr sicher. Und Lisbett sagte daraufhin: *Aber du hast ihm doch schon …*, dann wurde sie von jemandem, vielleicht Ulla, in der Hütte gestoppt. Ilse ging wieder rein, die Tür wurde geschlossen. Danach konnte ich nichts mehr verstehen.«

»Was hatte sie schon? Und wem hatte sie schon was-auch-immer?«, murmelte Erwin nachdenklich.

»Das frage ich mich halt auch. Gut möglich, dass es sich um die Trauerfeier morgen drehte. Oder um etwas vollkommen anderes. Im Zusammenhang mit dem Tod von Jupp allerdings …«

»Personenschaden auf der S-Bahn-Strecke, richtig?«

Zufrieden werkelte er an seinem dritten oder vierten Brötchen herum. Ich war fasziniert – man konnte Fleischwurstscheiben also auch hochkant stellen, wenn man sie nur dick genug abschnitt.

»Woher weißt du das denn schon wieder?«, fragte Doris verblüfft.

Erwin griente. »Polizeifunk. Kennst mich doch: Einmal Bulle, immer Bulle. Als ich hörte, wo das passiert ist, wusste ich sofort Bescheid. Ich weiß sogar noch mehr, aber dazu kommen wir später.« Er zwinkerte mir zu und sein Goldzahn blinkte mit seinem fetten Gliederarmband um die Wette.

»Ist er nicht super?«, flötete Doris und ich nickte.

Erwin nahm das Kompliment gelassen hin. »Danke, mein

Täubchen. Und, Loretta, hast du von dem … Unfall heute Morgen was mitgekriegt?«

»Von dem Unfall selbst nicht. Das Gespräch der Frauen war so um 3 Uhr morgens, dann habe ich mich aufs Bett gelegt und bin eingeschlafen. Die Notbremsung der S-Bahn direkt hinter meiner Hütte hat mich geweckt. Ich bin dann sofort raus. Ein Polizist sagte später, der Unfall sei um 4.39 Uhr passiert. Also war ich so gegen 4.40 Uhr am Bahndamm.«

»Allein?«

Ich schüttelte den Kopf. »Zwei Nachbarn, Frank Kropka und Bärbel Minkenberg, waren schon da. Bärbel kotzte sich die Seele aus dem Leib, weil sie das abgerissene Bein von Jupp gesehen hatte. Da fällt mir noch etwas ein, das ich vorhin ausgelassen habe: Nachdem ich die Frauen belauscht hatte, wollte ich zu Frank, weil … na ja, weil ich mit jemandem darüber reden wollte. Ich hatte einfach ein blödes Gefühl bei der Sache. Ich bin über den Trampelpfad am Bahndamm längs zu seiner Parzelle geschlichen, aber er war nicht da. Seine Tür war abgeschlossen, das ist ziemlich ungewöhnlich.«

»Für mich ist der Kerl noch lange nicht aus dem Rennen«, warf Doris ein, »dieser Rächer der Witwen und Waisen …«

»Wieso? Was ist mit dem?« Erwin sah mich neugierig an.

Ich seufzte. »Frank hat nicht sehr nett über die Toten geredet, über keinen der drei Männer. Über Uwe – das war der erste – sagte er, Lisbett könne froh sein, dass er weg ist. Das ist der, der von der Leiter gefallen und dann kopfüber in ein Fass mit Regenwasser gestürzt ist. Als er gefunden wurde, kamen Frank und ich gleichzeitig dort an. Natürlich kann ich nicht ausschließen, dass er hinten aus Uwes Garten raus ist, dann durch den Hintereingang seiner eigenen Parzelle und vorne wieder raus, um dann mit mir an Uwes Gartentor zusammenzuknallen. Ich bin natürlich davon ausgegangen, dass auch er durch Lisbetts Schrei angelockt wurde.«

»Warte mal kurz«, sagte Erwin, stand auf und ging ins Haus.

Doris legte das Marmeladenbrötchen, das sie gerade geschmiert hatte, auf meinen Teller und schenkte Kaffee nach. »Iss, solange du noch kannst«, sagte sie.

Tatsächlich verspürte ich Hunger. »Wo ist er denn hin?«, nuschelte ich mit vollem Mund.

Sie zuckte mit den Achseln. »Irgendetwas holen, um sich Notizen zu machen, nehme ich an.«

Tatsächlich kehrte Erwin mit einem Zeichenblock und einer Packung Filzstiften zurück und legte beides rechts neben meinen Teller. »Mal mir doch bitte die Kolonie auf«, bat er.

Beinahe verschluckte ich mich. »Die ganze Kolonie?«

Er lachte dröhnend. »Quatsch. Euren Weg. Da sind doch die Parzellen von den Toten, oder? Ich will eine Vorstellung dafür bekommen, wie es dort aussieht. Und welche Grundstücke an den Bahndamm grenzen. Einen Trampelpfad hinter den Parzellen gibt es auch, sagst du?.«

Ich nickte und nahm den schwarzen Stift aus der Packung.

»Jetzt lass sie doch wenigstens ein paar Happen essen, Erwin!«, rief Doris entrüstet. »Dich möchte ich mal sehen, wenn jemand versuchen würde, dich vom Essen abzuhalten!«

»Geht beides gleichzeitig, Doris«, erwiderte ich knapp, »wenn du mir bitte noch eins mit Käse …?«

Ein halbes Brötchen in der linken Hand, zeichnete ich mit der rechten.

Täubchen warf Erwin einen giftigen Blick zu und zerteilte ein weiteres Brötchen für mich, während ich schon den Perlhuhnweg skizzierte. War ja nicht weiter kompliziert. Wenn man in den Weg einbog, lagen sechs Parzellen auf der linken Seite und sechs Parzellen auf der rechten. Hinter denen rechts verlief der Bahndamm. Ich trug die Namen ein, soweit ich sie wusste, und die Grundstücksnummern ebenfalls.

Als ich wieder aufsah, hatte sich mein Teller wie von Zauberhand mit zwei halben Brötchen gefüllt: eine Hälfte mit Camembert, die andere mit herrlich stinkendem Tilsiter.

»Stinkekäse! Wunderbar!«

Begeistert biss ich ab und Doris lächelte wohlwollend.

Erwin kam um den Tisch herum, setzte sich rechts neben mich und studierte den Plan. Er nahm einen roten Stift und sagte: »Weiter im Text. Wer sind die Toten?«

»Uwe Westermann, Parzelle 9, Sonntag. Theo Passeck, Parzelle 8, Dienstag. Jupp Hohlbein, Parzelle 3, heute.«

Jeder Tote bekam einen roten Kringel um den Namen, außerdem notierte Erwin den Todestag.

»Und die Frauen, die immer zusammenklucken?«

»Lisbett Westermann, Ulla Passeck, Ilse Hohlbein. Außerdem Helga und meist auch Renate, aber von denen kenne ich die Nachnamen nicht. Heute Nacht habe ich nur Ilse gesehen und außerdem Lisbetts Stimme erkannt. Dadurch, dass Lisbett sie erwähnte, weiß ich, dass auch Ulla dabei war. Das Treffen fand in Lisbetts Hütte statt. Ich hatte zwar den Eindruck, dass ich mehr als drei Frauenstimmen gehört habe, aber beschwören kann ich es natürlich nicht.«

»Männerstimmen?«

Ich schüttelte den Kopf. »Wenn auch Männer dabei waren, habe ich sie nicht gehört.«

»Verstehe, verstehe«, murmelte Erwin und malte grüne Kringel um die Namen der Frauen. »Und der zweite Todesfall?«

»Das war Dienstag. Frank kam zu mir und lud mich zum Essen ein. Er sagte, Lisbett hätte ihn geschickt, weil es mir so schlecht ginge, ich hatte einen Kater von Uwes Trauerfeier. Gegen 12 Uhr ging er rüber zu sich, um zu kochen. Er sagte, ich sollte in einer Stunde nachkommen. Das tat ich. Als ich bei ihm ankam, muss es kurz nach 13 Uhr gewesen sein. Er stand am Herd, und das Essen war fertig. Nach dem Essen tranken wir einen Espresso. Dann kam Lisbett in den Garten, um uns zu holen. Das war so zwischen 14 und 14.30 Uhr. Wir gingen rüber zu Theo und Ulla, und da lag Theo. Tot. Aufgespießt auf zwei Einschlaghülsen.«

»Was gab es denn bei Frank zu essen?«, fragte Doris. »Was Richtiges oder ausser Packung?«

»Alles komplett handgemacht. Salzkartoffeln, Gurkensalat, glaube ich, und gebratenes Fischfilet. Sehr leckere Soße. Danach Vanillepudding mit Erdbeeren.«

»Mach ich dir locker in 20 Minuten«, verkündete Doris vergnügt. Erwin warf ihr einen zweifelnden Blick zu, und sie korrigierte: »Na gut – halbe Stunde, aber höchstens. Damit ist dein Alibi geplatzt, Robin Hood.«

»Und dieser Frank hat schlecht über die Toten gesprochen?«, fragte Erwin.

»Er sagte, Uwe hätte alles verspielt, was er und Lisbett je besessen haben. Angeblich waren die beiden kurz davor, ihre Wohnung zu verlieren. Theo hat seine Macht als Vorsitzender der Kolonie missbraucht und zum Beispiel Bärbel sexuell genötigt. Das hat Frank besonders wütend gemacht. Und Jupp war schwerster Alkoholiker. Ich bin nicht sicher, ob ich jetzt etwas verwechsle, aber ich meine, dass im Zusammenhang mit ihm von häuslicher Gewalt die Rede war.«

»Und woher wusste Frank Kropka das alles?«

»Er ist Hausmeister in einer Schule. Halbtags. Zurzeit hat er Urlaub und hilft den Frauen, wo er kann. Bei der Gartenarbeit, weil die eigenen Männer zu faul dazu sind. Oder zu besoffen. Oder beides. Alkohol scheint dort eine große Rolle zu spielen. Bärbel ist alleinerziehende Mutter mit drei kleinen Kindern, und ohne Franks Hilfe wäre sie aufgeschmissen. So jemand ist doch kein Mörder!«

Erwin sah mich forschend an. »Ich stimme dir zu, aber wahrscheinlich aus anderen Gründen, als du denkst. Nicht, weil er ein so guter Mensch ist ... schon viele gute und hilfsbereite Menschen glaubten, andere von ihren Leiden befreien zu müssen. Wenn es einen Grund gibt, warum er diesen Halunken nicht den Hals umgedreht hat, dann deshalb, weil die Frauen alleine wären, wenn er deshalb ins Gefängnis müsste.«

»Er hat doch deinen Tom verprügelt, oder?«, fragte Doris. »Also gibt es Situationen, in denen er gewalttätig wird.«

»Das stimmt. Beim ersten Mal hat er ihm die Nase gebrochen. Nicht ohne Grund, aber tut erst mal nichts zur Sache. Beim zweiten Mal hat er unser Geschrei gehört und riss Tom von mir weg. Frank dachte, Tom würde mir gegenüber handgreiflich. Er war sehr bestimmt, aber ganz ruhig und besonnen.«

»Ich glaube immer weniger, dass dieser Mann infrage kommt«, sagte Erwin nachdenklich. »Aber ich finde, dass der Name Lisbett ganz schön häufig fällt.«

Plötzlich fiel mir etwas ein. »Ich habe noch etwas vergessen! Lisbett hat mich am Zaun angesprochen, nachdem ich mit Tom diesen lautstarken Streit hatte. Sie … Sie machte mir so ein kryptisches Angebot.«

»Nämlich?«

»Sie sagte, man dürfte sich von einem Kerl nicht alles gefallen lassen, man müsste sich wehren. Und wenn ich mal Hilfe brauche, könnte ich mich an sie wenden. Sie würde mich nicht verurteilen, egal, wonach mir wäre.«

»Sieh mal an, sieh mal an«, murmelte Erwin, »die gute Lisbett.«

»Ich habe sie bei einer Lüge der Polizei gegenüber ertappt«, verkündete ich triumphierend. »Als die von ihr wissen wollten, ob sie nicht gehört hätte, wie ihr Gatte von der Leiter ins Fass fiel, sagte sie, sie müsse wohl eingeschlafen sein. Außerdem hätte der Wasserkocher sowieso alles übertönt, sie sei nämlich dabei gewesen, Kaffee zu kochen. Sie hatte ihren Mann angeblich gefunden, weil sie ihn fragen wollte, ob er auch Kaffeedurst hätte. Und als ich kurze Zeit später eben diesen Wasserkocher benutzen wollte, war er leer und eiskalt. Das ist doch verdächtig, oder? Aber die blöde Küpper wollte nichts davon wissen.«

»Aaaaah!«, röhrte Erwin und ließ wieder sein dröhnendes Lachen hören. »Davon habe ich gehört! Du bist gestern direkt von hier aus zu ihr ins Präsidium gefahren und sie hat dich zum Teufel gejagt.«

Ich stöhnte auf. »Erinnere mich bloß nicht daran«, sagte ich verlegen, »das war der peinlichste Moment meines Lebens. Stand das heute in der Zeitung oder hast du das auch über den Polizeifunk gehört?«

»Ich habe so meine Quellen, Loretta«, erwiderte er geheimnisvoll, »mir entgeht nichts.«

»Erwin. Ärgere sie nicht.« Auf Doris' Stirn zogen bereits dunkle Wolken auf und nicht einmal Erwin wollte ein Donnerwetter von Täubchen riskieren.

»Also gut. Ich bin Astrids, also Kommissarin Küppers, Patenonkel. Ihr Vater und ich waren Kollegen. Und da ich ja schon von den Vorkommnissen in der Kolonie gehört hatte, hab ich gestern Nachmittag mal mit ihr gesprochen. Und natürlich hat sie mir von deinem Besuch erzählt.« Er gluckste fröhlich, aber dann wurde er ernst. »Das Problem ist, Loretta: Ohne Beweise können wir nichts ausrichten. Ohne deutliche Hinweise keine Ermittlungen. Das Problem ist ja, dass solche Unfälle passieren, immer wieder. Gerade in Kombination mit zu viel Alkohol. Frag Notärzte, frag Polizisten, frag Feuerwehrleute. Genau das kann man sich natürlich zunutze machen, wenn man jemanden umbringen will, ohne dass Verdacht geschöpft wird.«

»Und wenn es wirklich Mord war? Sollen die damit durchkommen?«, rief ich. »Man müsste sie dazu bringen, sich zu verraten, am besten vor Zeugen.«

»Guter Plan, nächster Plan«, spöttelte Erwin.

Ich hatte einen Geistesblitz. »Vielleicht habe ich eine Idee, was es mit diesem *Aber du hast ihm doch schon …* auf sich hatte, das Lisbett zu Ilse gesagt hat. Lisbett hat erwähnt, dass Ilse Schlaftabletten nimmt. Vielleicht hat sie Jupp welche davon gegeben, damit er völlig weggetreten war und sie ihn auf die Gleise schleppen konnten! Dann müsste man doch nur sein Blut untersuchen. Was, wenn man diesen Stoff finden würde …?!« Ich sah ihn hoffnungsvoll an.

»Gute Idee, reicht aber nicht. Selbst wenn bei allen drei Männern dieses Schlafmittel im Blut gefunden würde – man müsste beweisen, dass sie es nicht freiwillig eingenommen haben. Das ist unmöglich, wenn es keine Zeugen dafür gibt. Und selbst dann steht im Zweifelsfall Aussage gegen Aussage. Es sei denn, man fände Hinweise, dass es den Männern gewaltsam eingeflößt wurde. Verletzungen im Mund- und Rachenbereich, zum Beispiel.«

»Ich weiß was«, sagte Doris plötzlich. »Vielleicht nicht ganz ungefährlich, aber wenn wir auf Loretta aufpassen, könnte es klappen.«

Sie hatte unsere ungeteilte Aufmerksamkeit.

Kapitel 22

Herr Müller hat schlechte Laune
(aber seine Sekretärin kennt ein Mittel dagegen)

Anderthalb Stunden feilten wir an dem Plan, dann verabschiedete ich mich. Erwin und ich tauschten unsere Handynummern aus. Ich versprach, ihn auf dem Laufenden zu halten.

Eine echte Mörderjagd! – Ich war wie auf Droge. Erwin nahm mich noch einmal zur Seite und redete mir ins Gewissen, dass wir noch immer nicht sicher sein konnten, ob es sich wirklich um Morde handelte. Ich hörte ihm kaum zu, denn ich sah bereits vor mir, wie eine zähneknirschende Kommissarin Küpper zugeben musste, dass mein ermittlerischer Spürsinn dazu geführt hatte, drei Morde aufzuklären.

Gerade wollte ich in mein Auto steigen, als mein Handy klingelte. Es war Dennis, mein Chef.

»Ja?«

»Loretta, ich brauche dich. Unbedingt.«

»Dennis, ich habe Urlaub.«

»Ich *weiß*. Aber hier ist der Teufel los. Vier Leute krank. Ich telefoniere mir die Finger wund. Ab morgen steht der Plan, aber heute … du bist meine letzte Hoffnung. Wenn du sofort kommen kannst und für ein paar Stunden einspringst, gebe ich dir noch einen ganzen Tag mehr frei. *Bitte.*«

Ich dachte kurz nach. Eigentlich war das keine schlechte Idee. Ich hatte den Rest des Tages nichts weiter vor. Jedenfalls nicht mehr, als auf die morgige Trauerfeier zu warten, um dort die Überführung eines Mörders einzuleiten. Oder einer Mörderin. Oder mehrerer. Zumindest, wenn wir mit unserem Verdacht recht hatten.

Die Arbeit würde mich ablenken.

»Also gut«, sagte ich, und er atmete erleichtert auf. »Aber ich habe mein Headset nicht dabei.«

Jeder Mitarbeiter hatte sein eigenes und meins lag natürlich zu Hause. Hatte ich Lust, Tom zu begegnen? Nein.

»Du kriegst ein neues.«

»Bin gleich da. Halbe Stunde. Reicht das? Ich muss mir unterwegs was zu essen und zu trinken besorgen.«

»Du bist die Allergrößte, Loretta. Meine ewige Dankbarkeit ist dir gewiss.«

Na, na. Wir wollen mal nicht übertreiben.

Die vertraute Geräuschkulisse des Callcenters umarmte mich wie ein alter Freund, den ich lange nicht gesehen hatte. Es kam mir vor, als wäre ich seit Ewigkeiten nicht hier gewesen, und dabei handelte es sich nur um einige Tage.

Zum Glück – der Platz neben Diana war frei. Die meisten wollten bei der Arbeit nicht neben ihr sitzen, weil sie mit ihrem Lineal, mit dem sie den Knall einer Peitsche simulierte, immer so einen Rabatz machte. Mich störte es nicht.

Ich ließ mich auf den Stuhl fallen und fuhr den Rechner hoch.

»Du sollst mir keine Widerworte geben!«, brüllte Diana gerade, dann grinste sie mich an und malte mit dem Finger ein Fragezeichen in die Luft.

Dennis hat mich angerufen. Ist er im Büro? Später mehr!, schrieb ich auf einen Notizzettel und gab ihn ihr. Sie nickte und konzentrierte sich wieder auf ihre Arbeit.

Ich klopfte bei Dennis, nachdem ich durch die Glastür gesehen hatte, dass er lediglich damit beschäftigt war, seine Fingernägel zu feilen. Zum ersten Mal fiel mir auf, dass ihn und Frank etwas verband: die Vorliebe für Farben, die deinen Sehnerv irreparabel zerstören konnten. Ich stellte mir vor, wie die beiden nebeneinander aussehen würden … Franks neonfarbene Musterorgien neben Dennis' psychedelischem Wahnsinn: Rauschzustände für jeden, der sie sah, aber ganz ohne Drogen …

»Ah, meine Retterin«, sagte er, als ich eintrat.

»Bleib mal locker, Chef. Noch sitze ich nicht an meinem Platz. Vorher brauche ich noch ein Headset.«

»Kommt sofort.«

Er ging zu einem verschlossenen Schrank und holte ein originalverpacktes Exemplar heraus, gab es mir aber noch nicht.

»Ich habe gehört, du hast dich neuerdings darauf spezialisiert, Tote zu finden. Interessantes Hobby.«

Automatisch wollte ich zu meinem traditionellen Vortrag ansetzen, dass ich keine Toten fand, sondern lediglich von den eigentlichen Finderinnen dazugerufen wurde, aber dann dachte ich: Was soll's. Stattdessen sagte ich also betont gleichmütig: »Hat sich rumgesprochen, hm? Kannst mir glauben – ich würde lieber einen Goldschatz finden.«

»Hehehe. Kann ich mir vorstellen. Aber warum bleibst du dort? Ich wäre schon längst abgehauen.«

»In meiner Wohnung sind die Handwerker«, log ich frech, »da ist nur Dreck und Lärm. Dann schon lieber der Schrebergarten und ab und zu 'ne Leiche.«

Innerlich musste ich kichern: Nur Dreck und Lärm in der Wohnung – irgendwie ein passendes Bild für meine momentane Situation mit Tom.

Dennis musterte mich und schüttelte den Kopf. »Du bist vielleicht 'ne Marke, Loretta. Hardcore, echt.«

Er gab mir das Headset, und ich durfte mich trollen.

Ich loggte mich ein. Sofort bimmelte mein Telefon. Der Computer informierte mich, dass der Anrufer sich *HerrMüller237* nannte (was etwas darüber aussagte, wie viele der Kunden sich des überaus fantasievollen Namens ›Herr Müller‹ bedienten – nämlich bisher mindestens 237 an der Zahl) und dass ihm der Sinn nach einem erotischen Austausch mit einer Untergebenen stand.

Wie das funktionierte? Ganz einfach: Wenn ein Kunde keine ganz bestimmte Person sprechen wollte, bot unser Service ihm die Möglichkeit, seine Wünsche mittels eines ausgefuchsten Auswahl-Menüs zu formulieren, über das Hunderte verschiedener Kombinationen erstellt werden konnten.

Wenn er sich wünschte, Automechaniker zu sein und dass die Besitzerin des gerade von ihm reparierten Autos leider, leider kein Geld hatte und lieber in Naturalien zahlen wollte – bitte sehr.

Oder er wollte mit einer unbekannten Schönen zusammen in einem Aufzug stehen, und die Frau drückte plötzlich den Halteknopf und ging vor ihm auf die Knie …

Auf jeden Fall waren die Herren natürlich immer unglaublich sexy und total unwiderstehlich. Das, was *HerrMüller237* von mir erwartete, kam derart häufig vor, dass wir es intern ›Missionarsstellung‹ nannten. Da draußen gab es Abertausende Männer in untergeordneten Positionen, die sich verzweifelt wünschten, nur einmal der Boss zu sein, dem die Frauen zu Füßen lagen.

Ich rückte mein Headset zurecht und nahm das Gespräch an.

»Sie haben mich gerufen, Chef?«

Man sieht, ich halte den Auftakt des Gesprächs bewusst neutral. Damit bot ich dem Anrufer die Möglichkeit, mich wissen zu lassen, wie er sich die Situation genau vorstellte und welche Rolle ich zu spielen hatte.

»Ja, das habe ich«, sagte *HerrMüller237* streng. »Ich bin mit Ihrer Arbeit nicht zufrieden. Die Aktenablage ist eine einzige Katastrophe. Ich glaube, ich muss Sie entlassen.«

Aha – Boss und Sekretärin. Sehr beliebt. Gähn. Und jetzt soll ich um meinen Arbeitsplatz betteln.

»Entlassen?«, piepste ich entsetzt. »Aber Herr Müller, ich brauche den Job! Ich tue alles, um ihn zu behalten! Sagen Sie mir, was ich tun soll! Bitte!«

»Was haben Sie als kleine Sekretärin jemandem wir mir denn schon anzubieten, außer …«

Mein Einsatz. Jetzt musste ich herausfinden, ob er aktiv oder passiv sein wollte – siehe beispielsweise die Fahrstuhlszene, da bleibt der Mann passiv.

»Ich habe doch nichts außer meinem Körper. Und meinen Händen«, murmelte ich kleinlaut.

Sein nächster Satz war entscheidend. Sollte ich ihn anfassen – oder wollte er …?

»Du provozierst mich doch schon die ganze Zeit mit deinem kleinen Arsch. Wie du immer damit herumwackelst! Glaub ja nicht, dass ich das nicht gemerkt habe.«

Aha. *HerrMüller237* wollte mich befummeln.

»Aber Herr Müller, warum sehen Sie mich so an? Ich ... ich weiß nicht, was ... oh, Herr Müller, was tun Sie da? Sie können mir doch nicht einfach unter den Rock ... Was, wenn jetzt jemand hereinkommt? Was sollen die anderen von mir denken?«

»Dass du ein kleines Luder bist!«

HerrMüller237 atmete aufgeregt.

Na, das lief doch wie auf Schienen.

»Oh, Herr Müller! Das geht doch nicht! Ich habe einen Ruf zu verlieren!«

»Und warum trägst du dann keinen Slip, du Luder?«

»Weil ... oh, Herr Müller ...«

»Sag es! Sag es!«

»Weil ich mir immer schon gewünscht habe, dass Sie mich anfassen, Herr Müller ... *So* anfassen ... Mit Ihren starken Händen ... Noch nie hat mich jemand so erregt ... Sie sind so unglaublich männlich, Herr Müller ... Jede Nacht träume ich davon ...«

»Und was machst du vor dem Einschlafen, wenn du an mich denkst? Hm? Was macht so ein Luder dann?«

Detailliert beschrieb ich ihm, was so ein Luder wie ich vor dem Einschlafen mit sich selbst anstellte, wenn es vor Sehnsucht nach dem attraktiven Chef nicht einschlafen konnte. Das alles untermalte ich natürlich mit jeder Menge Stöhnen, wobei ich darauf achtete, mich ihm immer wieder verbal zu entziehen, bis ich ihm schließlich nicht mehr widerstehen konnte und darum bettelte, dass er mich endlich auf den Schreibtisch warf und mir zeigte, wo der Bartel den Most holte.

»Uuuuuunnnnghhhhh«, machte *HerrMüller237* schließlich.

Na also.

Der Zug hatte den Bahnhof erreicht.

Bis zu meiner Pause hatte ich noch zwölf Gespräche, die sich nicht wesentlich vom geschilderten unterschieden. Unter den Kunden waren vier HerrMüllers, ich war dreimal Untergebene, zweimal Hausfrau, viermal temperamentvolle Südländerin, einmal tatsächlich die Frau im Fahrstuhl, zweimal selbst Chefin. Gepflegte Langeweile also. Ich spulte meinen Part herunter, ohne mich sonderlich konzentrieren zu müssen.

Man kam in diesem Job übrigens prima zurecht, wenn man die vier goldenen Regeln kannte und stets beherzigte:

1. Der Kunde ist immer sexy und unwiderstehlich.
2. Sein Dingdong ist der größte, den du je erlebt hast.
3. Es war ein nie erlebtes Vergnügen, mit ihm zu sprechen.
4. Du kannst es kaum erwarten, dass er wieder anruft, weil er der Beste ist.

So einfach? Ja, so einfach.

Natürlich kann man am Telefon sein Dingdong nicht sehen, aber Männer mochten es, wenn man es mit einbezog, da waren absolut alle gleich, ohne Ausnahme.

Als es Zeit für die Pause war, linste ich über die Abtrennung. Diana saß stumm am Telefon, was bedeutete, dass sie jemanden aus der Kategorie ihrer Kunden an der Strippe hatte, die es mochten, mit eisigem Schweigen bestraft zu werden.

Ist das abgefahren? Dafür zu bezahlen, dass jemand *nicht* mit einem sprach?

Pause?, schrieb ich auf einen Zettel, den ich ihr hinhielt. Sie nickte und hob drei Finger. Noch weitere drei Minuten Schweigen also.

Ich signalisierte ihr, dass ich schon mal nach draußen ging, und sie nickte wieder.

Ich setzte mich in die heiße Sonne und aß eine Banane. Ich hatte vergessen, mein Mineralwasser in den Kühlschrank der Mitarbeiterküche zu stellen, und verzog das Gesicht, als ich die lauwarme Plörre trank. Kurze Zeit später erschien endlich Diana. Sie fiel fast vom Glauben ab, als ich ihr von Jupp erzählte, und zündete sich vor Aufregung eine zweite Zigarette am Stummel der ersten an, was ich noch niemals bei ihr gesehen hatte.

»So ganz allmählich wird mir das unheimlich, Loretta«, sagte sie und blies hektisch den Rauch aus. »Ich glaube, ich würde mich nicht mehr trauen, dort zu pennen. Auf der Kolonie liegt ein Fluch.«

»Der Mörder hat es eindeutig nur auf Männer abgesehen«, erwiderte ich, ohne nachzudenken.

»Mörder?«, kreischte sie. »Welcher Mörder? Wovon sprichst du? Ich dachte, das waren Unfälle!«

Sie starrte mich aus weit aufgerissenen Augen an und vergaß glatt, ihre Zigarette zu rauchen.

Ui – jetzt saß ich in der Patsche. Schon die ganze Zeit, während ich telefonierte, hatte ich darüber nachgegrübelt, ob ich Diana einweihen sollte oder nicht. Ich war bisher zu keinem eindeutigen Ergebnis gekommen, aber mein gedankenloses Plappern hatte mir die Entscheidung abgenommen.

»Erwin denkt auch, dass …«

»Erwin denkt auch?«, unterbrach sie mich. »Welcher Erwin? Doris' Mann? Was hat der denn damit zu tun?« Sie schüttelte fassungslos den Kopf. »Da komme ich mal einen Abend lang nicht in den Garten, und jetzt sitzt du hier und faselst von Morden. Wieso hast du überhaupt mit Erwin darüber geredet?«

»Mir war gestern einfach mal nach einem anderen Gesicht, also bin ich zu Doris gefahren, die durch dich, meine Liebe, schon über alles Bescheid wusste und mich nach allen Regeln der Kunst ausgequetscht hat! Ich hatte gar nicht vor, mit ihr darüber zu sprechen! So – und wie du weißt, war ihr Erwin mal bei der Polizei und hat seine holde Gattin offenbar mit dem Virus infiziert, hinter allem ein Verbrechen zu wittern.«

Diana fixierte mich streng. »Weiter.«

»Doris kam zu dem Schluss, dass die gar nicht trauernden Witwen hinter allem stecken.«

Diana verschluckte sich an dem Rauch, den sie gerade inhaliert hatte, und bekam einen Hustenanfall. Als sie wieder sprechen konnte, würgte sie krächzend hervor: »Lisbett und Ulla? Die beiden netten Hausfrauen? Ihr tickt ja nicht mehr richtig.«

»Na, immer noch wahrscheinlicher als Doris' zweiter Tatverdächtiger: der liebe Frank.«

»Ihr tickt ja nicht mehr richtig«, wiederholte Diana, weil ihr nichts Besseres einfiel.

Ich erzählte ihr nicht nur, wieso speziell Lisbett sich tatsächlich verdächtig gemacht hatte, sondern auch, was seit gestern Abend außer dem Personenschaden mit Jupp noch alles passiert war: das nächtliche, konspirative Treffen bei Lisbett, das Frühstück mit Doris und Erwin, bei dem wir alles mal aufgeschrieben hatten …

»Krass«, sagte Diana schließlich. »Wenn man das alles zusammennimmt, könnte man tatsächlich auf den Gedanken kommen … Aber trotzdem kann ich das nicht glauben. Warum sollten sie das tun?«

»Offensichtlich habe ich in den paar Tagen in der Kolonie mehr über die privaten Abgründe hinter der Idylle erfahren als du in den Monaten davor. Diese Männer waren der Horror auf zwei Beinen, jedenfalls für ihre Gattinnen. Und Theo soll zudem Bärbel an die Wäsche gegangen sein, das wusstest du ja bereits. Unter Umständen hatten Lisbett und Ulla einfach die Schnauze voll …«

»Und Ilse, nicht zu vergessen«, warf Diana spöttisch ein und tippte sich an die Stirn.

»Genau. Und Ilse. Also, vielleicht wünschten die sich noch ein paar lustige Jahre ohne ihre ätzenden Kerle. Und zwar nicht *ohne* im Sinne von Trennung oder Scheidung, sondern ohne dass die Kerle noch weiterhin auf Gottes schöner Erde wandeln. Ich denke noch nicht einmal, dass Rache das primäre Motiv ist. Ich glaube viel mehr, dass sie – wenn – einfach sichergehen wollten. Bei Trennung oder Scheidung besteht ja nach wie vor die Gefahr, dass der Typ wieder auftaucht …« Ich zuckte mit den Achseln. »Aber vielleicht ist das ja alles Blödsinn und wir irren uns. Kann ja sein.«

»Genau – das ist alles vollkommener Blödsinn. Ich kann mir richtig vorstellen, wie ihr drei da zusammengehockt und euch gegenseitig aufgepeitscht habt.« Sie schüttelte den Kopf. »Was ich vor allen Dingen nicht kapiere, ist, warum du dich dermaßen reinhängst, Loretta.«

»Fragst du mich das im Ernst? Was, wenn es wirklich Mord war? Sollen die damit durchkommen? Die Männer mögen ja Ekelpakete gewesen sein, aber niemand hat das Recht, Selbstjustiz zu üben.«

»Oho – Loretta, die Kämpferin für Gerechtigkeit. Hält sich für schlauer als die Polizei. Du hast einfach Langeweile«, kommentierte Diana spöttisch. »Wie wollt ihr das überhaupt rausfinden? Sag mir nicht, du willst zu Lisbett und Ulla marschieren und sie fragen, ob sie ihre Männer gekillt haben. Die lachen dich doch aus. Oder zeigen dich an. Und ich kann mich da nie wieder blicken lassen – vielen Dank auch. Geh lieber zur Polizei und lass die das erledigen.«

Ups – noch etwas, das ich zu erzählen hatte. Ich berichtete ihr von meinem eher mittelmäßigen Erfolg bei Kommissarin Küpper. Diana verschluckte sich am Rauch ihrer mittlerweile dritten Zigarette, aber diesmal vor Lachen.

»Das hätte ich zu gern gesehen!«, johlte sie begeistert. »Da siehst du, wie weit du mit deinen wirren Ideen kommst. Das sind Fachleute, Loretta, die sind dafür geschult, Ungereimtheiten und Verdächtiges zu sehen.«

»Die sehen auch nicht alles. Bei Weitem nicht jeder Mord wird als solcher erkannt. Erwin sagt …«

Sie unterbrach mich mit einer Handbewegung. »Nicht noch mehr Weisheiten von Erwin, für den Moment reicht es mir. Aber jetzt mal ernsthaft – wie wollt ihr es herausfinden?«

Ich weihte sie in den Plan ein, und sie tippte sich mit dem Finger beinahe ein Loch in die Stirn.

Nach Feierabend fuhr ich mit zu ihr nach Hause.

Wir bestellten uns was beim Pizzaservice, und dann versuchte sie alles, um mich von meinem Vorhaben abzubringen. Natürlich stieß sie bei mir auf Granit, denn ich war fest entschlossen. Mit gerunzelter Stirn lauschte sie einem Telefonat, das ich mit Erwin führte, der sich bereits Sorgen gemacht hatte, weil er mich den ganzen Tag über nicht erreicht hatte.

Als ich aufgelegt hatte, schüttelte sie den Kopf. »Du bist echt bekloppt. Wird Zeit, dass du wieder arbeiten gehst, dann kommst du wenigstens nicht auf dumme Gedanken.«

»Wenn ich nicht versuche, Licht in die Sache zu bringen, wird mir das keine Ruhe lassen, verstehst du das denn nicht?«

»Nee. Tu ich nicht. Allein die Idee, Lisbett und Ulla könnte ihre Männer gekillt haben …«

»Und Jupp!«, warf ich ein.

Sie verdrehte die Augen. »Und Jupp, na klar. Wie konnte ich den vergessen. Also, allein die Idee ist der reine Wahnsinn. Du wirst dich total lächerlich machen. Bist du sicher, dass du dich damit nicht nur von Tom ablenken willst?«

»Quatsch! Das eine hat mit dem anderen überhaupt nichts zu tun!«

»Aber es kommt dir gelegen, oder?«

Nun, das musste ich zugeben – spielte Tom doch eine Hauptrolle in unserem schönen Plan. Auch wenn er es niemals erfahren würde.

»Mir wäre lieber, wenn du heute hier schlafen würdest«, sagte sie, als ich mich verabschiedete.

»Um mich noch weiter zu bequatschen? Komm, mach dir keine Sorgen. Morgen ist erst einmal die Trauerfeier. Da muss ich hin.«

»Das ist es ja gerade, was mir Sorgen macht.«

Der Perlhuhnweg war dunkel und still, als ich mit dem letzten Licht des Tages an den Gärten entlangging. Die meisten der Hütten waren von Pflanzen umgeben, die als Sichtschutz dienten, so konnte ich nicht mit Sicherheit sagen, ob jemand dort war. Ich bildete mir ein, bei Ulla gedämpftes Licht zu sehen, vergewisserte mich aber nicht. Bei Holger brannten die Gartenlaternen und ich hörte Stimmen, aber schlich mich unbemerkt vorbei.

An der Tür von Dianas Hütte fand ich einen Zettel: *Gehst du morgen mit uns zur Trauerfeier?* Die Nachricht war nicht unterzeichnet, aber ich konnte getrost davon ausgehen, dass sie von Frank oder Bärbel stammte.

Erst als ich geduscht hatte und im Bett lag, merkte ich, wie todmüde ich war. Immerhin war ich seit 4.30 Uhr auf den Beinen, eigentlich ja sogar seit 3 Uhr heute Morgen, wenn ich meinen Ausflug zu Frank mitrechnete. Ich konnte kaum fassen, dass alles in einen Tag passen sollte: Jupps Tod, das konspirative Treffen mit Doris und Erwin, mein überraschender Einsatz im Callcenter, die Diskussion mit Diana – das hätte für drei komplette Tage gereicht.

Ich brauchte meinen Schlaf, denn ich hatte morgen einiges vor.

Kapitel 23

Über die Verstorbenen nur Gutes, heißt es
(wie gut, dass allein Pinocchio beim Lügen eine lange Nase wächst)

Ich erwachte davon, dass draußen gesprochen wurde.

»Siehsse doch: Mein Zettel is wech, die Loretta muss zwischendurch hier gewesen sein. Bestimmt noch am schlafen.«

»Dann klopf an und lad sie zum Frühstück ein. Ich geh schon mal vor und deck den Tisch.«

Frank und Bärbel, eindeutig.

Es klopfte.

»Hab euch schon gehört!«, rief ich.

»Kommsse frühstücken, hömma? Bei mir? Bärbel is auch da!«, rief Frank zurück.

Ja, Frank. Wie gesagt: ich habe euch schon gehört.

»Gib mir 15 Minuten.«

»Kannze haben. Muss sowieso noch inne Bäckerei.«

Ich wälzte mich ächzend aus dem Bett und schleppte mich unter die Dusche. Heißes Wasser, dann warmes, dann lauwarmes, dann kaltes, brrr. Ich bibberte vor mich hin, während meine Lebensgeister langsam erwachten und ich mich schließlich in der Lage fühlte, unter Leute zu gehen.

Auf dem Weg zu den beiden fragte ich mich, wie es wohl sein würde, in ein paar Tagen wieder allein in meiner Wohnung am Tisch zu hocken, stumm meinen Espresso zu trinken und in der Tageszeitung zu blättern, ohne dass Bienen und Hummeln um meinen Kopf schwirrten. Das letzte gemeinsame Frühstück mit Tom schien eine Ewigkeit her zu sein. Seit ich hier war, war mir immer stärker bewusst geworden, wie sehr es mir fehlte, bei Mahlzeiten Gesellschaft zu haben.

Bärbel spannte gerade einen Sonnenschirm über dem halb gedeckten Tisch auf, als ich eintraf. Das Geschirr war komplett, Lebensmittel fehlten noch.

»Morgen. Frank ist noch unterwegs. Ich hab Kaffee und Tee. Was möchtest du?«

»Kaffee, schwarz. Kann ich dir was helfen?«

Sie nickte und ich folgte ihr hinein. Sie drückte mir ein Tablett mit zwei Warmhaltekannen, Zucker und Milch in die Hand. Ein weiteres stand bereit, gefüllt mit Brotbelag aller Art. Auf dem Herd kochte Wasser in einem Topf.

»Wie willst du dein Ei? Hart, mittel, weich?«, fragte sie.

»Weich, gute fünf Minuten.«

Ich brachte das Kaffeetablett raus und ging wieder hinein, um das zweite mit den Lebensmitteln zu holen. Frank aß gut und gerne, wie ich mittlerweile wusste. Das leckere Mittagessen bei ihm war also vermutlich nicht die Ausnahme, sondern die Regel.

Das Bild, das ich ursprünglich von ihm gehabt hatte, wandelte sich langsam, aber sicher zum Positiven. Ich hatte mich von Äußerlichkeiten beeinflussen lassen, von seiner Schwatzhaftigkeit, seiner Eitelkeit und seinem Drang, mit jedem Rock zu flirten. Er mochte nicht im klassischen Sinne gebildet sein, aber ich hatte ihn sehr nachdenklich, warmherzig und reflektiert erlebt.

Herzensbildung war meiner Meinung nach sowieso wertvoller als jeder akademische Grad.

Bärbel kam heraus und brachte die Eier. Die kleinen gesteppten Eierwärmer in Form von Küken entzückten mich. Jemand, der so etwas besaß, sollte Menschen umbringen können? Nie im Leben.

»Niedlich«, sagte ich, als Bärbel die Eierbecher auf den Tisch stellte.

Sie lächelte verträumt. »Du glaubst nicht, was der für ein Zeug hat. Beim letzten Kolonieflohmarkt hat er diesen Schrott körbeweise abgeschleppt.«

Ihre leuchtenden Augen sprachen Bände. »Du bist verknallt in ihn! Hab ich recht?«

Sie wurde knallrot, dann nickte sie. »Ich … wir sind uns in den letzten Tagen nähergekommen«, wisperte sie verlegen.

»Aber das ist doch super. Mögen deine Kids ihn?«

»Mögen?« Sie verdrehte selig die Augen. »Sie vergöttern ihn.

Er spielt mit ihnen, sie dürfen ihm im Garten helfen. Es ist perfekt.«

Mir kam ein Gedanke. »Sag mal, Bärbel ... die Frage klingt jetzt vielleicht komisch, aber habt ihr die vorletzte Nacht zusammen verbracht? Als Jupp dann morgens den Unfall hatte?«

»Ja. Frank war bei mir.«

Na also. Wäre dieses Rätsel schon mal gelöst.

Sie sah mich neugierig an. »Warum fragst du?«

Hoppla. Hektisch suchte ich nach einer plausiblen Erklärung, aber das Auftauchen ihres frischgebackenen Liebsten rettete mich. Zack – schon hatte sie ihre Frage komplett vergessen.

»Wo warsse denn gestern den ganzen Tach?«, fragte Frank mich, als wir alle am Tisch saßen.

»Ich musste bei der Arbeit einspringen. Mein Chef hat mich angerufen.«

Bärbel und Frank wechselten einen Blick, dann sagte sie: »Siehste, hab ich doch gesagt. Ihr ist nichts passiert.«

»Was sollte mir denn passiert sein?«

Frank zuckte mit den Schultern. »Weiß man nich, oder? Is ganz schön viel passiert in letzter Zeit. Bisken sehr viel, wennde mich frachs. Uwe, Theo, Jupp. Alle tot. Und nachdem der Jungbulle wech war, warsse auch wech. Den ganzen Tach.« Er senkte die Stimme und sah mich durchdringend an. »Vielleicht liecht ein Fluch auffe Kolonie, wer weiß dat schon.«

Ja, könnte man meinen, das hatte Diana immerhin auch gemutmaßt. Ich lachte – was sich allerdings in meinen Ohren etwas gezwungen anhörte. »Fluch?«, rief ich eine Spur zu schrill. »Du meinst, die Kolonie wurde auf einem alten Indianerfriedhof angelegt, und die Seelen der Toten rächen sich jetzt an den Lebenden?«

»Indianerfriedhof doch nich, also echt. Aber vielleicht so 'n alter Bergbaustollen, wo Bergleute drin abgenippelt sind, weil se verschüttet worden sind, die armen Schweine. Hört man doch immer wieder, so 'ne Geschichten.«

»Nee, Frank, die sieht man, und zwar in schlechten, billigen Horrorfilmen. Beruhige dich. Kein Fluch, nichts Übernatürliches. Nur Unfälle von besoffenen Männern.«

Das glaubst du doch selbst nicht, sagten seine Augen, und er hatte recht. Zeit, das Thema zu wechseln.

»Wann geht es denn los mit der Trauerfeier?«, fragte ich.

»Um 12«, erwiderte Bärbel. »Gehst du mit?«

»Klar. Irgendwie kannte ich die drei ja auch, wenn auch nur kurz. Kommen Holger und Jan auch?«

»Holger muss arbeiten, Jan ist immer noch beruflich auf Reisen. Wir sollen Fotos machen, sagt Holger.«

Um kurz vor 12 Uhr trafen wir uns wieder, um gemeinsam zur Feier zu gehen. Der Parkplatz der Kolonie war rappelvoll. Auf der großen Rasenfläche vor dem Vereinsheim waren Stühle aufgestellt, da man wohl wegen des zu erwartenden Andrangs beschlossen hatte, alles nach draußen zu verlegen. Die allermeisten Stühle waren bereits besetzt, die erste Reihe war noch frei. Neben einem Rednerpult präsentierten drei mit Kränzen geschmückte Staffeleien die Porträts der Toten. Die Anwesenden, von denen ich so gut wie niemanden kannte, redeten leise miteinander. Bärbel, Frank und ich fanden drei Plätze nebeneinander in der vorletzten Reihe.

Um Punkt 12 Uhr öffnete sich die Tür des Vereinsheims und eine Gruppe Menschen trat heraus, unter ihnen die schwarz gekleideten Witwen. Sie wurden zur ersten Reihe geleitet, Männer in dunklen Anzügen besetzten die restlichen Stühle neben ihnen.

Die Trauergemeinde zuckte kollektiv zusammen, als unvermittelt dröhnende Orgelmusik aus verborgenen Lautsprechern donnerte, deren Schallwellen uns beinahe von den Stühlen bliesen. Irgendjemand drehte hastig die Musik leiser, hier und dort wurde missbilligend der Kopf geschüttelt. Ein paar Minuten lang durften wir getragener Musik in Moll lauschen, dann stand ein Mann aus der ersten Reihe auf und ging ans Rednerpult. Umständlich zog er einige beschriebene Seiten aus der Jackentasche, entfaltete sie und raschelte einige Sekunden damit, als er sie sortierte. Dann zückte er eine Lesebrille, setzte sie auf, blickte ernst ins Publikum und räusperte sich ausgiebig.

»Liebe Vereinsmitglieder, liebe Freunde, liebe Trauernde«, begann er endlich, »wir sind hier versammelt, um dreier geschätzter Mitglieder zu gedenken, die durch tragische Unglücksfälle aus unserer Mitte gerissen wurden …«

»Dat is der zweite Vorsitzende«, flüsterte Frank mir ins Ohr, »jetz rückt er wohl 'ne Stufe hoch, schätze ich.«

Ich nickte, machte ihm dann ein Zeichen, dass ich weiter zuhören wollte.

»… unser Vorsitzender, Theo Passeck. Die meisten von euch wissen es bereits: Er fiel in zwei Einschlaghülsen, die hochkant standen. Niemand kann genau sagen, was passierte, aber er muss gestolpert sein.«

Offensichtlich gab es noch etliche, die das nicht gewusst hatten, denn das Publikum raunte, und vorne schluchzte eine Frau auf – vermutlich Ulla.

Der Redner schüttelte betroffen den Kopf. »Noch in der letzten Woche saßen wir zusammen, um über den Wettbewerb zu sprechen, auf den viele von uns sich so lange gefreut haben. Dazu werde ich später übrigens noch etwas sagen. Theo war seit langen Jahren der Vorsitzende unserer Kolonie. Sein unermüdlicher Einsatz und das offene Ohr, das er immer für uns hatte, werden uns noch lange in Erinnerung bleiben. Außerdem betrauern wir Uwe Westermann, der so unglücklich von einer Leiter stürzte, dass er in seinem Regenwasserfass ertrank. Er wollte die Dachrinne reinigen und verlor das Gleichgewicht. Das ist schon furchtbar genug, aber leider gibt es einen weiteren Toten zu beklagen: Jupp Hohlbein, den viele von uns wegen seiner Gastlichkeit schätzten …«

Klar, dachte ich, jetzt müsst ihr euch einen anderen Trottel suchen, bei dem ihr Fußball gucken und euch volllaufen lassen könnt.

»… und durch den Tod dieser drei verdienten Männer wurde eine große Lücke in unsere Reihen gerissen. Unser ganzes Mitgefühl gilt den Ehefrauen. Ulla, Lisbett und Ilse – wie auch immer wir euch unterstützen können …« Er räusperte sich wieder und fügte hinzu: »Jetzt kann jeder, der etwas sagen möchte …«

Er trat vom Rednerpult zurück. Dreistimmiges Schluchzen aus der ersten Reihe, dann erhob sich Ulla. Sie ging zum Redner und schüttelte ihm die Hand, danach trat sie ans Pult.

Sie tupfte sich die Nase und die Augen, schniefte einige Male und sagte: »Lisbett, Ilse und ich möchten euch danken, dass ihr so zahlreich erschienen seid, um unserer Gatten zu gedenken, die Gottes unergründlicher Wille so plötzlich von uns genommen hat. Wir versuchen, einander Trost und Halt zu geben, aber nichts wird Uwe, Jupp und Theo in unseren Herzen jemals ersetzen können. Was uns bleibt …«, tupf, tupf, schnief, »sind die Erinnerungen an die vielen schönen Jahre, die wir mit unseren geliebten Männern verbringen durften – die kann uns niemand nehmen. Ich bitte euch um Verständnis dafür, dass die Beisetzung im engsten Kreis stattfinden wird. Wir alle wollen Theo, Jupp und Uwe als die lebensfrohen, freundlichen, großzügigen Männer in liebevoller Erinnerung behalten, die sie waren.« Schnief, schnief, tupf.

Ihre Augen sind knochentrocken, dachte ich.

Bärbel neben mir hatte sich bei Ullas letzten Worten verkrampft, und Frank drückte beruhigend ihre Hand. Die Gnade liebevoller Erinnerung war ihr nicht vergönnt, jedenfalls nicht in Bezug auf Theo. Und auch der schniefenden Witwe glaubte ich natürlich kein Wort, obwohl sie eine gute Show ablieferte.

Ihre Beschreibung der Männer war der pure Sarkasmus, wenn man die Wahrheit kannte. Der lebensfrohe Jupp hatte den anderen Alkis der Kolonie mit seiner Parzelle ein kuscheliges Heim geboten. Der freundliche Theo hatte Bärbel massiv belästigt. Ich glaubte nicht mehr, dass Ulla über die Umtriebe ihres Gatten nicht Bescheid wusste. Zu guter Letzt der großzügige Uwe, der Haus und Hof verspielt hatte.

Am Rednerpult übergab Ulla den Staffelstab an einen älteren Mann, aber ich hatte genug für den Moment.

»Wir sehen uns später, ich muss mir mal die Beine vertreten«, sagte ich leise zu Bärbel und Frank.

Dann stand ich auf und quetschte mich »Entschuldigung, Entschuldigung« flüsternd aus der Stuhlreihe. Ich ging ein paar Schritte weg von der Veranstaltung, aber den salbungsvollen Worten des Redners konnte ich nicht entgehen. Plötzlich entdeckte ich Erwin, der sich hinter einer Tanne herumdrückte. Als er mich sah, winkte er mich zu sich.

»Was machst du denn hier?«

Er grinste. »Hab mir mal alles angeguckt. Wie ausgestorben, die Kolonie.« Er deutete mit dem Kopf zur Trauergemeinde. »Sind wohl alle hier.«

»Oder tot. Ist deine … ich meine Hauptkommissarin Küpper auch hier irgendwo?«

Erwin schüttelte prustend den Kopf. »Du meinst, so wie im Fernsehkrimi? Das Ermittlerteam geht zur Trauerfeier, um den Täter zu entlarven? Weil er zwanghaft zugucken muss, wie sein Opfer betrauert wird? Oder in der Hoffnung, dass er hämisch lacht, während die Reden gehalten werden? Das gibt es nur im Fernsehen, Schätzchen. *Falls* ein begründeter Verdacht bestünde, würde man vielleicht Leute hinschicken, die alles fotografieren oder filmen. Allenfalls.«

»Ist ja gut, ist ja gut.«

»Zu wem gehörte die eindrucksvoll trauernde Witwe, die gerade gesprochen hat?«

»Das war Ulla, die Frau von Theo, dem Vorsitzenden der Kolonie. Einschlaghülsen.«

»Souveräner Auftritt.«

»Da sprichst du ein großes Wort gelassen aus.«

»Und wer ist die da?«

Ich reckte den Hals und sah, dass Lisbett ans Pult getreten war. Sie versuchte zu reden, rang um Worte, schlug die Hände vor ihr Gesicht. Ulla eilte ihr zur Hilfe, aber Lisbett wehrte ab.

»Gebt mir bitte einen Moment, Freunde«, sagte sie mit brüchiger Stimme.

»Das, lieber Erwin, ist Lisbett.«

»Sieh da«, murmelte Erwin, »ich bin beeindruckt.«

»Was hältst du von ihr? Meiner Meinung nach hat sie sich soeben eine Oscar-Nominierung verdient.«

Lisbett gab gerade auf, sprechen zu wollen, und wankte zurück zu ihrem Stuhl.

Erwin verfolgte alles aus schmalen Augen. »Keine Ahnung, dazu habe ich einfach zu wenig selbst miterlebt. Wie sie sich zum Beispiel angesichts ihres toten Mannes verhalten hat. Aber würde ich nicht das ganze Drumherum von dir kennen, hätte ich ihr die Trauer abgekauft. Abgesehen davon kann es durchaus sein, dass sie ehrlich um ihn trauert. Das eine schließt das andere keineswegs aus.« Er sah mich ernst an. »Trotzdem: Bei drei Todesfällen innerhalb einer Woche und der engen Verbindung zwischen den Opfern … Nicht zu vergessen die Dinge, die ich durch dich weiß … ich kann einfach nicht an Zufall glauben.«

»Und die Ermittler? Hauptkommissarin Küpper? Warum wird sie nicht misstrauisch?«

»Nachdem gestern der Dritte im Bunde das Zeitliche gesegnet hat, wird sie vielleicht auch noch mal genauer hingucken. Aber wo ist das Motiv? Die klassischen Motive finden wir hier nicht. So was wie Habgier oder Eifersucht. Wir haben hier ein paar Hausfrauen, die ihre Männer loswerden wollten, wenn wir recht haben. Und glaub mir: Das sind die Morde, die am schwersten aufzuklären sind. Denn ohne Geständnis beißt man sich die Zähne aus.«

Der offizielle Teil der Trauerfeier war gerade beendet und der zweite Vorsitzende trat wieder ans Mikrofon.

»Liebe Freunde und Kameraden«, sagte er, »wie ich eingangs angekündigt habe, möchte ich jetzt noch etwas zum diesjährigen Wettbewerb sagen. Der Vorstand hat entschieden, dass wir ihn aus gegebenem Anlass ausfallen lassen.«

Sofort wurde es laut. Die Leute um uns herum diskutierten miteinander, und ein Mann rief: »Gegebener Anlass? Wat soll dat denn sein? Und wat is mit unseren Investitionen? Wir haben Geld ausgegeben, um unseren Garten für den Wettbewerb vorzubereiten! Dat könnt ihr doch nicht machen, verdammt!«

Es wurde beifällig gemurmelt und genickt, einige applaudierten.

Der Redner hob beschwichtigend die Hände. »Freunde, bitte!«, sagte er beschwörend. »Beruhigen wir uns doch, schon aus Respekt vor unseren verstorbenen Kameraden. Immerhin sind wir auf einer Trauerfeier. Wir haben uns die Entscheidung nicht leicht gemacht, das dürft ihr mir wirklich glauben. Ein Teil des Geldes ist in diese Feier geflossen, denn wir wollten Theo, Uwe und Jupp einen würdigen Abschied bereiten, das versteht ihr doch! Und dafür – das kündige ich hiermit offiziell an – wird der erste Preis im nächsten Jahr …«, er machte eine dramatische Pause, »ganze 5.000 Euro betragen!«

Offensichtlich hatte er dafür einen Beifallssturm erwartet, denn sein Gesicht verzog sich enttäuscht, als seine Zuhörer nur mäßig begeistert reagierten, wenn auch einige Leute klatschten und »Bravo!« riefen.

»Bevor ich jetzt das Büfett eröffne«, der zweite Vorsitzende deutete hinter sich aufs Vereinsheim, »möchte ich euch noch versichern, dass wir natürlich bei der nächsten Jahreshauptversammlung Euro für Euro belegen werden, wofür genau das Geld für diese Feier ausgegeben wurde! Ihr werdet im Kassenbericht alles nachlesen können!«

»Dat is ja wohl dat Mindeste! Dat is unser verdammtes Recht als zahlende Mitglieder! Du tust gerade so, als wär dat 'ne unglaubliche Gnade vom Vorstand«, rief jemand, und es wurde beifällig gemurmelt.

»Wenn jetzt der Vorstand einer nach dem anderen einen tödlichen Unfall erleiden würde, wüssten wir sofort, weshalb«, sagte ich zu Erwin.

»Beschrei es nicht, Loretta. Rein statistisch gesehen dürfte hier in der Kolonie die Todesfallquote für die nächsten zehn Jahre bereits erfüllt sein.«

Die Trauergemeinde erhob sich von den Stühlen. Einige kondolierten den Witwen, ein paar Leute gingen sofort ins Vereinsheim. Wenn es umsonst etwas zu essen gab, musste man sich einen Platz in der ersten Reihe sichern, da wurde die Pietät schon mal zur Nebensache. In Grüppchen standen andere auf dem Rasen und diskutierten heftig miteinander. Die einen waren strikt gegen die Entscheidung des Vorstands, die anderen dafür, und es wurde leidenschaftlich darüber gestritten.

»Dann will ich mal«, sagte ich. Mein Herz klopfte – jetzt war ich doch ein wenig aufgeregt.

Erwin nickte ernst. »Denk dran: Nicht übertreiben. Wir wollen eine Falle aufstellen. Du darfst sie nicht misstrauisch machen. Wir brauchen ein Geständnis.«

»Das werden wir bekommen«, sagte ich grimmig.

»Und deshalb musst du jetzt los. Wir haben alles besprochen. Ich mische mich gleich unter die Leute. Falls mich jemand anspricht, fällt mir schon etwas ein. Wir reden dann später.«

Er klopfte mir auf die Schulter, und ich marschierte los.

Showtime.

Kapitel 24

Ein Leichenschmaus und große Schauspielkunst auf kleiner Bühne

Bärbel und Frank hielten bereits nach mir Ausschau.

»Wo warsse?«, fragte er.

Ich zeigte vage hinter mich. »Da hinten. Aber ich habe alles gesehen. Die arme Lisbett.«

»Die wird schon wieder«, sagte Bärbel. »Kommst du mit zum Büfett? Ich habe Hunger.«

Ich musste nicht lange nachdenken – eine kleine Stärkung würde mir guttun. Außerdem hatte ich noch Zeit. Noch waren die Witwen von mitfühlenden Menschen umlagert, und ich musste mit Lisbett unter vier Augen sprechen.

Ich nickte. »Kondolieren müssen wir ja wohl nicht noch einmal, oder? Da stehen genug Leute Schlange.«

»Mehr als wie wir zwei dat schon getan ham, geht nich«, sagte Frank, und er hatte verdammt nochmal recht.

Der Vorstand hatte sich das Büfett einiges kosten lassen, das stand mal zweifelsfrei fest. Meter um Meter reihten sich kalte Platten, warme Gerichte, Süßspeisen und Salate aneinander. Natürlich gab es auch den klassischen Beerdigungskuchen – Streuselkuchen vom Blech. Die ersten Leute saßen im Vereinsheim bereits an Tischen und aßen. Gemietete Servicekräfte schnitten am Büfett mit elektrischen Messern Kassler im Brotteigmantel auf und standen hinter dem Tresen, um Getränke auszuschenken. Auf einem separaten Tisch stand eine Batterie großer Pumpkannen mit Kaffee oder Tee.

Als ich aus dem Fenster blickte, sah ich, dass weiteres Personal draußen gerade Sonnenschirme aufspannte, Biergartentische aufstellte und die Stühle um sie herum gruppierte.

So kann man sich das Sommerfest natürlich auch sparen, dachte ich gallig, zwei Fliegen mit einer Klappe geschlagen.

Natürlich würde auch hier, wie bei beinahe jeder Beerdigung

oder Trauerfeier, bei genügend Alkohol die dem Anlass entsprechende verhaltene Stimmung irgendwann umschlagen und exzessiver, alkoholbefeuerter Heiterkeit Platz machen.

Wir versorgten uns mit Köstlichkeiten vom Büfett. Bärbel und ich gingen mit unseren Tellern vor nach draußen, während Frank noch Getränke besorgen wollte. Dezent dirigierte ich uns an einen Tisch in der Nähe des Eingangs und platzierte mich so, dass ich den ganzen Platz, speziell Lisbett, unauffällig im Auge behalten konnte.

Aus der Lautsprecheranlage dudelte leise Fahrstuhlmusik, und ich wettete mit mir selbst, dass in höchstens zwei Stunden irgendjemand eine CD mit Ballermannhits auflegen und den Lautstärkeregler bis zum Anschlag aufreißen würde.

Frank tauchte auf und brachte unsere Getränke. »Boah, die sind sich alle ganz schön am Käbbeln, da drin.«

»Wegen des abgesagten Wettbewerbs?«, fragte ich.

»Klar. Ein paar von diese Heiopeis tun grad so, als hätten die Typen vom Vorstand denen dat Konto leergesaugt.«

»Aber die ackern seit Wochen dafür«, sagte Bärbel. »Und von Tina – du weißt doch, die Nette aus dem Wachtelweg –, also von Tina weiß ich zum Beispiel, dass sie und ihr Mann monatelang für Rollrasen gespart haben, um ihre Parzelle richtig schick zu machen. Und denkt nur an die Statuen von Holger und Jan. Die waren sauteuer.«

Frank verschluckte sich spontan und hustete. Keuchend rang er um Luft und ächzte: »Du glaubs doch nich, dat die 'ne Schangse gehabt hätten! Nackte Kerle mit nackte Pimmel!«

»Ich würde mich aber auch ärgern, wenn ich Geld in meinen Garten investiert hätte«, sagte ich. »Diana zum Beispiel ist das wurscht, das weiß ich. Die pusselt in ihrem Garten rum und freut sich, wenn sie es schön hat. Aber für einige hier scheint das ja eine richtige Religion zu sein. Und die sind verdammt stolz auf ihre Parzellen. Ich bin letzte Tage mal durch die ganze Kolonie gelaufen. Einige Grundstücke sehen aus, als würden die Besitzer jeden Abend den Rasen wischen! Oder wohl eher die Frauen der Besitzer. Nach dem, wie ich diese Kolonie bisher kennengelernt habe.«

Frank zuckte mit den Schultern. »Dürfense ja auch. Jeden Tierchen sein Pläsierchen, sach ich immer. Soll doch jeder so zwanghaft sein wie er will! Leben und leben lassen, dat is mein Motto. Solange se mir damit nich auffe Pelle rücken …« Er legte seine Hand auf Bärbels Rechte und fügte hinzu: »Oder Leuten, die ich gern hab …«

Mich ritt der Teufel. »Erzähl doch mal. Was passiert denn dann, wenn sie es tun?«

Er sah mich verständnislos an.

»Wenn sie Leuten, die du gern hast, auf die Pelle rücken, meine ich.«

Sein Gesicht verzog sich zu einem breiten Grinsen. »Kannze ja ma dein Exfreund nach fragen, Loretta. Der weiß genau, wat dann passiert. Noch wat zu trinken, die Damen? Ein kühlet Bierchen, vielleicht?«

Warum eigentlich nicht? Bärbel und ich stimmten zu, und Frank trabte los. Bärbels verträumter Blick folgte ihm.

»Er ist ein Guter«, sagte ich leise.

Sie sah mich an. »Ich muss dir etwas gestehen: Ich dachte anfangs, er wäre ein bisschen … na ja … blöd, wenn du verstehst, was ich meine. Also, bitte nicht falsch verstehen, ich bin ja auch nicht gerade eine Intelligenzbestie, aber was der manchmal labert …« Sie grinste und verdrehte die Augen.

»Stimmt. Wenn man ihn nicht näher kennt, könnte man meinen, er ist nicht ganz dicht und besteht nur aus sinnfreiem Gequassel und bunten Hosen.«

»Nicht wahr?«, quiekte sie, und wir gackerten eine Runde.

»Aber dahinter steckt ein warmherziger und aufrichtiger Mann«, fuhr ich fort. »Ich kann mir beim besten Willen nicht vorstellen, dass du mit ihm eine böse Überraschung erleben wirst, echt nicht. Natürlich hast du nie eine Garantie dafür, dass ein Mensch sich nicht als ganz anderer entpuppt, wenn du länger mit ihm zusammen bist, aber das darf kein Grund dafür sein, dass du es gar nicht erst versuchst.«

»Und was ist jetzt mit deinem Freund?«

»Tom?« Ich schüttelte den Kopf. »Das hat sich erledigt. Den will ich nicht mehr.«

»Aber ihr wohnt doch zusammen«, wisperte sie.

»Na und? *Das* wiederum darf keinesfalls ein Grund dafür sein, zusammenzubleiben, finde ich.«

Franks Auftauchen unterbrach unser Gespräch. »Na, Mädels, habt ihr schick über Mädelskram gequasselt?«

Bärbel und ich wechselten einen schnellen Blick und kicherten.

Er grinste, weil er ahnte, dass wir über ihn gesprochen hatten, aber ging souverän darüber hinweg.

Eigentlich war es ganz gemütlich, dort unter dem Sonnenschirm zu sitzen. Ab und zu kamen Leute an den Tisch, die ich nicht kannte, so zum Beispiel auch besagte Tina, die sich wortreich über die nun vergeblichen Ausgaben für ihren Rollrasen echauffierte. Bei keinem der Gespräche hörte ich wirklich zu, weil ich meine Zielperson beobachtete: Lisbett.

Nachdem die Witwen nicht mehr von einem dichten Pulk Kondolierer umlagert waren, verabschiedete Ilse sich von den anderen und verließ die Veranstaltung in Begleitung eines jungen Mannes. Ihr Sohn, wie Frank wusste. Danach gingen Lisbett und Ulla erst zusammen, dann getrennt, von Tisch zu Tisch und von Gruppe zu Gruppe, als seien sie die Gastgeberinnen einer Gala. Überall blieben sie für ein paar Minuten stehen oder setzten sich zu den Leuten. Ab und zu sah ich Erwin, der mit einem Bierglas in der Hand herumschlenderte und unauffällig die Ohren spitzte, wenn er in Hörweite von Ulla oder Lisbett war.

Langsam aber sicher trat das ein, was ich vorhergesehen hatte: Die Stimmung hob sich. Die Gespräche wurden lauter, die Musik wurde lauter, das Gelächter auch.

Ich beobachtete, dass Ulla und Lisbett miteinander redeten, dann kam Ulla zu uns an den Tisch und sagte: »Ihr kommt doch mit? Wir wollen zu mir gehen. Noch ein bisschen zusammensitzen. Nur der engste Kreis.«

Selbstverständlich kamen wir mit.

Der engste Kreis waren dann doch einige Leute mehr, als ich erwartet hatte, aber das passte mir gut, denn so konnte ich endlich den Köder auslegen.

Ganz hinten im Garten, unter einem Rosenbogen, stand eine Bank. Dorthin setzte ich mich und machte ein trauriges Gesicht. Irgendwann kam Bärbel und wollte wissen, was mit mir los sei.

»Nichts. Ich möchte einfach allein sein.«

Oh, ich hätte sie zu gern eingeweiht, aber das ging ja nun mal leider nicht.

Sie war wirklich besorgt. »Dann geh doch rüber zu dir und leg dich schön in den Garten. Du musst doch nicht hierbleiben, wenn es dir schlecht geht!«

Ich murmelte irgendwas von Pietät und Respekt vor Ulla, weil sie mich eingeladen hatte, obwohl ich doch eigentlich nicht dazugehörte, und dass wirklich alles okay wäre, ich wolle mich halt gerade nur ein wenig zurückziehen, und sie solle sich keine Sorgen machen. Ich bat sie noch, das auch den anderen zu sagen, wenn sie danach fragten, und sie streichelte mir über den Arm und ging.

Puh.

Die Zeit verging, und ich saß traurig und malerisch auf der Bank vor mich hin. Holger tauchte auf, gleichzeitig mit Helga und ihrem Mann. Ich bemerkte natürlich, dass Holger zu mir herübersah, aber Bärbel hielt ihn davon ab, zu mir zu gehen.

Schließlich begann ich, immer wieder zu Lisbett hinüberzulinsen. Ich achtete sorgfältig darauf, dass sich unsere Blicke trafen, bevor ich dann hastig wegschaute. Irgendwann hatte ich sie so weit, und sie kam zu mir.

»Was ist mit dir?«, fragte sie und setzte sich zu mir.

Ich produzierte einen zittrigen Seufzer, sagte aber nichts.

«Ist es wegen der … Erlebnisse, die du hier hattest? Ich mache mir Vorwürfe, dass ich euch geholt habe. Der Anblick von Uwe … und von Theo … Das tut mir so leid.«

Ich schüttelte den Kopf und wisperte: »Das ist es nicht.«

Sie sah mich fragend an, dann verstand sie. »Es ist wegen deinem … diesem verdammten …« Sie presste die Lippen zusammen.

Ich tat so, als könnte ich nichts als nicken.

Lisbett nahm mich in den Arm und drückte mich. »Du Arme, ich weiß genau, wie du dich fühlst.«

»Er hat mich so gedemütigt«, murmelte ich gegen ihre mütterliche Schulter. »Er hat sich über mich lustig gemacht, Lisbett. Dieser Mistkerl hat wirklich hässliche Dinge über mich gesagt, als ich ihn da erwischt habe mit diesem … diesem …«

»Weibsbild«, zischte sie, und ich nickte.

Ich löste mich sanft aus der Umarmung und sah sie an. »Aber die Frau ist nicht schuld – *er* ist es«, sagte ich. »Würde er mich lieben, könnten 1.000 nackte Frauen vor ihm rumtanzen, meinst du nicht auch? Ich war so schockiert. Und so zornig, dass ich vor mir selbst erschrocken war. Ich … ich …«, ich senkte meine Stimme dramatisch, »ich hätte ihn *umbringen* können, Lisbett. Ich schäme mich so dafür.«

Sie schüttelte vehement den Kopf. »Das musst du nicht. Ich verstehe dich. Wirklich. Wir sind nicht von Natur aus so – die Männer bringen uns dazu, so zu denken. Und Dinge zu tun, die …« Sie biss sich auf die Unterlippe.

Das wird die Staatsanwaltschaft bestimmt brennend interessieren, dachte ich, dass die Männer selbst schuld sind. Ich konnte es nicht fassen – war das wirklich ihre Meinung? Es wurde Zeit, dass ich noch eine Schippe drauflegte.

»Und es ist noch schlimmer, Lisbett: Ich ärgere mich, dass ich es nicht getan habe, ist das nicht furchtbar? Ich könnte jetzt auf der Stelle zu ihm fahren und ihn umbringen!«

»Er hat dein Leben vergiftet, nicht wahr?«

Ich nickte heftig. »Genau so fühlt es sich an! Als ob mein Leben vergiftet wäre. Ich kann an nichts anderes mehr denken. Ich muss dir etwas gestehen, Lisbett.«

Sie hob die Augenbrauen und neigte sich mir neugierig zu. »Was ist es?«

Schamhaft wandte ich den Blick ab. »Ich … oh, es ist furchtbar, so etwas zu laut auszusprechen … Nein, bitte geh jetzt, sonst sage ich etwas, wofür du mich hassen wirst. Hassen *musst!*«

Ich hörte mich an, als wäre ich einer drittklassigen Soap mit den schlechtesten Drehbüchern des Universums entsprungen, aber Lisbett war völlig ergriffen.

»Ich werde dich nicht hassen, vollkommen gleichgültig, was es ist. Das verspreche ich dir.«

Ich zählte innerlich bis zehn und sah sie dann direkt an. »Also gut, ich werde es dir sagen, denn ich vertraue dir.« Ich atmete tief durch, als müsste ich mir Mut machen für das, was jetzt kam. »Also: Ich beneide euch darum, dass ihr eure Männer los seid, Lisbett. So, jetzt ist es raus. Verurteile mich, wenn du willst, ich würde es verstehen. Aber so empfinde ich.«

Sie musterte mich lange, dann sagte sie: »Erinnerst du dich, was ich dir neulich abends am Zaun gesagt habe? Wir werden dich nicht verurteilen, egal, wonach dir ist. Also, wonach ist dir? Du kannst ganz offen und ehrlich sein.«

Ich antwortete nicht, sondern ließ meine Augen sprechen.

Ich hielt ihrem forschenden Blick eisern stand, und schließlich nickte sie.

»Du bist eine von uns, Loretta. Ich werde dich jetzt allein lassen, aber morgen reden wir weiter. Hier ist nicht … der richtige Rahmen dafür. Du kommst morgen Abend zu mir, und dann besprechen wir alles Weitere. Ich sage dir noch, wann genau. Ist das okay für dich?«

»Natürlich«, flüsterte ich und drückte ihr dankbar die Hand.

Sie stand auf. »Ich gehe zu den anderen. Wir werden dein Problem lösen, das verspreche ich dir.«

Als sie weg war, fühlte ich mich, als hätte ich gerade einen Achttausender bestiegen, und fiel erschöpft gegen die Rückenlehne der Bank. Diese Frau war vollkommen verrückt, anders konnte ich mir das nicht erklären.

Ich blieb noch ein paar Anstandsminuten sitzen, dann verabschiedete ich mich von allen. Versuche, mit mir zu sprechen, wehrte ich mit dem Hinweis auf starke Kopfschmerzen ab.

And the Oscar goes to: Loretta Luchs.

Ich schaffte es so eben, gemessenen Schrittes zu gehen, bis ich Dianas Gartentor erreicht hatte. Dann gab ich Gas, raste in die Hütte, knallte die Tür hinter mir zu und verriegelte sie. Als ich überprüft hatte, ob auch alle Fenster fest verschlossen waren, nahm ich mein Handy, hockte mich vor dem Bett auf den Boden und wählte Erwins Nummer.

Er ging sofort dran. »Und?«

»Oh mein Gott, oh mein Gott, sie hat angebissen! Erwin, stell dir vor, sie hat angebissen! Lisbett ist komplett irre! Gemeingefährlich! Das ist der Wahnsinn!«

Ich schrie erschrocken auf, als jemand die Türklinke herunterdrückte und dann klopfte.

»Was ist los?«, rief Erwin, und die gleiche Frage kam synchron von Diana, die draußen stand.

»Moment, Erwin, das ist Diana ...«

Mit dem Telefon am Ohr schloss ich auf, und Diana sagte: »Was ist mit dir denn los? Warum schließt du dich ein?«

»Woher weißt du, dass ich hier bin?«

»Weil du direkt vor meinen Augen hier reingegangen bist, deshalb. Aber du hast ja nix gehört oder gesehen. Du bist wie eine Schlafwandlerin aus Ullas Garten gekommen, ich war nur ein paar Meter hinter dir! Wie könnte ich sonst ... egal. Was ist los? Mit wem telefonierst du?«

»Erwin. Ich ... ich hatte gerade ein sehr aufschlussreiches Gespräch mit Lisbett.«

Diana riss die Augen auf.

»Erzähl, und zwar jedes kleine Detail.«

Ich hockte mich wieder auf den Fußboden und klopfte neben mich. »Setz dich. Hör einfach zu.«

Erwin und sie lauschten gleichermaßen aufmerksam, während ich minutiös berichtete, was ich mit Lisbett beredet hatte und wie sie reagiert und geguckt hatte.

»Und morgen Abend bin ich mit ihr verabredet«, schloss ich triumphierend. »Dann will sie mir sagen, wie mein Problem gelöst wird.«

»Wow«, sagte Diana.

»Morgen Früh um 10 Uhr bei mir«, bestimmte Erwin. »Dann machen wir einen Schlachtplan.«

Ich legte auf und sah Diana an.

Sie war aufgeregt und besorgt zugleich. »Du passt doch auf dich auf, Loretta, oder? Du tust nichts, was dich in Gefahr bringt, versprich mir das.«

»Weißt du was? Du kommst morgen mit zu Erwin. Jetzt geh rüber zu Ulla und Lisbett. Und nicht vergessen: Mein Kopf dröhnt und ich habe mich hingelegt. Sollte sich die Gelegenheit ergeben, gib ruhig ein paar Räuberpistolen über Tom zum Besten, um die Stimmung gegen ihn noch ein bisschen anzuheizen.«

Kapitel 25

Noch mehr Schauspielkunst am Gartenzaun (und ein Frühstück – diesmal konspirativ)

Der Duft von frisch aufgebrühtem Kaffee weckte mich am nächsten Morgen. Ich schlug die Augen auf. Diana grinste mich an, frisch und ausgeruht.

»Guten Morgen, Dornröschen.«

»Warum hast du mich gestern Abend nicht geweckt?«, nörgelte ich und rieb mir die Augen.

»Ah, welch liebliche Begrüßung. Stell dir nur mal vor, das hätte Dornröschen zum edlen Prinzen gesagt, nachdem er sie wachgeküsst hat: *Warum hast du mich gestern Abend nicht geweckt?* Weißt du, was dann passiert wäre? Er hätte ihr eins über die Rübe gegeben, um sie ins Land der Träume zurückzuschicken, und das Weite gesucht. Verständlich.«

Kichernd hockte sie sich zu mir auf die Bettkante und hielt mir einen Becher Kaffee vor die Nase. Ich setzte mich auf und stopfte mir das Kopfkissen in den Rücken, dann trank ich ein paar kleine, vorsichtige Schlucke und stellte den Kaffee beiseite.

»Los, spann mich nicht auf die Folter«, sagte ich barsch. »Was war gestern noch los? Hast du mit Lisbett gesprochen?«

»Wie heißt das Zauberwort?«

»Diana!!!«

Sie lachte und hob beschwichtigend die Hände. »Ist ja schon gut. Nicht, dass du Lisbett auch noch auf *mich* hetzt ...«

»Damit macht man keine Witze, meine Liebe.«

Diana wurde ernst. »Da hast du allerdings recht. Also. Als ich gestern Abend bei Ulla ankam, brachen gerade einige Leute auf. Dann war nur noch der harte Kern da: Ulla, Lisbett, Frank, Bärbel und Holger. Ach so, und Helga. Sag mal, wusstest du eigentlich, dass Bärbel und Frank ...«

»Ja, ja, weiß ich«, unterbrach ich sie und wedelte ungeduldig mit der Hand. »Weiter.«

»Irgendwann warst du Thema, ohne dass ich es forcieren musste. Wie schlecht es dir ginge und so. Und was für ein Dreckskerl Tom ist, so mit dir umzuspringen.«

»Und in die Kerbe hast du dann gehauen.«

»Genau. Ich habe mich noch mal in deinem Namen bei Frank bedankt, dass er Tom verprügelt hat, und wie gut dir das getan hätte. Dann habe ich die uralte Wenn-ihr-wüsstet-was-noch-alles-passiert-ist-Masche abgezogen. Du weißt schon: *Also, ich könnte Geschichten erzählen …*«

»Und dann?«

»Als sie nachgefragt haben, hab ich mich natürlich erst ein bisschen geziert, dann aber ausgepackt. Also hör gut zu, damit du nicht überrascht bist, wenn Lisbett damit anfängt. Erstens: Er hat dich schon mehrfach betrogen, dieser aktuelle Vorfall mit der nackten Braut auf dem Monitor und der Verabredung zum Sex war lediglich der Tropfen, der das Fass zum Überlaufen gebracht hat. Der gute Tom hatte längst nur noch Bewährung, musst du wissen. Du wolltest dich schon öfter trennen, aber er hat dich jedes Mal auf Knien um Vergebung angefleht und bei allem, was ihm heilig ist, geschworen, dass es nie wieder vorkommen wird. Zuletzt vor drei Monaten. Daraufhin hast du ihm noch eine letzte Chance gegeben.«

»Notiert.«

»Zweitens. Er hat mit vollen Händen das Geld ausgegeben, das du verdient hast. Für Computerzeugs und so weiter. Für seine Onlinespiele brauchte er natürlich einen leistungskräftigen Rechner, einen riesigen Monitor und allerlei Firlefanz, der sonst noch dazugehört. Und du hast immer brav bezahlt.«

»Ganz schön dumm von mir, was?«

»Allerdings!«

Wir lachten, und ich hoffte, dass sie mir meine Verlegenheit nicht ansehen konnte.

Denn – um die Wahrheit zu sagen: Diana war mit dieser Geschichte näher an der Realität, als ihr bewusst war. Tom hatte immer davon geredet, sich eine Existenz als Webdesigner aufbauen zu wollen, und um später viel Geld damit zu verdienen, müsse man natürlich zunächst investieren. In gute Hardware. Und jede Menge Software. Er benötige professionelles Equipment und keine Uralt-Möhre, die noch mit Diesel betrieben wurde, sagte er. Überdies hatte er behauptet, sich ständig weiterzubilden, während ich auf der Arbeit war. Manchmal zeigte er mir sogar Websites, die er angeblich zu Übungszwecken erstellt hatte. Mittlerweile wusste ich, dass es dafür Programme gab, mit denen man so was mit ein paar Mausklicks basteln konnte, aber damals war ich einfach glücklich, dass er alles dafür tat, unserem monatlichen Budget irgendwann einmal einen adäquaten Anteil beizusteuern. Also bezahlte ich – ohne es auch nur zu ahnen – in Wirklichkeit dafür, dass er virtuellen Drachen alle drei Köpfe abschlagen konnte, ohne dass der Rechner abstürzte.

»Muss ich noch etwas wissen?«, fragte ich.

Diana nickte. »Toms Alkoholproblem. Er hatte ständig eine Bierfahne, und wenn er dann Sex mit dir wollte …«

»Diana!«

Sie zuckte mit den Achseln. »Wenn schon, denn schon. Außerdem musste das sein, um alle drei abzudecken.«

»Wie – alle drei abdecken? Und was meinst du überhaupt mit abdecken?«, fragte ich begriffsstutzig.

»Na, Theo, Uwe und Jupp! Hast du das nicht geschnallt? Theo war der Betrüger, der seine Position ausgenutzt hat. Denk an Bärbel! Du denkst doch nicht, dass Ulla nichts davon wusste? Wenn er Bärbel an die Wäsche gegangen ist, hat Lisbett garantiert irgendwann mal was davon mitgekriegt – das war schließlich nur eine Parzelle weiter. Oder der Kerl hat sich seinen Saufkumpanen gegenüber damit gebrüstet. Wer weiß, vielleicht hat er Bärbel ja sogar als Flittchen hingestellt, die sich ihm angeboten hat, um ihren Garten behalten zu können. Und Uwe hat das dann im besoffenen Kopp an seine Lisbett weitergetratscht. Und die an Ulla. Und das war Theos Todesurteil. Kann doch sein?«

Diana hatte recht: Das konnte durchaus sein.

»Für Uwe war, dass Tom dein Geld verplempert hat«, fuhr sie mit leuchtenden Augen fort, »und die Alkoholsucht … na?«

»Jupp.«

»Genau. Jupp. Wenn damit nicht Toms Todesurteil unterschrieben ist, dann weiß ich auch nicht.«

Plötzlich meldeten sich bei mir Zweifel. »Ich … wir haben bisher nur Indizien. Kann immer noch sein, dass wir uns irren.«

»Und das würde mich wirklich freuen!«, zischte Diana. »Glaubst du, mir gefällt die Vorstellung, dass wir hier Zaun an Zaun mit irren Mörderinnen leben? Aber wenn es so ist, dann möchte ich, dass sie entlarvt und in den Knast gesteckt werden.«

Ihr Blick ging an mir vorbei aus dem Fenster, und sie duckte sich unwillkürlich. »Wenn man vom Teufel spricht«, flüsterte sie, »da draußen ist Lisbett. Zupft an ihren Rosen rum. Wolltet ihr euch nicht noch für heute verabreden?«

Ich nickte und sprang aus dem Bett. Dann schlüpfte ich in Dianas Bademantel, schnappte mir die Tasse und trat vor die Tür. Ich tat so, als wäre ich mir Lisbetts Anwesenheit nebenan nicht bewusst und lustwandelte gedankenverloren durch den Garten.

»Guten Morgen, Loretta!«, rief Lisbett. »Geht es dir besser?«

»Viel besser, danke.«

Ich ging zum Zaun, und sie kam ebenfalls heran.

»Wegen heute Abend …«, sagte ich mit gesenkter Stimme.

Sie sah mich leicht misstrauisch an. »Hast du es dir anders überlegt?«

»Was? Nein, ganz im Gegenteil. Ich wollte nur wissen, wann ich kommen soll.«

»So um 23 Uhr? Bei Ulla. Vorher … vorher haben wir noch andere Verpflichtungen. Du weißt ja, was bei einem Todesfall in der Familie so anfällt.«

Ich nickte verständnisvoll und dachte: Von wegen, ihr wollt, dass mich möglichst niemand zu euch gehen sieht, deshalb findet unser Treffen erst nach Einbruch der Dunkelheit statt.

Hinter mir rief Diana vom Haus: »Guten Morgen, Lisbett!«

»Morgen!«, antwortete diese fröhlich und winkte. Dann flüsterte sie mir zu: »Kommt sie auch?«

»Du meine Güte, nein«, flüsterte ich zurück, »sie hat keine Ahnung, dass wir … nun ja … dass wir uns treffen. Gott sei Dank hat sie Nachtschicht. Das passt perfekt.«

»Das hätte ich auch nicht so gut gefunden, wenn sie ...« Sie brach ab und fuhr mit lauter Stimme fort: »Ja, das war gestern eine sehr schöne Feier, der Vorstand hat sich viel Mühe gegeben. Wir waren sehr berührt von der Anteilnahme.«

Diana trat neben mir an den Zaun und zwitscherte: »Ich unterbreche euch ja nur ungern, aber wenn wir um 10 Uhr bei Erwin sein wollen, müssen wir uns sputen, Loretta.«

»Ist es schon so spät? Dann müssen wir leider. Tschüss, Lisbett.«

»Tschüss, ihr beiden«, sagte Lisbett und wandte sich wieder ihren Rosen zu.

»Diana. Lange nicht gesehen«, trompetete Erwin jovial und schüttelte Dianas Hand. »Frühstück gibt's auf der Veranda. Geht schon mal vor. Loretta, du kennst dich ja hier aus. Käffken, die Damen?«

Wir nickten und gingen durchs altdeutsche Wohnzimmer nach draußen. Angesichts des opulent gedeckten Tisches erstarrte Diana zur Salzsäule.

»Davon kann ja eine ganze Kolonne hart schuftender Männer vom Straßenbau satt werden«, flüsterte sie beeindruckt und starrte die große Schüssel mit dampfendem Rührei fasziniert an. »Und das ist nur für uns drei?«

»Warte ab, bis du siehst, was alles in Erwin reinpasst«, sagte ich leise und grinste.

Wir setzten uns auf die Bank. Der Plan von der Kolonie, den ich gezeichnet hatte, lag schon bereit.

Erwin kam mit einer großen Pumpkanne und füllte die Tassen, die wir ihm hinhielten. »Fehlt irgendwas?«, fragte er und deutete auf den Tisch.

»Ja. Mindestens noch zehn Leute, die das alles essen«, gab Diana zurück.

»Oder auch nich, wart's ab! Haut rein, Mädels. Ich soll euch übrigens vom Täubchen grüßen.« Er lachte sein dröhnendes Lachen. »Die is auf Schicht und macht Männer glücklich.«

Diesmal konnte ich in Ruhe essen, während Diana von gestern Abend erzählte und Erwin auf den Stand der Dinge brachte. Erst jetzt merkte ich, wie hungrig ich war, denn die letzte feste Nahrung hatte ich gestern Mittag auf der Trauerfeier zu mir genommen. Eine ordentliche Männerportion Rührei – das übrigens köstlich war – weckte meine Lebensgeister endgültig.

»Du bist mir ja eine«, gackerte Erwin, als Diana mit ihrem Bericht fertig war. »Hast der schwarzen Witwe noch ordentlich Holz aufs Feuer gelegt. Sehr geschickt.«

»Ich dachte mir, ein bisschen mehr Zündstoff kann nicht schaden«, sagte Diana geschmeichelt.

»Und wann triffst du dich heute mit dieser Lisbett?«, fragte er mich dann.

»Nachts um elf. Bei Ulla.«

Er zog den Plan heran und sah nach. »Hm. Auf der anderen Seite des Perlhuhnwegs also. Ich hatte gehofft, dass ihr euch bei der Regentonnenwitwe trefft, dann hätte ich unauffällig hintenrum ans Haus schleichen können. Und diese Ulla ist also auch dabei? Noch jemand?«

Ich zuckte mit den Achseln. »Keine Ahnung. Auf jeden Fall war ihr der Gedanke nicht angenehm, dass Diana Bescheid wissen könnte, aber ich habe sie beruhigt. Ob noch jemand da sein wird, werde ich dann sehen.«

»Dass Ulla dabei ist, sagt uns aber, dass sie in alles eingeweiht ist und mitmacht. Und diese andere, die dritte …«

»Ilse«, soufflierte Diana.

»Genau. Ilse. Was ist mit der?«

»Weiß ich nicht«, sagte ich. »Sie scheint wirklich zu trauern. Ich glaube, sie bereut, dass Jupp tot ist.«

Erwin nickte. »Dafür spricht ja auch dieses Gespräch, das du in der Nacht vor seinem Tod gehört hast. Vermutlich war sie bei allen Planungen dabei, doch als es dann ihrem Mann tatsächlich an den Kragen gehen sollte, hat sie Manschetten gekriegt und wollte nicht mehr.«

»Und die anderen haben sie dann überredet, oder wie muss ich mir das vorstellen?«, warf Diana ein.

»Auf jeden Fall scheint sie Mitwisserin zu sein«, sagte Erwin, »und damit potenziell gefährlich für die beiden anderen. Solange Jupp nicht auch umgebracht war, hätte immer noch die Gefahr bestanden, dass sie ein schlechtes Gewissen bekommt und zur Polizei geht. Jetzt ist sie viel enger an die beiden anderen gebunden. Sie werden irgendwann einmal einen Pakt geschlossen haben, nehme ich an.«

»Aber als Mitwisserin ist sie doch auch schuldig, oder?«, fragte Diana.

Erwin nickte. »Schon. Man könnte ihr vorwerfen, dass sie die geplanten Morde nicht gemeldet hat, um sie zu verhindern. Ob sie aktiv daran beteiligt war, wissen wir noch nicht. Aber jetzt, mit Jupps Tod, ist sie immerhin zur Auftraggeberin aufgestiegen, wenn die anderen beiden gegen sie aussagen.«

»Eines verstehe ich aber absolut nicht: Warum haben sie die Morde nicht schön über das ganze Jahr verteilt? Warum in so kurzem Abstand?« Ich schüttelte den Kopf. »Das ist doch total dämlich, wenn die Polizei an Unfälle glauben soll.«

»Vielleicht wollten sie genau das erreichen!«, rief Diana und fuchtelte aufgeregt mit ihrem Messer herum. »Dass die Polizei denkt: So blöd ist kein Mörder, es so auffällig zu machen.«

Wieder nickte Erwin. »Könnte sein. Vor allem ist es so, dass im Hochsommer die tödlichen Unfälle im Garten sprunghaft ansteigen, weil viele Laien mit schwerem Gerät hantieren.«

»Wer weiß, wie viele davon keine Unfälle, sondern Morde sind«, murmelte ich.

»Korrekt. Das weiß niemand. Die Rechtsmedizin hat einfach nicht genug Kapazitäten, um jeden Unfall akribisch zu untersuchen. Die Dunkelziffer dürfte beachtlich sein. Wäre aber auch möglich, dass die lustigen Witwen ursprünglich größere Abstände geplant hatten, aber irgendwas passiert ist, das alles verändert hat.«

»Was zum Beispiel?«, fragten Diana und ich synchron.

Erwin zuckte mit den Achseln. »Wer weiß? Vielleicht haben Theo und Jupp nach Uwes Tod unangenehme Fragen gestellt? Wenn jeder in der Kolonie wusste, dass Uwe diese Dachrinnengeschichte niemals selbst gemacht, sondern Frank überlassen hätte, ist das schon komisch, wenn Uwe plötzlich freiwillig auf der Leiter steht. Das Gleiche gilt ja wohl für Theo und seine Pergola.« Er zeigte auf mich. »Oder es hat mit dir zu tun.«

Mir fiel vor Schreck das Brötchen aus der Hand. »Mit mir? Wieso das denn?«

»Na, mit dir tauchte plötzlich jemand Neues in der Kolonie auf. Jemand, der über nichts Bescheid wusste, der niemanden kannte. Immerhin wurdest du zweimal von den Finderinnen dazugeholt, nicht wahr?«

»Beim ersten Mal hat Lisbett doch nur geschrien und ich habe es zufällig gehört.«

Er winkte ab. »Ich glaube nicht an Zufälle. Wo warst du, als sie geschrien hat?«

»Im Garten.«

»Und wo ist dieser Garten?«

»Nebenan.«

»Also hat sie dich gesehen, und ihr Schreien könnte gezielt dir gegolten haben. Du hattest doch einen ganz anderen Blick auf die Toten als Frank, zum Beispiel. Du fandest es überhaupt nicht merkwürdig oder gar verdächtig, dass Uwe auf der Leiter gestanden hat und Theo angeblich die Pergola aufbauen wollte, oder?«

»Stimmt.«

»Also würde das in deinen Aussagen der Polizei gegenüber nicht vorkommen, richtig?«

»Richtig.«

Erwin lehnte sich zufrieden zurück. »Siehste. Beweisführung abgeschlossen.«

Mir war spontan der Appetit vergangen, und ich schob meinen Teller von mir weg. »Das ist echt gruselig.«

»Aber du kannst doch nichts dazu«, sagte Diana tröstend. »Du warst einfach zur falschen Zeit am falschen Ort.«

»Also dann.« Ich atmete tief durch. »Ich lasse mich nicht gern benutzen. Ein guter Grund mehr, die Hexen auf den Scheiterhaufen zu bringen.«

»So spricht mein Mädchen.« Erwins Augen glänzten. »Das ist die Einstellung, die wir brauchen.«

»Zu allem bereit«, sagte ich entschlossen. »Wie machen wir es heute Abend?«

»Ganz simpel.« Er zog ein kleines Diktiergerät aus der Hemdtasche und legte es auf den Tisch. »Das wirst du dabeihaben. Es ist sehr leistungsstark und nimmt die kleinsten Geräusche auf, es muss also nicht besonders laut geredet werden. Parallel sind wir über eine offene Handyleitung miteinander verbunden. Falls also etwas passiert, kann ich sofort kommen und helfen.«

»Was soll denn passieren?«

»Weiß man nicht, für alle Fälle. Ich fühle mich wohler, wenn ich in der Nähe bin und mithören kann.«

»Du meinst, sie hat längst Lunte gerochen und lockt die Fallenstellerin in eine Falle?« Ich grinste unsicher. Jetzt wurde mir doch ein wenig mulmig.

»Sag doch nicht so was, Loretta!« Diana sah entsetzt von mir zu Erwin.

Er schüttelte den Kopf und tätschelte beruhigend meine Hand. »Nein, das glaube ich nicht. Dazu ist sie viel zu narzisstisch, denke ich.«

Das beruhigte mich nur mäßig.

»Und wenn die alles gestehen und anbieten, Tom zu killen – denn deshalb trifft Loretta sich ja schließlich mit denen, wenn ich alles richtig verstanden habe – gibt es hinterher eine heimliche Aufzeichnung von dem Gespräch«, sagte Diana. »Ist das überhaupt ein rechtsgültiger Beweis?«

Erwin seufzte. »Leider nicht. Aber damit könnte ich Astrid veranlassen, richtige Ermittlungen aufzunehmen und etwas genauer nachzufragen. Sie hat dann schon ihre Methoden, die Damen zu knacken, ihre Verhöre sind berüchtigt. Wenn man weiß, wo man nach eventuellen Beweisen suchen muss, ist es schon viel einfacher. Das ist es, was wir erreichen wollen.«

»Wer ist denn jetzt schon wieder Astrid?«, fragte Diana verdutzt.

»Kommissarin Küpper«, erklärte ich ihr, »er ist ihr Patenonkel.« Dann wandte ich mich an Erwin: »Wo wirst du währenddessen sein?«

»In eurer Hütte. Hast du eine leichte Jacke mit aufgesetzten Taschen? Keine Brusttaschen, das ist zu auffällig. Normale Taschen, in die man seine Hände steckt.«

»Ich hab so eine«, sagte Diana.

»Bestens. Die ziehst du heute Abend an, Loretta. Ein Gerät links, das andere rechts.«

»Und wie kommst du zu mir in die Hütte, ohne dass du gesehen wirst?«

»Hintenrum. Über den Bahndamm.«

Na, das konnte ja heiter werden.

Hoffentlich kannte er den Fahrplan.

Kapitel 26

Erstens kommt es anders und zweitens, als man denkt, und erst recht, als man plant

Der Tag zog sich wie Kaugummi in die Länge. Wenn man auf etwas wartet, scheint die Zeit ja noch langsamer zu vergehen als bei schnöder, stinknormaler Langeweile.

Nachdem wir zurück in der Kolonie waren, beschäftigten wir uns eine Zeit lang mit dem Diktiergerät, damit ich im Eifer des Gefechts nicht aus Versehen die falschen Knöpfe drückte. Ich zog die Jacke an, aktivierte das Gerät und verstaute es in der Tasche. Tatsächlich erhielten Diana und ich von unserer Unterhaltung eine erstaunlich klare Aufnahme. Wir hatten bewusst nicht sonderlich laut gesprochen, konnten aber dennoch jedes Wort verstehen. Danach folgten mehrere Probeläufe mit unseren Handys – und auch das funktionierte einwandfrei.

Danach ging es nur noch darum, Zeit totzuschlagen. Um meine Nervosität zu bekämpfen, beschloss Diana, dass viel zu viel Unkraut in den Beeten wucherte. Wir robbten auf Knien durch die Gegend, und ich blickte gefühlt alle drei Sekunden auf meine Armbanduhr, die ich zur Feier des Tages angelegt hatte – selbst wenn es einen hellen Streifen geben sollte.

»Ich glaube, meine Uhr ist kaputt«, sagte ich schließlich und klopfte blöde aufs Ziffernblatt, als würde das irgendetwas bringen.

Sie hob die Hand, um mich zu unterbrechen. »Fang damit gar nicht erst an«, sagte sie leise, beinahe flüsternd. Trotzdem klang ihre Stimme scharf. »Du hast heute Nacht eine Verabredung, und solange die Sonne hoch am Himmel steht, hast du auf jeden Fall noch Zeit. Um elf ist es dunkel.«

»Warum sprichst du so leise?«, wisperte ich.

Sie zog die Brauen hoch und deutete mit dem Kopf in Richtung Zaun.

Ups – stimmt ja. Ein Maschendrahtzaun war keine Schallschutzmauer, hatte ich komplett vergessen. Lisbetts Parzelle war nebenan, und sie war zwar weder zu hören noch zu sehen, aber man konnte ja nie wissen.

Ich verkniff mir also weitere Bemerkungen über die Uhrzeit und zerrte verbissen an den widerspenstigen Löwenzahnwurzeln herum. Wir arbeiteten schweigend, nachdem Diana einige vergebliche Versuche gestartet hatte, ein unverfängliches Gesprächsthema anzuschneiden. Ich reagierte auf nichts. Diana atmete sichtlich auf, als Holger gegen 18 Uhr auftauchte.

»Jan ist endlich wieder da – wir haben ein paar Würstchen auf den Grill geworfen und ungefähr eine halbe Tonne Kartoffelsalat gemacht. Bärbel und Frank kommen auch. Wisst ihr eigentlich schon, dass die beiden …«

»Wissen wir«, erwiderten Diana und ich gleichzeitig.

Wir zogen die Gartenhandschuhe aus, klopften die Erde von den Hosenbeinen und folgten ihm in seinen Garten. Das junge Glück war bereits da und winkte uns fröhlich entgegen. Jan schwenkte zur Begrüßung die Grillzange.

Es wurde schnell klar, welchem Zweck die spontane kleine Grillparty diente: Da Jan auf Geschäftsreise gewesen war und Holger wegen seiner beruflichen Verpflichtungen auch nur die Hälfte der dramatischen Ereignisse mitgekriegt hatte, sollten Frank, Bärbel und ich die klaffenden Informationslücken füllen. Während Frank erwartungsgemäß seiner Lieblingsbeschäftigung als Dampfplauderer nachging, driftete ich gedanklich weg, um mögliche Szenarien meines Termins mit Lisbett zu entwerfen.

Was würde sie mir wohl vorschlagen?

Was, wenn überhaupt nichts dabei rauskam und sie mich nur aushorchen wollte?

Was, wenn sie tatsächlich längst ahnte, dass ich ihr eine Falle stellen wollte?

»Loretta! Halloooo! Schläfsse?«, blökte Frank, und ich schreckte hoch.

Fünf Augenpaare sahen mich an und warteten auf irgendetwas. Aber was? Ich blinzelte verwirrt. »Äääăh … ich war gedanklich gerade ganz woanders. Um was ging es denn?«

»Die Spieße, wo der Theo draufgesteckt hat«, sagte Frank, »waren dat zwei oder doch drei? Ich weiß dat nich mehr. Ich weiß nur noch, wie ekelich das war.«

»Zwei. Und die haben voll und ganz ausgereicht, um ihn ausbluten zu lassen.«

Von Jan kam ein würgendes Geräusch, und er schlug eine Hand vor den Mund, wedelte aber mit der anderen eine deutliche Aufforderung an Frank, unbedingt weiterzuerzählen und bloß kein Detail auszulassen.

»Oh Mann, da wäre ich zu gern dabei gewesen«, kommentierte Jan schließlich Franks lebhafte Schilderung unserer fröhlichen kleinen Drogen- und Scheiterhaufenparty.

Eine Zeit lang war dann »dat appe Bein« das zentrale Thema, das ausführlich durchgehechelt wurde, und Bärbel wurde wortreich dafür bedauert, die unglückliche Finderin zumindest eines Teils von Jupp gewesen zu sein. Die Trauerfeier – im Vergleich zu den anderen Vorkommnissen natürlich eher unspektakulär – wurde kurz und knapp abgehandelt.

Ich hörte mit halbem Ohr zu und war einfach nur froh, dass die Zeit verging.

»Jan und ich wollen später noch in die City, ein paar Cocktails trinken. Kommt ihr mit?«

Frank und Bärbel nickten begeistert, Diana sagte: »Geht leider nicht. Hab Nachtschicht. Ich muss auch schon gleich los.«

»Aber du kommst mit«, sagte Jan und sah mich erwartungsvoll an.

Ich ... äääääh ... was sage ich denn jetzt?, dachte ich beinahe panisch, denn mir fiel nichts ein. Kopfschmerzen? Hatten wir schon. Keine Lust? Bloß nicht, dann würden sie mit vier Mann hoch auf mich einschnattern, um mich zu überreden.

»Ich habe heute Abend eine Verabredung mit meinem Ex. Wir müssen klären, was mit der Wohnung passiert. Und mit den Sachen, die wir gemeinsam angeschafft haben. Nicht schön, aber ich will es so schnell wie möglich hinter mich bringen. Schlimmer als die letzte Woche kann es nicht werden, denke ich.«

»Da gehsse nich alleine hin!«, echauffierte sich Frank prompt, »dat lass ich nich zu!«

»Frank hat recht«, sagte Bärbel.

»Nett von euch, aber kein Grund zur Sorge. Wir treffen uns nicht in der Wohnung, sondern in einer Pizzeria. So können weder er noch ich ausflippen. Wir müssen eine Regelung finden. Ab Montag arbeite ich wieder, und auf Dauer kann ich nicht in Dianas Hütte wohnen.«

Das Mitgefühl der anderen in der Runde war mir gewiss, und niemand versuchte mehr, mich zu bequatschen. »Vielleicht stoße ich später zu euch, aber ich kann nichts versprechen.«

Als es langsam dämmerte, saß ich in der Hütte auf dem Bett und versuchte zu lesen. Vergeblich. Die Buchstaben vor meinen Augen waren nur kleine schwarze Punkte, die sich für mich nicht zu etwas mit Inhalt oder Bedeutung zusammenfügten.

Erwin hatte gegen 21 Uhr angerufen, um noch einmal alles mit mir durchzugehen. Er hatte meine Nervosität gespürt und gefragt: »Willst du die Sache lieber abblasen?«

»Auf keinen Fall«, sagte ich fest. »Es ist nur so, dass diese verdammte Warterei mich vollkommen kirre macht. Aber ich ziehe das durch, du kannst dich auf mich verlassen.«

»Das hört sich an, als würdest du mir damit einen Gefallen tun.« Er lachte leise, dann fuhr er mit ernster Stimme fort: »Loretta, du musst das nicht machen, wenn du nicht willst. Du bist niemandem zu irgendetwas verpflichtet.«

»Doch. Mir selbst. Wie du sagtest: Sie könnten mich dazugeholt haben, weil mir bestimmte Dinge nicht komisch vorkommen. Frank redet dermaßen viel, dass selbst die Polizei irgendwann nicht mehr zuhört, der war also keine Gefahr für sie. Die Vorstellung, dass sie mich vielleicht benutzt haben, um davonzukommen, macht mich extrem wütend.«

Tief in mir ahnte ich, dass sich hier die Wut auf Tom Bahn brach, von dem ich mich zweifellos ausgenutzt fühlte.

»Und ich bin meinen neuen Freunden in der Kolonie gegenüber verpflichtet«, fuhr ich fort. »Soll ich ständig befürchten müssen, dass einer von ihnen eines schönen Tages tot zwischen seinen Erdbeeren liegt, nur weil er vielleicht Lisbetts Missfallen erregt hat?«

»Na gut. Dann sehen wir uns später, nach dem Treffen. Ich warte bei dir in der Hütte. Dann besprechen wir, ob und was wir mit dem Material anfangen können. Und falls ich etwas höre, das ich merkwürdig finde, bin ich mit ein paar Schritten bei dir.«

Das zu wissen, machte es mir überhaupt erst möglich, mich zu diesem Treffen mit Lisbett und Ulla zu wagen. Ich glaube, das war ihm vollkommen klar, und deshalb musste ich es ihm nicht extra noch einmal sagen.

Die Gardinen in der Hütte hatte ich zugezogen und die Fensterläden zusätzlich geschlossen, damit kein Licht nach draußen dringen konnte. Die Tür ließ ich angelehnt, denn ich wusste, dass Erwin schon irgendwo im Gebüsch lag und hineinschlüpfen würde, sobald ich durch das Gartentor getreten war. Punkt 23 Uhr ging ich los und leuchtete mir mit einer Taschenlampe den Weg aus dem Garten. Endlich klopfte ich an Ullas Tür. Es war eine bewölkte Nacht, aber die funzeligen Laternen im Perlhuhnweg und die Solarleuchten in Ullas Schrebergarten spendeten genug Licht.

Es wurde sofort geöffnet.

»Guten Abend, Loretta«, murmelte Ulla.

»Setz dich gar nicht erst«, sagte Lisbett munter, »wir gehen rüber zu mir.«

»Okay, dann zu Lisbett«, erwiderte ich betont lässig und hoffte, sie würden mir meine Verwunderung nicht anmerken. Extra für Erwin hatte ich Lisbetts Namen genannt, damit er wusste, wo ich war.

Wir überquerten gemeinsam den Perlhuhnweg und gingen in Lisbetts Hütte. Ich sah sofort, dass auch sie die Fenster lichtdicht verschlossen hatte.

»Setzt euch«, zwitscherte Lisbett, »was kann ich euch anbieten? Ein Glas Wein, vielleicht? Irgendwo muss ich doch auch noch Knabberzeug …«

Sie verschwand mit dem Oberkörper in einem Schrank und raschelte darin herum. Ulla holte eine angebrochene Flasche Weißwein aus dem Kühlschrank und drei Gläser aus einer altmodischen Vitrine. Währenddessen saß ich da und hörte meinem Herzschlag zu, der in meinen Ohren pochte. Die einzige Lichtquelle war eine

Kerze auf dem Tisch. Nachdem der Wein, drei Gläser und eine Schale mit Salzbrezeln auf der hässlichen Plastiktischdecke standen, setzten sie sich endlich hin. Lisbett schenkte ein und hob ihr Glas.

»Auf uns«, sagte sie.

»Auf uns«, tirilierte Ulla und sah mich auffordernd an.

»Auf uns.«

Wir stießen an und tranken. Ich frage mich, was Erwin wohl dachte. Momentan hörten wir uns noch an wie drei Weiber beim Kaffeeklatsch.

»So«, sagte Lisbett und strich über die Tischdecke. »Da sitzen wir nun. Wie hast du den Tag verbracht, Loretta? Geht es dir gut?«

Ich war völlig überrumpelt. »Äh … ja, danke. Diana und ich haben ein bisschen im Garten gepusselt. Ihr wisst schon, Unkraut zupfen und so. Dann waren wir drüben bei Holger und Jan. Sie haben uns zum Grillen eingeladen. Bärbel und Frank waren auch da. Ihr könnt euch vorstellen, dass besonders Jan alles über die spektakuläre letzte Woche … äh … wissen … wollte …«

Das letzte Wort murmelte ich nur noch. Ich hatte geredet, ohne daran zu denken, mit wem ich hier saß. Wie würden sie darauf reagieren, dass ich den Tod ihrer Männer als *spektakulär* bezeichnete? Aber ich sorgte mich umsonst, denn die beiden lächelten.

»Ja, spektakulär war es wohl, nicht wahr?«, sagte Ulla. »Wo sind die anderen denn jetzt? Ich habe drüben bei Holger und Jan gar nichts gehört.«

»Bis auf Diana sind alle in der City. Diana muss arbeiten.«

Umso besser, sagte der Blick, den Lisbett und Ulla wechselten.

Dann sah Lisbett mich mitleidig an. »Diana hat uns gestern einiges über deinen Exfreund erzählt. Wie hast du das Leben mit ihm nur ausgehalten?«

»Ihr wisst doch, wie das geht«, erwiderte ich herausfordernd. »Ihr habt das Leben mit euren Kerlen doch auch ausgehalten. Und zwar viel länger als ich.« Ich machte eine Kunstpause und fügte leise hinzu: »Und jetzt habt ihr es hinter euch. Ich … ich beneide euch, aber das habe ich ja schon zu dir gesagt, Lisbett.«

Ulla nickte, dann sagte sie: »Du kannst ihn verlassen. Warum machst du das nicht einfach?«

»Jetzt tu ich's ja. Aber das wird nicht das Ende sein. Er wird wiederkommen und um mich *kämpfen,* das hat er schon angekündigt. Stalking. Mit Ansage.« Ich holte zittrig Luft. »Davor habe ich große Angst, denn wenn er getrunken hat … ich … ihr wisst schon. Natürlich achtet er darauf, dass man die Spuren nicht sehen kann. Er schlägt mich nie ins Gesicht. Ich war deswegen schon mal in der Notaufnahme … Sie wollten, dass ich ihn anzeige, aber … Er hat mir immer wieder geschworen, dass er mich liebt und dass er sich bessern wird …« Ich tat so, als würde mir die Stimme versagen.

»Wie der verdammte Jupp«, zischte Lisbett hasserfüllt.

»Ich werde keine ruhige Minute haben, das weiß ich jetzt schon!«, sagte ich. »Ich wünschte, er wäre tot!«

Wieder wechselten Lisbett und Ulla einen Blick.

Ulla tätschelte mir die Hand. »Das sagst du jetzt, weil alles noch so frisch ist.«

Ich schüttelte vehement den Kopf. »Oh nein, ich weiß genau, was ich sage. Natürlich kann ich auch warten, bis er mal irgendwann so ausflippt, dass er mich umbringt. Die Polizei darf ja erst eingreifen, wenn etwas passiert ist. Wenn *mir* etwas passiert ist. Wer soll mich vor ihm schützen? Oder …«, ich schniefte leise, »oder ich setze vorher freiwillig meinem Leben ein Ende. Das ist immer noch besser, als totgeprügelt zu werden.«

Die beiden schwiegen, und ich starrte auf die Tischplatte. Ich musste warten, bis sie mir etwas anboten, ich durfte jetzt nicht ungeduldig werden und sie zu irgendetwas drängen.

»Wir waren nicht sehr traurig, als unsere Männer starben«, sagte Ulla unvermittelt.

Ich sah auf. »Das müsst ihr auch nicht. Ich verstehe euch. Ich kann mir sehr gut vorstellen, welche Erleichterung das sein kann.«

Das ließ ich erst einmal so stehen und wartete ab, auch wenn es mir schwerfiel. Innerlich vibrierte ich vor Ungeduld. Am liebsten hätte ich sie angeschrien, dass sie endlich auspacken sollten. Ich bemerkte, dass meine Hände sich in meinem Schoß ineinander verkrampft hatten, aber es würde ihnen nicht seltsam vorkommen, dass ich aufgeregt war. Hoffentlich.

»Wenn man Pech hat, verwandelt sich der Mensch, den man einmal geliebt hat, in ein Monster«, sagte Lisbett schließlich. »Ein Monster, das jegliche Lebensfreude in dir tötet. Und niemand kann dir helfen.«

Ich nickte. »Niemand. Nicht einmal die Polizei.«

Lisbett lachte spöttisch auf. »Die zuallerletzt. Du hast es ja selbst gesagt: Sie greift erst ein, wenn etwas passiert ist.«

»Das ist nicht fair«, flüsterte ich.

Ich spürte, dass mir tatsächlich Tränen in die Augen traten, und hoffte inständig, dass die beiden es bemerken würden.

»Da kann ich ja nur hoffen, dass Tom auch ein Unfall passiert«, legte ich mit tränenerstickter Stimme nach.

Wieder warten. Innerlich zählen, ganz langsam. Eins. Zwei. Drei. Vier. Fünf. Sechs. Sieb…

»Nun, es waren keine Unfälle.« Lisbetts Stimme war hart, und ihre Augen funkelten.

Am liebsten wäre ich aufgesprungen und mit Indianergeheul um den Tisch getanzt, aber ich zuckte nicht mit der Wimper. Jetzt wollte ich alles wissen. Jedes Detail. Und Lisbett legte los.

»Wir wussten uns nicht mehr anders zu helfen. Uwe hat alles, was wir besaßen, verspielt. Er hatte an dem Tag genug intus, dass wir ihn packen und kopfüber in die Tonne stopfen konnten. War ganz einfach. Und Theo? Da lief es ganz ähnlich, nur hat er vorher noch eine von Ilses Schlaftabletten bekommen, damit er sich nicht wehrt. Er ist Bärbel an die Wäsche gegangen – und weiß Gott, wem sonst noch. Parzelle 6, die jetzt von der netten türkischen Familie bewirtschaftet wird, hat früher den Janssens gehört. Die haben sie aufgegeben, weil sie Theo dabei erwischt haben, als er am Zaun stand und die vierzehnjährige Tochter belästigte. Er hat sie gefragt, ob ihr unten denn schon Haare wachsen und Ähnliches. Ekelhaft.«

Da musste ich ihr aus vollem Herzen zustimmen – das war mehr als ekelhaft.

»Wir haben ihn an Armen und Beinen gepackt und senkrecht von oben auf die Spieße fallen lassen. Und Jupp«, fuhr sie fort, »der hat Ilse das Leben zu Hölle gemacht. Er war ständig betrunken, hat sie immer wieder verprügelt. Ihn zur rechten Zeit auf die Gleise zu schleppen, war ein Kinderspiel. Wir *mussten* etwas tun.«

»Und die Polizei denkt, es waren Unfälle, Wahnsinn«, sagte ich mit angemessener Bewunderung. »Habt ihr das alle zusammen gemacht? Ilse und Helga auch?«

Ulla nickte. »Und wir können auch etwas für dich tun, wenn du es möchtest.«

Yes! Innerlich ballte ich die Faust und stieß sie in die Luft. Darauf hatte ich gewartet. Gleichzeitig musste ich meine aufsteigende Übelkeit bekämpfen. Sie erzählte es mit einem Gleichmut, als ginge es nicht um das Leben dreier Männer. Besonders unsympathischen Exemplaren zwar, aber das gab den Frauen nicht das Recht zur Selbstjustiz.

Ich presste die Hand an die Brust, als könnte ich mein Glück nicht fassen. »Wirklich? Das würdet ihr wirklich …? Wie? Wann?«

Meine Ungeduld brachte Ulla zum Lächeln. »Nicht so hastig, Loretta. Wir brauchen einen Plan. Und du müsstest ihn herlocken.«

Jetzt musste ich improvisieren. Es war Samstagnacht, ab Montag war mein Urlaub vorbei. Dann würde alles komplizierter werden. Außerdem waren Lisbett und Ulla gerade in Stimmung, und ich wollte ihnen keine Zeit lassen, über diesen Abend nachzudenken. Was, wenn sie einen Rückzieher machten? Ich musste sie unbedingt noch dazu bringen, einen konkreten Plan zu entwickeln, mich von Tom zu befreien.

Ich warf einen Blick auf meine Armbanduhr. »Das ist nicht nötig«, sagte ich langsam. »Ich bin mit ihm verabredet. Nach Mitternacht.«

»Warum hast du dich darauf eingelassen?«, fragte Lisbett scharf.

Wie recht sie mit ihrer Frage hatte. Aber jetzt hatte ich es gesagt.

»Ich … ich weiß nicht. Er hat darauf gedrängt. Er sagt, er will darüber reden, was mit unserer Wohnung passiert. Aber jetzt habe ich Angst davor.«

»Sag ab.« Lisbett runzelte die Stirn. »Das geht zu schnell, wir haben keinen Plan.«

»Das geht nicht«, flüsterte ich, »wenn ich absage, kommt er trotzdem her, garantiert. Und dann wird er wütend sein.« Ich sah flehend von einer zur anderen. »Ihr könnt euch nicht vorstellen, wie er dann ist!«

»Raucht er?«, fragte Ulla. »Dann könnten wir die Gasflasche in Dianas Hütte aufdrehen und …«

»Das funktioniert nicht«, fiel Lisbett ihr ins Wort. »Wenn sie verabredet sind, muss Loretta da sein, wenn er aufkreuzt. Der setzt sich doch nicht in die Hütte und wartet dort auf sie. Außerdem ist es zu gefährlich. Wir wollen nicht, dass hier alles in die Luft fliegt.«

»Vielleicht sollte es auch nicht unbedingt in der Kolonie passieren«, sinnierte Ulla.

»Bei uns zu Hause geht es nicht«, sagte ich schnell. »Die Nachbarn kriegen alles mit. Stellt euch vor, die sehen euch zufällig, und dann wird er tot aufgefunden. Und ich allein mit ihm …« Ich schüttelte heftig den Kopf. »Das traue ich mich nicht.«

»Vielleicht irgendetwas, das wie Selbstmord aussieht«, schlug Lisbett vor. »Oder Gift.«

»Rattengift oder so?«, fragte ich.

Lisbett schüttelte den Kopf. »Giftige Pflanzen, aus denen man einen Sud machen kann. Gibt es hier überall. Blauer Eisenhut, zum Beispiel, Maiglöckchen, Engelstrompete, Goldregen und Fingerhut, um nur ein paar zu nennen. Könnte wie ein Herzinfarkt aussehen. Hat er Herzbeschwerden?«

»Nicht, dass ich wüsste. Würde mich aber nicht wundern.«

Würde es tatsächlich nicht. Er hatte ordentlich zugenommen, aß ungesund und saß 18 Stunden täglich am Computer.

»Dann halten wir das doch mal als Option fest«, sagte Lisbett fröhlich. »Was meinst du, Loretta?«

»Vielleicht, aber gibt es keine andere Möglichkeit? Mir wäre am liebsten, wenn er …«

»Weit weg von hier tot aufgefunden wird? Vielleicht ertrunken. Oder er fällt«, Lisbett malte mit den Fingern Anführungszeichen in die Luft, »von einer Brücke. Einer Autobahnbrücke.«

»Das finde ich nicht gut«, sagte ich bestimmt. »Ich will nicht, dass andere reingezogen werden. Stellt euch nur vor, dadurch passiert ein Unfall, bei dem Leute umkommen.«

»Du hast recht. Wie wäre es mit einer Talsperre?«, schlug Ulla vor. »Wir geben ihm Schlaftabletten, und dann fahren wir mit zwei Autos hin – seinem und deinem, Loretta. Sein Wagen wird verlassen aufgefunden, und jeder denkt, er hat Selbstmord begangen.«

Ich gab mich begeistert. »Klingt gut. Aber wenn er Schlafmittel im Blut hat – wie soll die Polizei glauben, dass er selbst dorthin gefahren ist?«

Lisbett winkte ab. »Hier geben wir ihm nur so viel, dass er weggetreten ist und sich nicht mehr wehren kann. Und vor Ort bekommt er von uns noch mal einen schönen Cocktail aus Tabletten und Alkohol. Die Polizei findet die Flasche, eine leere Tablettenpackung, beides mit seinen Fingerabdrücken.«

»Das könnte tatsächlich klappen, oder?«, wisperte ich mit der gebotenen Ehrfurcht, während ich kaum fassen konnte, was ich hier gerade erlebte. Wir verabredeten einen Mord, als ginge es um einen gemeinsamen Urlaub oder einen Kaffeeklatsch.

Hörst du das, Erwin?, dachte ich begeistert. Wir haben sie!

»Wie überwältigen wir Tom?«, fragte ich. »Er ist groß und massig.«

»Angelschnur«, erwiderte Lisbett. »Sieht er nicht im Dunkeln. Die spannen wir quer über den Weg. Uwe hat sie immer benutzt, um Stauden hochzubinden. Dein Tom wird stürzen wie ein gefällter Baum, und wir nutzen die Überraschung. Er kriegt einen Sack über den Kopf, dann fesseln und knebeln wir ihn. Alles Weitere erledigen wir hier.« Sie warf einen Blick auf die Wanduhr, es war kurz vor Mitternacht. »Los jetzt, die Zeit wird knapp. Ihr kümmert euch um die Stolperfalle, ich suche alles andere zusammen.«

Wenige Minuten später lagen wir hinter Lisbetts Gartentor auf der Lauer. Es war stockdunkel, denn die Laternen in der Kolonie waren mittlerweile abgeschaltet. Nirgends war ein Laut zu hören. Ich hoffte inständig, dass meine Freunde in der City Spaß genug hatten, um nicht zur Unzeit hier aufzukreuzen.

Da Tom natürlich nicht auftauchen würde, hatte ich vor, irgendwann Enttäuschung zu heucheln, die Aktion für den Moment abzubrechen und vorzuschlagen, sie zu einem anderen Zeitpunkt durchzuziehen. Und bis dahin würde Kommissarin Küpper das

Band gehört und entsprechende Maßnahmen ergriffen haben, um das mörderische Damenkränzchen hinter Schloss und Riegel zu bringen. Ich konnte es kaum erwarten, mit Erwin alles durchzuhecheln, aber noch musste ich ein wenig Geduld …

Fiiiiiiiep! machte es aus meiner Jackentasche, und mir brach der Schweiß aus. So piepste mein Handy, wenn es mir sagen wollte, dass der Akku fast leer war. Verflucht!

»Was war das«, fragte Lisbett scharf.

»Nichts … ich …«, murmelte ich erschrocken. Mein Tonfall klang nicht sehr vertrauenerweckend, das wurde mir klar, als ich mehr spürte als sah, wie sich Lisbett und Ulla irritiert anblickten.

Fiiiiiiiep!

»Hol sofort raus, was in deiner Jackentasche ist«, zischte Ulla, und sie hörte sich nicht so an, als würde sie Spaß machen.

Mit zitternden Fingern tastete ich nach meinem Handy und versuchte vergeblich, die Leitung zu Erwin zu unterbrechen, während ich es herauszog. Das Display leuchtete in der Dunkelheit. Das allein wäre nicht so schlimm gewesen, ich hätte ja versehentlich eine Taste drücken können.

»Hallo? Loretta? Alles in Ordnung?«, erklang leise, aber in der Stille deutlich hörbar, Erwins Stimme aus dem Gerät – und damit war ich geliefert. Blitzschnell riss Lisbett mir das Telefon aus der Hand und unterbrach die Leitung. Ehe ich um Hilfe schreien konnte, hatte ich den für Tom bestimmten Knebel im Mund und wurde zu Boden gedrückt. Dann kniete auch schon eine der beiden auf meinem Rücken, während die andere mir die Handgelenke mit dem Klebeband fixierte, das eigentlich für Tom gedacht gewesen war.

Schweigend zerrten sie mich hoch, schleiften mich zwischen sich im Sturmschritt durch den Garten und den Trampelpfad am Bahndamm entlang zu Parzelle Nummer 3, der von Jupp und Ilse. Auch in totaler Finsternis kannten sie sich hier mit traumwandlerischer Sicherheit aus. Sie schlossen die Tür der Hütte auf und stießen mich hinein.

In der Dunkelheit stolperte ich über irgendwas, strauchelte und stürzte. Ich schaffte es gerade noch, mich seitlich abzurollen und nicht aufs Gesicht zu fallen. Durch den heftigen Aufprall verlor ich meine Brille. Ich hörte, wie die Tür leise geschlossen und verriegelt wurde.

Meine vage Hoffnung, dass sie mich hier eingesperrt zurückgelassen hatten, um erst einmal woanders zu beratschlagen, was sie jetzt tun sollten, zerschlug sich, als ich ihr schweres Atmen hörte.

Ich lag auf dem Boden und versuchte verzweifelt, nicht vor Panik den Verstand zu verlieren.

Kapitel 27

Drei Frauen am Rande des Wahnsinns
(und ein gemeinsamer Ausflug)

»Ich hab dir gesagt, wir können ihr nicht trauen«, sagte Ulla nach kurzer Stille, die mir wie eine Ewigkeit vorkam, »aber du musstest ja unbedingt …«

»Halt die Klappe, dumme Kuh«, fauchte Lisbett, »ich denke nach.«

»Wer ist wohl die dumme Kuh von uns beiden?«, schoss Ulla giftig zurück. »Du hättest einmal auf mich hören können, oder?«

Aus Sicht eines Ermittlers war es natürlich wunderbar, dass die beiden sich in die Haare kriegten, denn dann würden sie sich bei einem Verhör schneller gegenseitig in die Pfanne hauen, als wenn sie fest zusammenhielten.

Aus meiner ganz persönlichen Sicht allerdings verschärfte es die Situation für mich, wenn sie durch ihren Streit aufgeheizt wurde. Wenn ich Pech hatte, würden sie ihre Aggressionen an mir auslassen. Sie wussten jetzt, dass es einen heimlichen Lauscher gab, hatten aber keine Ahnung, wo dieser Jemand sich aufhielt und wer das war. Die Flucht in Ilses Hütte hatte keine zehn Sekunden gedauert, die Reaktion der beiden war unfassbar schnell gewesen.

Kein Zögern, kein Nachdenken.

Ich ging nicht davon aus, dass Erwin uns gesehen und verfolgt hatte. Wenn ich Glück hatte, durchsuchte er jetzt die Kolonie nach uns. Was, wenn er über den Stolperdraht gefallen war? Ich konnte nur hoffen, dass er nicht bewusstlos mitten auf dem Perlhuhnweg lag. Tatsache blieb: Lisbett und Ulla mussten schnell handeln.

Lisbett knipste eine kleine Taschenlampe an und legte sie so auf einen Tisch, dass sie mich anleuchtete. Ich traute meinen Augen nicht, als sie zwei Paar dünne Gummihandschuhe aus der Hosentasche zog.

Sie zogen die Handschuhe an, dann befahl Lisbett: »Durchsuch sie. Ich halte sie fest.«

Ich strampelte mit den Beinen und versuchte, sie mit dem Fuß zu erwischen, aber sie gab mir einen festen Tritt in die Seite, der einem Fußballer alle Ehre gemacht hätte. Blitzschnell rollte sie mich auf den Bauch, als ich mich vor Schmerz unwillkürlich zusammenkrümmte. Dann kniete sie sich einfach auf meine Beine. Es tat höllisch weh, ihre spitzen Knie bohrten sich in meine Oberschenkel. Hier machten sich gerade 30 Jahre Gartenarbeit bemerkbar.

Natürlich fand Ulla sofort das Diktiergerät in der anderen Jackentasche. Sie zog scharf die Luft ein und hielt es in den dünnen Lichtstrahl der Taschenlampe, um es abzuschalten.

»Guck mal an, die kleine Zecke. Darum kümmern wir uns später. Wir müssen sie zuerst loswerden«, sagte Lisbett. »Du hast doch die Tabletten dabei?«

Offenbar nickte Ulla, denn Lisbett fuhr fort: »Gut. Hier ist garantiert irgendwo Schnaps. Zerstoße ein paar Tabletten und löse sie darin auf.«

Den Geräuschen nach tat Ulla genau das.

Meine Gedanken rasten, und ich kämpfte gegen Panik und Schmerzen. Der unbarmherzige Tritt von Lisbett würde einen riesigen Bluterguss produzieren. Aber wenn sie mich umbringen wollten, dürfte ein blauer Fleck das geringste meiner Probleme sein.

Wo war Erwin?

Er würde mit Sicherheit vorsichtig sein, weil er mich nicht gefährden wollte – und verlor dabei kostbare Zeit. Hätte ich mir etwas wünschen dürfen, wäre es, dass er einfach umstandslos eine Tür nach der anderen eintreten würde …

Ich wurde an meinen auf dem Rücken fixierten Armen hochgezerrt und stöhnte vor Schmerz. Mein Schweiß stank nach Panik und nackter Todesangst. Sie stießen mich auf einen Stuhl.

Obwohl es mir wie eine Ewigkeit vorkam, waren vermutlich höchstens zwei Minuten vergangen, seit wir unser Versteck an Lisbetts Gartentor verlassen hatten – wenn überhaupt. Eines wusste ich jetzt: Wenn man um sein Leben fürchtete, ging das Zeitgefühl flöten.

In meinem Rücken zog Ulla eine Besteckschublade auf und nahm etwas heraus. Dann beugte sich Lisbett mit einem großen Brotmesser in der Hand über mich und zischte: »Ich nehme jetzt den Knebel raus. Ein Mucks von dir, und …«

Sie musste nichts weiter sagen, denn ich spürte die Klinge kalt an meinem Hals. Mit der anderen Hand zog sie das zusammengeknüllte Tuch aus meinem Mund. Ich rang nach Luft, und der Druck der Klinge verstärkte sich.

»Mund auf, los!«

Instinktiv presste ich die Lippen zusammen. Sie legte mir die Hand an die Stirn und drückte meinen Kopf in den Nacken. Ulla zwang mir ihre Finger in den Mund und er öffnete sich von ganz allein. Rasch goss sie mir den breiig-flüssigen Inhalt eines Glases hinein, stellte es weg und drückte mir die Kiefer zusammen. Sofort hielt sie mir Mund und Nase zu.

»Mir ist egal, ob du daran erstickst, das sollte dir klar sein«, sagte Lisbett. »Von mir aus gern. Dann ist die Sache wenigstens sofort erledigt.«

Als mir die Luft ausging, schluckte ich das Zeug runter. Es schmeckte scharf und bitter. Sofort gab Ulla meine Atemwege frei. Ich unterdrückte ein Würgen und zwang mich mühsam, ruhig durch die Nase zu atmen, bis mein revoltierender Magen sich wieder beruhigte. Ich hatte wirklich überhaupt keine Lust, an meiner eigenen Kotze zu ersticken.

Lisbett nickte beifällig. »Das machst du gut, Loretta.«

Dann griff sie wieder nach dem alten Geschirrtuch, das als Knebel diente. Ich warf den Kopf hin und her, als sie versuchte, mich an meinen kurzen Haaren zu packen. Schließlich hielt sie mich an meinem linken Ohr fest, und der infernalische Schmerz ließ meinen Widerstand schlagartig erlahmen, sodass sie mir das Tuch wieder in den Mund stopfen konnte.

»So«, sagte sie dann zu Ulla. »Auf die Gleise mit ihr.«

»Muss das sein?«

»Wenn du einen besseren Vorschlag hast – immer raus damit. Aber wir können nicht zulassen, dass sie uns alles kaputtmacht. Sie hat jemanden mithören lassen, vergiss das nicht.«

»Genau, was ist eigentlich mit dem? Der kann doch auch zur Polizei gehen und alles erzählen.«

Sie winkte ab. »Na und? Das war bestimmt ihre dämliche Freundin. Soll sie doch.« Sie nahm das Diktiergerät, das auf dem Tisch lag, und hielt es hoch. »Wir haben das hier. Steck es ein. Wir lassen es später verschwinden. Es gibt also keine Aufnahme davon.«

Seltsam unbeteiligt hörte ich ihnen dabei zu, wie sie meinen Tod planten. Mir war leicht schwindelig, aber ich hätte nicht sagen können, ob der giftige Cocktail oder meine Todesangst dafür verantwortlich waren.

»Am liebsten würde ich sie hier einfach verrotten lassen«, sagte Lisbett hämisch und trat gegen meinen Stuhl. »Wenn wir Zeit hätten, könnten wir sie in irgendeinen Bunker sperren und verhungern lassen. Verdient hätte sie es allemal.«

Sie nahm die Taschenlampe und ging zur Tür, wo der Fahrplan pinnte.

Jetzt erfahre ich, wann ich sterben werde … is ja irre …, dachte ich benebelt.

»Wie wäre es, wenn wir sie in eine Sickergrube werfen?«, schlug Ulla vor. »Vielleicht nebenan, bei Helga, die hat doch so 'n Ding für Regenwasser.«

Lisbett drehte sich um und prustete. »Na, die wird sich bedanken.« Sie wurde ernst. »Nein, wir müssen sofort handeln. Man wird nach ihr suchen. Es kann nicht mehr lange dauern, bis hier jemand aufkreuzt.« Sie blickte auf ihre Armbanduhr. »Kurz vor halb zwölf. Der nächste Zug kommt in zehn Minuten.«

Bleierne Müdigkeit ergriff langsam aber sicher Besitz von mir. Jegliches Bedürfnis, mich zu wehren oder um mein Leben zu kämpfen, hatte sich in einem wohligen Mir-ist-alles-egal-Gefühl aufgelöst. Ich konnte kaum noch meine Augen offenhalten und mein Kopf kippte immer wieder nach vorne.

»Sie schläft schon ein, verdammt«, sagte Lisbett, »die verträgt aber auch überhaupt nichts. Wir brauchen sie wach, wenigstens noch ein paar Minuten, sonst wird es zu schwierig mit dem Bahndamm.«

Ulla wiegte den Kopf. »Mir gefällt das nicht mit der S-Bahn. Zweimal auf die gleiche Art …«

Wie nebenbei gab sie mir ein paar Ohrfeigen, die mich wieder etwas wacher machten.

Na super, dachte ich träge, sie hat kein Problem damit, mich zerschnetzeln zu lassen, sondern damit, dass sie sich wiederholt …

Nur ganz am Rande registrierte ich, dass selbst Gedanken lallen konnten.

»Reiß dich zusammen, verdammt«, fauchte Lisbett. »Wir haben schlicht keine Zeit, uns etwas anderes zu überlegen, das müssen wir jetzt riskieren. Du bleibst hier. Ich hole die Leiter.«

Nanu – Leiter? Was wollten sie denn damit?

Lisbett öffnete vorsichtig die Tür und spähte in die Dunkelheit. Alles war still. Sie schlüpfte hinaus, dann hörte ich scharrende Geräusche an der Hüttenwand. Mein Kopf fiel wieder nach vorne. Ulla zog ihn an den Haaren hoch und verpasste mir weitere Ohrfeigen.

Kurze Zeit später tauchte Lisbett wieder auf. Sie atmete keuchend, als hätte sie sich körperlich verausgabt. Diagonal um die Brust hatte sie ein dickes Seil geschlungen, das mir Rätsel aufgab. Hatte sie vor, einen Berg zu besteigen?

»Nichts zu sehen draußen. Hörst du, Loretta? Niemand sucht nach dir, so ein Pech.«

Doch, dachte ich langsam, irgendwo ist Erwin, er wird mich retten, ganz sicher. Er lässt mich nicht verrecken.

»Los«, befahl Lisbett.

Sie packten mich an den Armen und zerrten mich vom Stuhl hoch. Dann nahmen sie mich in ihre Mitte, legten jeweils einen Arm um meine Taille und marschierten los. Meine Beine waren weich wie Gummi und weigerten sich, einen Fuß vor den anderen zu setzen, aber das hielt die beiden Frauen nicht auf. Sie schleiften mich einfach mit sich. Dass sie das beherrschten, wusste ich ja schon von unserer überstürzten Flucht hierher.

Ganz von Ferne registrierte ich, dass wir um das Haus herum gingen, den Garten verließen und schließlich vor dem Bahndamm standen. Im dünnen Lichtstrahl der Taschenlampe sah ich eine Leiter, die an der steilen Böschung lehnte.

Sie ließen mich los und ich sackte zusammen.

»Verdammt«, fluchte Lisbett leise. »Dann müssen wir doch das Seil nehmen.«

Sie setzten mich aufrecht hin und lehnten meinen Rücken an den Bahndamm. Ich spürte, wie ein Seil unter meinen Achseln hindurchgezogen wurde. Sie verknoteten es über meiner Brust, dann nahm jede von ihnen ein Ende und wickelte es sich um eine Hand. Lisbett hatte das längere Ende, Ulla das andere.

Dann kletterte Lisbett die Leiter hoch, Ulla folgte knapp dahinter. Das Seil straffte sich, und ich wurde langsam aber sicher in die Höhe gehievt. Rasch hatte ich keinen Boden mehr unter den Füßen. Als die beiden die Gleise erreicht hatten, ging es schneller, denn jetzt zogen sie mit vereinten Kräften.

Als ich oben war, befreiten sie mich von dem Seil und legten mich quer über die Gleise.

»Noch zwei Minuten«, sagte Lisbett, nachdem sie die Taschenlampe auf ihre Uhr gerichtet hatte. »Lass uns verschwinden, aber nicht durch die Kolonie, das ist zu gefährlich. Ich habe mein Auto hinter dem Bahndamm stehen.«

»Was ist mit der Leiter?«, fragte Ulla.

»Vergiss die Leiter. Kann sonst wer hingestellt haben, sogar sie selbst. Alle wissen, wie viel Stress sie mit ihrem Ex hatte. Und hat sie vorhin nicht gesagt, sie könnte sich vorstellen, sich umzubringen? Na also. Wir geben uns gegenseitig ein Alibi und gut.«

Ihre Worte drangen wie durch dicke Watte an mein Ohr, aber sie mobilisierten noch einmal meine schwachen Kräfte. Als ich versuchte, von den Gleisen zu kriechen, stoppte Lisbett mich mit einem derben Tritt gegen die Hüfte.

Sie beugte sich über mich, um den Knebel zu entfernen.

»Willst du das wirklich riskieren?«, fragte Ulla.

»Die ist völlig weggetreten, die haut nicht mehr ab. Und schreien kann die auch nicht mehr.«

Danach hörte ich nichts mehr von ihnen, sie waren weg.

Die Gleise unter mir begannen zu vibrieren.

Kapitel 28

Schlaflos am Bahndamm
(und der Onkel Doktor kennt keine Gnade)

Ich war im freien Fall, als ich zu mir kam.

Ein Signalhorn tutete, Bremsen kreischten ohrenbetäubend.

Ich fiel – nein, rollte – die Böschung hinab, durchbrach kleine Büsche und prallte hart auf. Etwas Großes stürzte gleich hinter mir her und entpuppt sich als Erwin, der plötzlich neben mir kniete und mich wie ein Berserker schüttelte. Trotzdem fielen mir die Augen zu. Ich hätte mich gern an ihn gekuschelt und geschlafen.

»Loretta! Loretta! Was ist los mit dir?«

»Schlaf...bletten. Erwin ... ich liebe dich«, murmelte ich und sackte seitlich weg.

Er riss mich hoch und zwang mich in eine kniende Position. Dann rammte er mir einen Finger in den Hals, der umgehend meinen Würgereflex reaktivierte. Ich erbrach mich, bis nur noch Säure kam, und rang nach Luft.

»Alles klar?«, fragte Erwin besorgt.

Ich nickte kraftlos. »Lisbett und Ulla?«, flüsterte ich.

»Keine Ahnung, ich habe aber ...«

Plötzlich leuchtet uns von den Gleisen aus eine starke Taschenlampe an, und eine Frau rief: »Erwin? Bist du da irgendwo?«

»Hier!«, schrie er zurück und winkte. »Wir sind hier! Loretta braucht einen Arzt! Hast du den Notarzt angerufen?«

»Klar!«

Der Lichtstrahl tanzte durch die Dunkelheit und kam auf uns zu, während die Frau behände den Bahndamm hinabkletterte.

»Alles in Ordnung mit ihr?«, fragte sie, und ich begriff, dass es Kommissarin Küpper war.

»So weit alles gut. Zumindest ist noch alles an ihr dran.«

Immer noch rauschte alles an mir vorbei, als hätte ich nichts damit zu tun, obwohl ich mich nicht mehr ganz so bedröhnt fühlte wie vor dem Erbrechen.

Als ich das nächste Mal etwas wahrnahm, lag ich auf einer Trage, und ein Mann sagte: »Ah, da ist sie ja wieder.« Er kam mit seinem Gesicht ganz nah an mich heran und fragte: »Wie heißen Sie?«

»Loredda … Lu … Lulu … Luggs.« Ich versuchte, die kleine Stablampe wegzuschieben, mit der er mir in die Augen leuchtete. »Ich will schlafen. Geh weg.«

Er lachte und sagte: »Kommt gar nicht in die Tüte. Sie bleiben schön wach, junge Dame.« Er wandte sich an jemanden außerhalb meines Gesichtsfeldes. »Schlaftabletten, hm? Wann hat sie die genommen, wissen Sie das? Sie hat sich vorhin erbrochen, sagen Sie?«

»Ja, kurz bevor Sie gekommen sind«, erwiderte Erwin. »Da kam absolut nix mehr raus. Es roch nach Alkohol. Die Schlaftabletten wurden ihr vor einer knappen halben Stunde eingeflößt. Erbrochen hat sie vor vielleicht zehn Minuten.«

»Ich will schlafen«, nörgelte ich wieder, und der Arzt schüttelte den Kopf.

Ein Handy klingelte irgendwo hinter meinem Kopf, und Kommissarin Küpper sagte: »Ja, was ist?« Sie hörte eine Weile zu und verkündete dann: »Die Damen Westermann und Passeck sind den Kollegen in die Arme gelaufen. Das Diktiergerät wurde sichergestellt.«

Ich beschloss, abzuhauen und mir ein Bett zu suchen, also versuchte ich, mich aufzurichten. Als das nicht klappte, wollte ich mich seitlich von der Trage rollen, aber der Arzt hielt mich auf und drückte mich sanft in die liegende Position zurück.

»Sie bleiben mal schön hier, junge Dame. Wir bringen Sie jetzt ins Krankenhaus. Da werden Sie ordentlich untersucht. Nur, um sicherzugehen.«

Ich nickte matt und zeigte auf meine Rippen, wo die Auswirkungen von Lisbetts Tritten deutlich spürbar waren. »Aua.«

»Sehen Sie? Sie haben aua. Und das will der Onkel Doktor sich ganz genau angucken. Einverstanden?«

Ich nickte wieder.

Zwei Sanitäter schnallten mich fest und manövrierten die Trage auf den kleinen Rollen mühsam durch Jupps Parzelle und hinaus auf den Perlhuhnweg.

Diese winzigen Röllekes sind echt nicht für Gärten geeignet, dachte ich, dann schlief ich ein.

Vom Rest der Nacht habe ich lediglich aufblitzende Bilder in meinem Kopf gespeichert: Aufgeregt plappernde Menschen ohne Gesicht, die den Notarzt mit Hunderten Fragen bestürmten, als ich in den Krankenwagen geladen wurde.

Die Fahrt durch die dunkle Stadt zum Krankenhaus, mit zuckendem Blaulicht.

Plötzliche Helligkeit in der Notaufnahme des Krankenhauses und Hände, die mich aufhoben und auf eine andere Trage legten.

Die nüchterne Stimme des Notarztes, als er die diensthabenden Kollegen über mich beziehungsweise meinen Zustand aufklärte.

»Sie heißt Loretta Luchs. Bisher keine Papiere«, hörte ich ihn sagen, »die werden gerade geholt.«

Immer wieder kurze Momente widerwilligen Wachseins, in der Erinnerung seltsam zerhackt, als man mich darüber auszuquetschen versuchte, was passiert war.

Dann – endlich! – ein Bett, in das man mich legte.

Das Licht wurde gelöscht, und ich durfte schlafen.

Als ich erwachte, schien die Sonne. Jede Faser meines Körpers schmerzte.

»Guten Morgen!«, dröhnte eine fröhliche Frauenstimme.

Ich blinzelte verwirrt. Alles war leicht verschwommen, wie auf einem unscharfen Foto. Vergeblich tastete ich auf dem Nachttisch nach meiner Brille, aber dann fiel es mir wieder ein: Die hatte ich in Jupps Hütte verloren.

Eine robust wirkende Krankenschwester kam mit quietschenden Sohlen um mein Bett herum, trat an den Nachttisch heran und klappte ein Seitenteil hoch, das sie über meinen Bauch manövrierte. Dann verließ sie – quietschquietschquietsch – das Zimmer. Keine Sekunde später kam sie wieder herein – quietschquietschquietsch – und schmetterte ein Tablett mit Krankenhausfrühstück auf den Klapptisch. Da ich mich in der Zwischenzeit nicht aufgesetzt hatte, befand es sich in Höhe meines Kinns.

»Haben wir etwa keinen Hunger?«, fragte sie neckisch.

»Doch«, murmelte ich, »das kam nur etwas plötzlich. Können Sie mir helfen?«

»Aber natürlich!«, zwitscherte sie munter.

Nach einigem Hin und Her, das mir ziemlich wehtat, saß ich aufrecht und starrte appetitlos auf das magere Frühstücksangebot. »Wie spät ist es denn?«

»Halb sieben an einem wunderbar sonnigen Sonntagmorgen«, verkündete sie pompös, als sei es die Formel für den Frieden auf Erden.

»Wann darf ich raus?«

»Gleich, soweit ich weiß. Der Kollege von der Notaufnahme übergibt gerade, aber Ihre Entlassungspapiere sind bereits fertig. Er wird gleich bei Ihnen sein.«

»Ist … irgendwer hier, der mich abholt?«, fragte ich zaghaft.

»Momentchen.« Sie quietschte wieder zur Tür, streckte den Kopf heraus und rief: »Sie dürfen jetzt kurz rein.«

Bärbel und Frank kamen reingeflitzt wie von einer Kanone abgeschossen. Bärbel stürzte sich auf mich und umarmte mich stürmisch, was mir einen Schmerzenslaut entlockte.

Sie fuhr zurück und murmelte verschreckt: »Entschuldige, Loretta. Wir haben uns solche Sorgen gemacht. Niemand durfte uns etwas sagen. Wir haben die ganze Nacht gewartet, dass wir endlich zu dir dürfen.«

Vor Rührung fing ich an zu heulen, und Bärbel heulte gleich mit.

»Wat war denn bloß los, Loretta?«, fragte Frank mit feucht schimmernden Augen. »Als wir heute Nacht … da war dieser Krankenwagen … totalet Halligalli …«

»Ihr habt nichts mitbekommen?«

Die beiden schüttelten gleichzeitig den Kopf. »Wir sind inne Kolonne mit Notarzt und Krankenwagen zum Krankenhaus gebrettert«, erklärte Frank. »Hinter dir her. Du wars total wechgetreten. Irgendwann rief Holger an und faselte ohne Ende krauset Zeuch, dat die Bullen inne Kolonie sind und diese Kommissarin, und dat wieder ein Zuch genotbremst hat und dat dat angeblich du warss, die oben auffe Gleise … Ich hab kein Wort verstanden.«

»Und so ein Ömmes namens Erwin war in Dianas Hütte, um nach deinen Papieren zu suchen, sagt Holger«, fuhr Bärbel fort.

»Erkläre ich alles später«, versprach ich. »Hauptsache, ich komme gleich hier raus, und wir sind noch nicht zu spät zum Frühstück. Soweit ich mich erinnere, sind wir alle verabredet. Weiß Diana schon Bescheid?«

Als Bärbel mit den Achseln zuckte, gab ich ihr Dianas Handynummer. »Sie hatte heute Nachtschicht. Und sie soll bitte meine Ersatzbrille mitbringen, die ist in meiner Reisetasche.«

»Dat isset!«, rief Frank. »Ich denk noch, wat sieht die Loretta komisch aus – die Brille fehlt!«

Ein bekittelter Mann kam energisch hereingefegt und setzte meinen Besuch vor die Tür. Dann baute er sich am Fußende des Bettes auf und grinste mich an. »Und – wie geht es Ihnen?«

»So weit gut«, sagte ich. »Wer sind Sie? Sie sind nicht der Notarzt.«

Er schüttelte lächelnd den Kopf. »Notaufnahme. Der Notarzt hat Sie heute Nacht in meine Obhut gegeben.«

»Mir tut einiges weh.«

»Kein Wunder. Sie haben am linken Brustkorb und an der rechten Hüfte je eine große Prellung. Die am Brustkorb ist ein derart klar umrissener Schuhabdruck, dass man ihn zur Identifizierung benutzen könnte. Ein Wunder, dass keine Rippen gebrochen sind. Unter den Achseln, am oberen Rücken und am Dekolleté deutliche Abdrücke und unterblutete Abschürfungen wie von einem Seil, weitere leichtere Abschürfungen im Gesicht, an den Armen und am Hals. Ihre Blutuntersuchung war relativ unauffällig. Etwas Alkohol, etwas Schlafmittel. Wollen Sie mir jetzt erzählen, was los war? Heute Nacht haben wir nur wenig aus Ihnen rausgekriegt.« Wieder lächelte er. »Um ehrlich zu sein, waren Sie ziemlich ungehalten mit uns, weil Sie schlafen wollten.«

Ich umriss kurz, was Lisbett und Ulla mit mir angestellt hatten. Er dachte zunächst, ich wäre an irgendwelche Schlägerbräute geraten, die sich ständig prügelten und denen ich zufällig über den Weg gelaufen war.

Also klärte ich ihn auf.

»Das waren zwei Damen gesetzten Alters?«, fragte er völlig fassungslos. »Weiß die Polizei Bescheid?«

Junge, wenn ich dir erst erzählen würde, was die beiden noch angestellt haben, dachte ich, du würdest ausflippen.

Ich nickte. »Ich bin in den allerbesten Händen. Die Schuldigen sind bereits gefasst ...«

Ich brach ab und runzelte die Stirn, als ich angestrengt nachdachte. Das waren sie doch? Doch, da blitzte etwas auf. Kommissarin Küpper hatte so was gesagt.

»Jedenfalls, wenn ich mich richtig erinnere«, fuhr ich fort. »Es ist alles ein wenig verschwommen. Das ist gestern tierisch aus dem Ruder gelaufen. Vielen Dank für Ihre Hilfe, Doc.«

»Dafür bin ich da. Ihre Papiere liegen vorne bereit. Bericht aus der Notaufnahme, Diagnosen, der ganze Kram. Brauchen Sie vielleicht noch vor Gericht. Auf jeden Fall geben Sie die Originale bitte Ihrem Hausarzt. Müssen Sie morgen arbeiten? Dann mache ich noch einen Krankenschein für Sie fertig.«

»Nicht nötig. Erst am Dienstag. Ich arbeite in einem Callcenter, das sollte ich wohl schaffen.«

Er schüttelte streng den Kopf. »Ich möchte, dass Sie sich noch drei Tage zu Hause ausruhen. Mindestens. Zu mehr kann ich Sie nicht zwingen, aber Sie sollten sich richtig ausschlafen und erholen. Wenn Sie sich stur stellen, behalte ich Sie hier. Ich sage das nicht gern, aber ich sitze am längeren Hebel.«

Musste Dennis halt die Kröte schlucken, dass ich erst am Donnerstag wieder arbeiten würde.

»Also schön. Kann ich jetzt gehen?«, fragte ich, und er nickte.

Die Schwester brachte mir die Sachen, die ich bei der Einlieferung getragen hatte, in einem großen Plastikbeutel. Meine Jeans und mein T-Shirt waren verschmutzt und an einigen Stellen zerrissen, trotzdem erfüllte es mich mit Freude, sie anzuziehen. Wäre es heute Nacht anders gelaufen ...

Ich schauderte. Daran wollte ich nicht einmal denken.

»Ich hab Bescheid gesacht, dat wir unterwechs sind«, sagte Frank, als wir auf den Parkplatz einbogen. »Ich hab gesacht, wir ham ordentlich Hunger.«

Wir hatten unterwegs an einer Bäckerei gestoppt. Frank war mit zwei gigantischen Brötchentüten aus dem Laden zurückgekehrt. Insgeheim war ich froh, dass er darauf verzichtete, uns über den genauen Inhalt zu informieren.

Bärbel stützte mich sanft, denn ich hatte Schmerzen bei jeder Bewegung. Langsam gingen wir den Perlhuhnweg entlang. Ich vermied es, die Hütte anzusehen, in der Lisbett und Ulla mich gefoltert hatten – denn nichts anderes als Folter war es gewesen.

»Da sind sie! Sie kommen!«

Holger stand an seinem Gartentor und winkte frenetisch. Hinter ihm tauchten Diana und Jan auf, außerdem Erwin.

Alle schnatterten auf mich ein, aber ich wehrte ab.

»Später, bitte, ich habe einen Riesenhunger. Das Frühstück im Krankenhaus … na ja.« Ich verzog das Gesicht. »Aber ich möchte mich zuerst umziehen.«

Diana gab mir meine Ersatzbrille, und endlich sah ich wieder klar. Die verschwommene Sicht hatte mich unangenehm an mein von Alkohol und Schlaftabletten benebeltes Gehirn erinnert. Meine Freundin begleitete mich zur Hütte und half mir, die zerrissenen Sachen auszuziehen. Als sie meine Verletzungen sah, zog sie scharf die Luft ein, dann traten Tränen in ihre Augen.

»Meine Güte, Loretta. Ich mache mir schreckliche Vorwürfe, dass ich dich nicht von diesem Irrsinn abgehalten habe. Wenn ich sehe, was diese Hexen dir angetan haben …«

Besonders behutsam, um mir dabei nicht wehzutun, knöpfte sie das weite Hemd zu, das ich mir bei ihr geliehen hatte.

»Es ist ja gut gegangen«, erwiderte ich, »und du hättest mich nur davon abhalten können, wenn du mich hier festgekettet hättest. Das alles wird verheilen. Und wir haben Lisbett und Ulla überführt, das war es wert.«

»Sie waren es also tatsächlich«, sagte sie fassungslos. »Irgendwie kann ich es immer noch nicht glauben.«

»Darauf haben sie gebaut: dass es keiner glauben würde.«

»Erwin, kannst du anfangen?«, bat ich.

Natürlich wussten die anderen mittlerweile, wer er war und welche Rolle er spielte. Und er konnte gleichzeitig reden und essen, das hatte ich ja schon erlebt.

Wir setzten uns um einen großen Tisch, für mich war ein weich gepolsterter Sessel reserviert. Ich genoss den starken Kaffee und häufte Rührei auf meine beiden Brötchenhälften, während Erwin den ersten Teil erzählte. An der Stelle, als Lisbett und Ulla das Handy entdeckt hatten, übernahm ich.

Niemand sagte auch nur ein Wort, während ich davon berichtete, was Lisbett und Ulla mit mir angestellt hatten.

»Dann schleiften sie mich hoch zum Bahndamm«, endete ich, »aber zu dem Zeitpunkt war ich schon halb weggetreten. Deshalb muss Erwin jetzt wieder übernehmen.«

Diana schüttelte den Kopf. »Ich habe mich von Anfang mit dieser bescheuerten Aktion unwohl gefühlt«, sagte sie. »Du könntest tot sein!«

»Wat?«, rief Frank entrüstet. »Du has Bescheid gewusst? Is ja wohl der Hammer! Warum hasse uns nix gesacht, Loretta? Lässt uns inne City abzischen, und du bis mit zwei Killerinnen allein und wir ahnen von nix!«

»Je weniger davon wussten, desto besser«, sagte Erwin. »Ich war die ganze Zeit in der Nähe und …«

»Und? Wär ja wohl fast inne Hose gegangen, oder?«, fauchte Frank angriffslustig.

»Aber nur beinahe«, sagte ich und legte ihm besänftigend die Hand auf den Arm. »Beim nächsten Mal bist du ganz bestimmt dabei, versprochen.«

Bärbel stöhnte auf. »Bloß nicht! Aber jetzt möchte ich den Rest der Geschichte hören.«

»Also gut«, sagte Erwin und guckte ernst in die Runde. »Als die Verbindung plötzlich abbrach, war ich natürlich sehr erschrocken. Aber ich musste erst einen kurzen Moment überlegen, bevor ich etwas tun konnte. Zuletzt hatten sie an Lisbetts Gartentor auf der Lauer gelegen, also rannte ich dorthin. Dann wollte ich zu Ullas Parzelle, fiel aber erst einmal über den verdammten Stolperdraht, den ich in der Aufregung vergessen hatte! Als ich auch bei Ulla niemanden fand, alarmierte ich die Polizei und Kommissarin Küpper. Ich ahnte, dass mir nicht viel Zeit blieb, also bin ich so leise es ging durch alle Gärten und habe nach Loretta gesucht. Als Lisbett und Ulla unsere Loretta oben auf die Gleise packten, stand ich schon unten an der Leiter. Ich hörte, dass sie über die andere Seite vom Bahndamm verschwinden wollten, deshalb musste ich mich nicht vor ihnen verstecken, Gott sei Dank.«

»Moment«, warf Frank ein. »Leiter? Wat für 'ne Leiter?«

Erwin nickte. »An die Böschung gelehnt stand eine Leiter, so eine alte aus Holz. Daran kam man ganz leicht hoch zu den Gleisen.«

»Dat war bestimmt eine von Jupp. Der is doch immer da rüber, wenner Kippen holen war.« Frank grübelte einen Moment lang, dann rief er triumphierend: »Und die war nich da, als wir dat appe Bein gefunden ham. Dat könnte doch wichtich sein, oder?«

»Stimmt. Wenn das mit der Leiter wirklich gängige Praxis von Jupp war, dann wird das die Polizei auf jeden Fall interessieren«, sagte Erwin. »Jedenfalls war mir klar, dass die beiden sauberen Damen abhauen würden, bevor der Zug kommt. Als es so weit war, kraxelte ich schnell hoch und konnte Loretta gerade noch von den Gleisen ziehen und die Böschung herunterschubsen. In letzter Sekunde sprang ich hinterher, dann war der Zug auch schon da. Der arme Lokführer hat uns natürlich gesehen und eine Notbremsung eingeleitet.«

»Was ist mit Ulla und Lisbett?«, fragte ich. »Du hast doch heute bestimmt schon mit der Kommissarin gesprochen.«

»Untersuchungshaft, aber viel mehr hat sie nicht gesagt. Darf sie nicht. Aber ihr könnt euch darauf einstellen, dass ihr alle noch einmal befragt werdet.«

»So, Freunde«, rief ich. »Und jetzt: offene Fragestunde!«

Ich musste grinsen, als alle gleichzeitig zu reden begannen.

Und dann wurde es noch ein sehr schöner Sonntag in der Kolonie *Saftiges Radieschen.*

Vier Wochen später

Neustart
(und ein unheimlich starker Abgang)

»Auf uns«, sagte Diana und hob ihr Glas.

»Auf uns«, echote ich ganz automatisch, erstarrte und schleuderte unversehens in eine Zeitschleife. Ich raste vier Wochen zurück: Lisbett, Ulla und ich in Lisbetts Hütte, wie wir darauf anstoßen, dass wir gemeinsam einen Mordplan schmieden werden.

Ich schüttelte den Kopf, um mich von den Erinnerungen zu befreien, genau wie ein Hund den Kopf schüttelt, um Wasser in seinem Fell loszuwerden.

Diana und ich saßen inmitten halb ausgepackter Umzugskartons und noch-nicht-wirklich-an-ihrem-endgültigen-Platz stehender Möbel in meiner Wohnung. Pardon: in *unserer* Wohnung. Die über den Studentenservice angeheuerten Hilfskräfte hatten ihre Kohle kassiert und waren zufrieden abgezogen. Die beiden Räume, die Tom bewohnt hatte, waren frisch gestrichen. Wir hingen ein bisschen in der Zeit, denn schon in einer Stunde würden die Gäste klingeln, die wir zum Einweihungsessen eingeladen hatten.

Wir stießen an und kippten uns den Schampus in den Hals.

»Ich fange mal mit dem Essen an«, sagte ich und rappelte mich ächzend hoch. Noch immer spürte ich die Nachwehen von Lisbetts Tritten.

»Kann ich dich damit alleine lassen? Ich möchte wenigstens das Schlafzimmer einigermaßen ...«

Deutlich geschmeidiger als ich erhob sie sich aus dem Schneidersitz und hüpfte fröhlich zu einem noch verschlossenen Karton, der mit ›Schlafzimmer‹ beschriftet war.

»Klar. Ich bin die perfekte Gastgeberin, weißt du doch.«

»Dann solltest du dich mal bei dieser Sendung bewerben, wie heißt die noch gleich ... Verdammt, wo ist denn der Wecker? Ich dachte, der wäre in dieser Kiste!«

Ich stand grinsend in der Küche und freute mich, dass die Wohnung nicht mehr so still war. Hier alleine zu wohnen hatte keinen Spaß gemacht. Während ich zufrieden vor mich hin summend an der Arbeitsplatte stand und rohe Kartoffelhälften auf zwei Backbleche verteilte, um sie zu salzen und mit Öl einzupinseln, dachte ich an den Sonntagabend vor vier Wochen zurück, als ich aus dem Schrebergarten nach Hause zurückgekehrt war, um mich dort drei Tage lang zu erholen, bevor ich wieder zur Arbeit ging.

»Die Fenster sind dunkel, Tom scheint nicht da zu sein«, sagte ich zu Frank und Bärbel.

Mir tat alles weh, deshalb begleiteten mich die beiden, um meine Sachen hochzutragen, die ich mit in die Hütte genommen hatte. Ich hatte an mir schon genug zu schleppen. Seit die Schmerzmittel, die ich im Krankenhaus bekommen hatte, abgebaut waren, spürte ich jeden blauen Fleck und jede Abschürfung – und es kamen einige zusammen.

»Vielleicht besser so.« Bärbel warf einen Seitenblick auf ihren Liebsten, und ich stimmte innerlich zu. Nach all dem Chaos hätte mir gerade noch gefehlt, dass es eine Schlägerei zwischen Tom und Frank gab.

Ich schloss die Wohnungstür auf und zeigte den beiden meine Zimmer.

»Einfach hier abstellen«, bat ich. »Wollen wir noch einen Kaffee trinken? Zum Abschied?«

Sie wollten, und ich ging voraus in die Küche, die irgendwie … unvollständig wirkte. Verdutzt sah ich mich um, zog Schubladen auf, öffnete Schranktüren – und erstarrte. Dinge fehlten. Dinge wie Töpfe, Besteck und mein geliebter Doppel-Langschlitz-Toaster, zum Beispiel. Teile des Geschirrs waren ebenfalls weg. Und wo war die Mikrowelle? Nicht, dass ich sie häufig brauchte, aber es hatte mal eine gegeben …

Ich ging in Toms Schlafzimmer: Kommode weg, Bett weg, Kleiderschrank halb leer.

Sein zweites Zimmer: Computer weg, Equipment weg, Müll

noch da. Mein Computer war weg! Er benutzte ihn zwar, aber ich hatte ihn teuer bezahlt!

Badezimmer: Die Hälfte der Bade- und Handtücher fehlte, seine kompletten Toilettensachen waren verschwunden.

Im gemeinsamen Wohnzimmer ging es weiter: Fernseher und DVD-Player fehlten, meine CD- und DVD-Sammlung um zwei Drittel dezimiert. Das coole Zeug hatte er eingesackt, der Rest war noch da. Der CD-Player war ebenfalls weg.

Sprachlos vor Wut sackte ich aufs Sofa.

Dass Tom verschwunden war, erleichterte mich sehr. Nach dem Horror, den ich gerade hinter mir hatte, konnte ich auf die angespannte Atmosphäre gut verzichten, die unweigerlich zwischen zwei Menschen entsteht, die sich nach der Trennung noch immer eine Wohnung teilen.

Aber dass er die halbe Wohnung geplündert und sich dabei ohne Absprache nicht nur an gemeinsam Angeschafftem, sondern auch definitiv an meinem Eigentum vergriffen hatte, stank mir ganz gewaltig. Bärbel und Frank, die mir von Zimmer zu Zimmer gefolgt waren, standen vor mir und starrten mich an, denn ich hatte die ganze Zeit nichts gesagt.

»Wusstest du nicht, dass er auszieht?«, fragte Bärbel vorsichtig angesichts meiner Fassungslosigkeit.

»Da hatter aber Glück gehabt, der Heiopei. Ich hatte mich schon gefreut, ihm nochma eins auffe Ömme zu geben, wenner dir blöd kommt, Loretta.«

Dafür fing er sich von Bärbel einen blitzschnellen, harten Boxhieb gegen den Oberarm ein.

»Aua! Wat denn?« Frank rieb sich die schmerzende Stelle und verstand die Welt nicht mehr.

»Geh Kaffee machen«, fuhr sie ihn an, und er trollte sich murrend in die Küche. Sie setzte sich neben mich und sah mich besorgt an. »Was ist los?«

»Er hat mich beklaut, Bärbel. Es fehlen so viele Sachen, die mir gehören.«

»Die holen wir zurück«, sagte sie entschlossen. »Wo ist er denn hin? Weißt du das?«

Ich schüttelte den Kopf. »Keinen blassen Schimmer. Ich wusste nicht einmal, dass er auszieht.«

So viel zur Erholung zu Hause. Jetzt ärgerte ich mich ein wenig, dass ich ihn nicht wirklich den mörderischen Witwen ausgeliefert hatte, wenigstens für ein paar Minuten …

Tom blieb spurlos verschwunden. Keine Nachricht, kein Anruf, kein Gespräch, kein Brief, keine Erklärung – nichts. Und wo meine Sachen waren, wusste ich folglich auch nicht.

Tja, und so kam es, dass an diesem schönen Samstag meine neue Mitbewohnerin einzog. Diana gab leichten Herzens ihre Miniwohnung auf, denn meine war für mich viel zu groß, zumal ich die Miete nicht allein hätte aufbringen können. Gerade weil sie so groß war, bestand nicht die Gefahr, dass wir uns allzu nah auf der Pelle hockten.

Und zusammen zur Arbeit fahren konnten wir auch.

Die Kartoffeln im Backofen verbreiteten den Duft von frischem Rosmarin. In zwei Pfannen brutzelten Geflügelfrikadellen, als ich den Tisch, den ich auf seine volle Länge von 3 Metern ausgezogen hatte, für acht Personen deckte. Geschirr, Besteck und Gläser waren ein buntes Sammelsurium aus dem, was Tom mir gnädigerweise gelassen hatte, und der Ausbeute aus einem von Dianas Küchenkartons. Der Anblick erinnerte mich an den Tisch bei Frank, als er mich zum Essen eingeladen hatte. Nun gut – unsere Gläser waren keine ehemaligen Senfgläser, aber die hatten es schließlich auch getan. Ich vergewisserte mich gerade, dass Wein, Bier und Mineralwasser in ausreichender Menge im Kühlschrank standen, als es auch schon klingelte.

Fröhliches Stimmengewirr im Hausflur verriet mir, dass die Abordnung aus der Kolonie *Saftiges Radieschen* – bestehend aus Frank, Bärbel, Holger und Jan – offenbar eine Fahrgemeinschaft gebildet hatte und vollzählig im Anmarsch war. Ich sah gerührt, dass Frank mir zu Ehren sogar seine augenfreundliche Khaki-Kluft angezogen hatte.

»Juhu, Schätzchen!«, zwitscherte Holger und überreichte mir

einen monströsen Blumenstrauß, eine kunterbunte Ausbeute von den Parzellen meiner Freunde, deren farbstrotzende Schönheit mich über die Maßen entzückte.

Es folgten ein großes Hallo und Küsschen-Küsschen-Geschmatze, bis endlich alle in der Wohnung waren.

»In einer Viertelstunde essen wir«, sagte ich und schickte sie weiter zu Diana, die aus ihrem Schlafzimmer winkte.

Ich machte noch einen Tomatensalat und würfelte Mozzarella, um ihn darunterzumengen. Jede Menge frische Basilikumblätter, Salz und Pfeffer, etwas Öl – fertig. Dann zog ich die Backbleche heraus, um die Kartoffelhälften mit Ziegenkäse zu belegen und noch für zwei Minuten zu grillen. Ich schloss die Backofentür, hielt inne und lauschte, wie Diana die munter schnatternde Truppe durch die Wohnung führte. Mir ging das Herz auf. Diese fünf Menschen waren meine Freunde. Was uns in dieser Konstellation zusammengebracht hatte, war eine gemeinsame Erfahrung, die eine enge Verbindung geschaffen hatte.

Mittlerweile kannte ich natürlich auch Bärbels Kinder. Es machte mir riesigen Spaß, für sie die ›coole Tante Lolo‹ zu sein. Lea, Kevin und Timo waren fünf, sechs und sieben Jahre alt, und ich hatte schon dreimal freudig Babysitterin gespielt, damit Bärbel und Frank abends ausgehen konnten.

Übrigens wusste die beiden inzwischen auch, was Diana und ich beruflich machten, und es stellte sich heraus, dass Bärbel auch mal eine Zeit lang in diesem Callcenter gearbeitet hatte, allerdings vor Dennis' Regentschaft. Gab es verrückte Zufälle oder was? Frank zuckte nur mit den Achseln und sagte: »Irgendeiner muss sich ja um die kümmern. Völlich in Ordnung. Wenn die Kerle wüssten, wat ihr zwei für Granaten seid … mein lieber Scholli.« Als er allerdings erfuhr, dass auch Erwins über 70-jährige Gattin eine Kollegin von Diana und mir war, fiel ihm dann doch für einen Moment die Kinnlade ins Gras.

Zum ersten Mal seit Monaten hatte ich das Gefühl, dass wieder so etwas wie Normalität Einzug in mein Leben hielt, und ich hätte vor Freude heulen können.

Wieder klingelte es, und ich hörte Diana zur Tür flitzen, um zu öffnen. Endlich – die eigentliche Hauptperson des Abends kam: Erwin. Er wollte uns auf den Stand der Dinge bringen, was die mörderischen Witwen anging.

Natürlich brachte er sein Täubchen mit, die schon neugierig auf unsere Kolonie-Connection war – und umgekehrt.

»Das Essen ist fertig!«, rief ich aus der Küche, und Minuten später saßen wir um den Tisch.

»Hat Tante Lolo aber fein gekocht«, sagte Frank grinsend. »Hat Tante Didi auch schön geholfen?«

»Nenn mich noch einmal Tante Didi«, fauchte Diana, »und du fliegst achtkantig raus!«

Tante Didi – so durften sie nur Lea, Kevin und Timo nennen. Und das ertrug sie auch nur zähneknirschend.

Wir bedienten uns aus den Schüsseln und von den Platten, die ich auf den Tisch gestellt hatte. Der Beschluss, dass wir erst in Ruhe das Essen genießen wollten, bevor Erwin uns erzählte, was er erfahren hatte, fiel einstimmig aus. Wir quatschten und schlemmten und lachten miteinander, und alles war perfekt, bis plötzlich ein Schlüssel von außen ins Schloss der Wohnungstür gesteckt und umgedreht wurde.

Ich erstarrte und ächzte: »Tom.«

Die Unterhaltung brach schlagartig ab. Alle sahen mich an. Dann drehten sich unsere Köpfe kollektiv zur Küchentür um, als Tom dort erschien.

Er hatte zwei zusammengeklappte Umzugskartons unter dem Arm und starrte verblüfft auf die Tischgesellschaft. Dann sagte er: »Na, dir scheint es ja gut zu gehen.«

Ich rang um Worte, und Diana sprang ein. »Und das passt dir nicht, oder wie? Was willst du hier?«

»Was wohl? Meine restlichen Sachen holen«, gab er patzig zurück.

Ich war baff. Was faselte der da? Ich konnte keinen klaren Gedanken fassen.

»Ach so – du bist der Meinung, dass du noch nicht genug geklaut hast«, erwiderte Diana ironisch. »Ehrlich, du traust dich was.

Ich bringe dich mal auf den neuesten Stand: Ich wohne jetzt hier. Heute eingezogen.«

Tom drehte sich abrupt um und stampfte in sein ehemaliges – jetzt Dianas – Schlafzimmer. »Spinnt ihr? Was soll das denn? Wo ist der Schrank? Wo sind meine Sachen?«, brüllte er von dort. Ich sah aus dem Augenwinkel, dass Frank sich vorsichtshalber erhob.

Tom tauchte wieder auf und schrie: »Was soll das, Loretta? Sag mir sofort, wo mein Zeug ist!«

Ich hatte mich wieder gefasst. »Deine Klamotten sind in die Altkleidersammlung gewandert, mein Lieber, und dein blöder Schrank in den Sperrmüll«, sagte ich kalt.

»Wie bitte? Meine guten Anzüge und meine Hemden?« Tom war fassungslos.

Ich zuckte mit den Schultern. »Die passen dir sowieso nicht mehr. Außerdem dachte ich, das gehört auch zu dem Müll, den du mir hinterlassen hast.«

»Ich habe morgen ein Vorstellungsgespräch! Was soll ich denn jetzt anziehen?«

»Du hast doch so hübsche Jogginghosen. Jetzt verschwinde endlich. Schlüssel her, aber dalli.«

»Und wenn nicht? Das ist auch meine Wohnung.«

»Nein. Mein Mietvertrag, meine Wohnung. Jetzt gibt es einen neuen, in dem auch Diana steht. Und wir werfen dich hiermit offiziell raus.«

Die Köpfe der Tischgesellschaft gingen wie beim Pingpong zwischen Tom und mir hin und her, aber Frank behielt ihn die ganze Zeit scharf im Auge.

»Mach schon, sonst hole ich die Bullen und zeige dich wegen Hausfriedensbruchs an.« Ich streckte die Hand aus. »Schlüssel.«

»Ihr braucht gar nicht so blöd zu glotzen, ihr Hirnis.« Toms Gesicht verzog sich zu einem höhnischen Grinsen. »Du kommst dir jetzt wohl unheimlich stark vor mit diesen beknackten Typen im Rücken, was? Du blöde Schlampe.«

Ein khakifarbener Schatten huschte durch den Raum, als Frank seinen Standort wechselte, um Tom am Schlafittchen zu packen. Er drängte ihn aus der Küche, bis Tom mit dem Rücken an der Wand des Wohnungsflures stand, und schüttelte ihn, wie er es schon einmal in Dianas Garten getan hatte.

»Wie has du Loretta genannt, hm? Hm? Du entschuldichs dich, aber sofort, sonz …«

Schüttel, schüttel, schüttel.

Toms Kopf flog hin und her wie der einer Puppe.

»Los jetz!«, brüllte Frank. »Ich hör nix! Und drück den Schlüssel ab, oder ich vergess mich!«

Tom zog einen Schlüsselbund aus der Hosentasche und nestelte hektisch daran herum. Die Schlüssel klimperten, so sehr zitterte seine Hand, als er sie Frank übergab.

»Wat is mit die Sachen, die der Säger geklaut hat, Loretta?«, fragte Frank und ließ meinen Exfreund los, ohne ihn aus den Augen zu lassen.

»Kann er behalten. Der soll nur verschwinden«, sagte ich. »Und nie wieder auftauchen. Seine Entschuldigung kann er sich sonst wohin stecken, ich verzichte.«

Ich hatte nicht einmal mehr Lust dazu, direkt mit Tom zu sprechen. In diesem Moment merkte ich, dass ich mit ihm fertig war. Klar – es tat ein bisschen weh, aber wirklich nur ein kleines Bisschen.

»Hasse gehört, Kumpel?«, zischte Frank drohend. »Du bleibs Loretta vonne Pelle, kapiert? Für immer!«

Er schubste ihn vor sich her zur Wohnungstür und warf ihn raus. Die Tür fiel hinter Tom ins Schloss, und wir hörten ihn die Treppen hinunterpoltern.

Mein Ritter in seiner khakifarbenen Rüstung kam zurück in die Küche und setzte sich höchst zufrieden wieder an den Tisch.

»Oh Mann, ich danke dir«, sagte ich aus vollem Herzen und grinste.

»Alles okay mit dir, Schätzchen?«, fragte Holger besorgt, und ich nickte.

»Absolut. Guckt mich nicht so bedröppelt an, mir geht es richtig gut. Heute beginnt die Wohngemeinschaft mit Diana, ich sitze hier mit meinen Freunden, wir haben gut gegessen, und Erwin wird uns gleich erzählen, worauf wir alle so gespannt warten.«

Wir räumten schnell das benutzte Geschirr vom Tisch, und Diana holte noch ein paar Flaschen Bier und mehr Wein aus dem Kühlschrank. Als alle mit Getränken versorgt waren, wahlweise Pipi gemacht hatten und wieder am Tisch saßen, sagte Erwin: »Also, ich habe heute mit Astrid telefoniert.«

»Jetzt mach es nicht so spannend, Schatz«, rügte Doris und verdrehte die Augen, weil Erwin eine dramaturgische Pause machte, um genüsslich von seinem Bier zu trinken.

»Astrid ist übrigens Kommissarin Küpper«, erklärte ich angesichts einiger fragender Gesichter in der Runde.

Erwin nickte. »Genau. Mein Patenkind.«

»Und? Wat sachtse?«, drängte Frank aufgeregt. »Wat is mit Lisbett und Ulla?«

»Die beiden Damen sitzen in Untersuchungshaft. Die Staatsanwaltschaft wird Mordanklage in drei Fällen erheben. Natürlich belasten sie sich gegenseitig, aber Astrid geht davon aus, dass Lisbett die treibende Kraft war. Ist aber auch egal, denn beide waren aktiv beteiligt. Ilse und Helga wollen von überhaupt nichts gewusst haben.«

Ich fuhr hoch. »Und was ist mit diesem Gespräch, das ich gehört habe?«

Erwin wiegte den Kopf. »Das beweist erst einmal nichts. Aber Lisbett und Ulla tun alles, damit Ilse nicht davonkommt. Und Helga … keine Ahnung. Bisher ist ihr wohl nichts nachzuweisen.«

»Und das, was sie mit Loretta gemacht haben?«, fragte Holger und griff nach meiner Hand.

»Versuchter Mord, auf jeden Fall aber gefährliche Körperverletzung, Freiheitsberaubung und einiges mehr. Was für die beiden richtig teuer werden wird, ist etwas, das sich ›gefährlicher Eingriff in den Bahnverkehr‹ nennt – und das gleich zwei Mal: Jupp und Loretta. Allein das kann übrigens sechs Monate bis zehn Jahre Knast bringen. Und die werden bis an ihr Lebensende dafür zahlen. Schadenersatz an die Bahn, Schmerzensgeld für die beiden betroffenen Zugführer, wenn die klagen, weil sie dadurch arbeitsunfähig sind … Und du kannst sie auch auf Schmerzensgeld verklagen, Loretta. Bist du eigentlich in therapeutischer Betreuung?«

Ich nickte. »Trauma-Bewältigung. Tut mir echt gut. Steckt mir doch ganz schön in den Knochen, die Sache. Ich schlafe schlecht und träume fies. Beileibe nicht jede Nacht, aber zu häufig, um es zu ignorieren. Aber sag mal, Erwin: Weiß man mittlerweile, warum sie so schnell nacheinander ...?«

»Bisher nicht.« Er zuckte mit den Achseln. »Die Psychologen beißen sich an denen die Zähne aus. Die Damen sind abgebrühter als langjährige Berufsverbrecher, sagt Astrid, besonders Lisbett. Bisher gibt es drei vollkommen unterschiedliche psychologische Gutachten. Einer sagt, die beiden sind unzurechnungsfähig, der zweite sagt, die wussten ganz genau, was sie tun, und der dritte liegt irgendwo dazwischen. Wahrscheinlich sind sie einfach größenwahnsinnig geworden, nachdem es mit dem ersten Mord so reibungslos funktioniert hat, keine Ahnung. Und Lisbett ist zudem eine extrem narzisstische Persönlichkeit, sonst wäre sie von Lorettas vermeintlicher Bewunderung nicht derart geschmeichelt gewesen.«

»Wahnsinn«, murmelte Jan und schüttelte den Kopf. »Ehrlich – ich kann es immer noch nicht so richtig glauben. Da lebt man Zaun an Zaun, jahrelang ...«

Wir schwiegen eine Weile, dann sagte Frank: »Kanz Leute nur vorn Kopp gucken.«

Und mit diesen paar Worten hatte unser Frank eigentlich alles gesagt, was es dazu zu sagen gab.

Später am Abend saßen Diana und ich im Wohnzimmer. Unser Besuch hatte sich verabschiedet, die Küche war aufgeräumt, die Spülmaschine lief.

Es brannten ein paar Kerzen, und wir lauschten Johnny Cash, der mit uralter, brechender Stimme unglaublich traurige Lieder sang.

»Irgendwie hätte ich es Tom gegönnt, von Lisbett und Ulla auf die Gleise geschleift zu werden, und du hättest dabei sein müssen«, sagte Diana. »Eine halbe Stunde Todesangst und die Gewissheit, dass du keine Skrupel hast, ihn für sein mieses Verhalten zu bestrafen ... herrlich. Er hätte erleben sollen, was du durchgemacht hast. Er sollte jetzt eine Therapie machen müssen – nicht du. Dann hätte er sich diesen Auftritt heute nicht getraut.« Sie hob ihr Glas und prostete mir zu. »Aber es war ein schöner Abend – trotz Tom.«

»*Wegen* Tom war es ein schöner Abend«, erwiderte ich trocken.

Wir lachten und tranken, dann schwiegen wir wieder und hörten Johnny Cash zu.

»Du solltest dich wirklich da bei dieser Sendung bewerben, Loretta«, sagte Diana plötzlich. »Ist bestimmt lustig.«

Ich grinste. »Vielleicht mach ich das sogar.«

Ich tat es tatsächlich.

Aber das ist eine andere Geschichte.

Loretta kocht für Freunde:

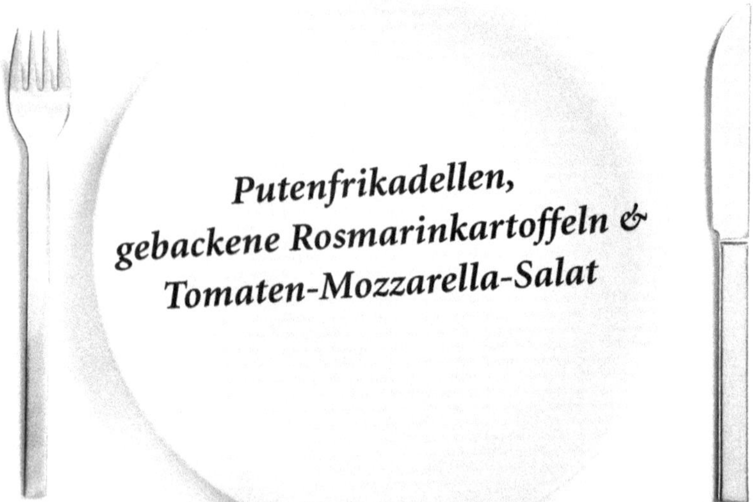

Putenfrikadellen,
gebackene Rosmarinkartoffeln &
Tomaten-Mozzarella-Salat

Zutaten für die Putenfrikadellen:

1 trockenes Weizenbrötchen
Wasser
Milch
2 mittelgroße Zwiebeln
500 g Putenhackfleisch
Salz, Pfeffer
1 Ei
2 TL Senf
Paniermehl

Zubereitung:

Das Brötchen in lauwarmem Wasser mit einem Schuss Milch aufweichen. Zwiebeln fein würfeln, in der Pfanne glasig dünsten und abkühlen lassen. Das Hackfleisch mit Salz, Pfeffer, dem Ei, Senf und den gedünsteten Zwiebeln gut vermengen. Das eingeweichte Brötchen gut ausdrücken, zu der Hackfleischmasse geben und alles durchkneten. Wenn die Hackfleischmasse zu weich ist, ein wenig Paniermehl hinzufügen. 8 mittelgroße Bratlinge formen, in Paniermehl wälzen und bei nicht zu großer Hitze in der Pfanne ausbraten.

Zutaten für die Rosmarinkartoffeln:
6 mittelgroße Kartoffeln (festkochend)
Salz
5 EL Rosmarinöl
400 g Ziegenkäse

Zubereitung:
Die Kartoffeln der Länge nach halbieren und mit der Hautseite auf ein Backblech legen; die Rundung schmal abschneiden, damit die Kartoffelhälfte nicht umkippt. Das Fruchtfleisch rautenförmig leicht einritzen, salzen und mit Rosmarinöl bestreichen (oder ein neutrales Öl und Rosmarinzweige verwenden). Bei 200 C° Umluft circa 30 Minuten backen, bis die Oberfläche knusprig wird. Dann jede Hälfte mit einem dünnen Stück Ziegenkäse (Gouda oder Camembert) belegen und für einige Minuten unter dem Backofengrill gratinieren. Wer keinen Ziegenkäse mag, kann natürlich auch jede andere Schnittkäsesorte benutzen.

Zutaten für den Tomaten-Mozzarella-Salat:
4 große Strauchtomaten
3 Kugeln Mozzarella
Salz, Pfeffer
1 TL Zitronensaft
2 EL Rapsöl
1 Topf frisches Basilikum
Essig

Zubereitung:
Tomaten und Mozzarella würfeln, salzen und pfeffern, Zitronensaft sowie Öl dazugeben. Den Basilikum in ganzen Blättern oder gehackt hinzufügen und alles gut vermengen. Da nicht jeder Essig mag, einen Essigsprayer auf den Tisch stellen.

Die Rezepte sind für vier hungrige Personen.

Ruhrpott-Krimödien mit Loretta Luchs

Lotte Minck **Band 1**
Radieschen von unten
ISBN 978-3-7700-1489-7

Lotte Minck **Band 2**
Einer gibt den Löffel ab
ISBN 978-3-7700-1491-0

Lotte Minck **Band 3**
An der Mordseeküste
ISBN 978-3-7700-1513-9

Lotte Minck **Band 4**
Wenn der Postmann nicht mal klingelt
ISBN 978-3-7700-1514-6

Lotte Minck **Band 5**
Tote Hippe an der Strippe
ISBN 978-3-7700-1525-2

Lotte Minck **Band 6**
Cool im Pool
ISBN 978-3-7700-1526-9

Lotte Minck **Band 7**
Die Jutta saugt nicht mehr
ISBN 978-3-7700-1559-7

Lotte Minck **Band 8**
Voll von der Rolle
ISBN 978-3-7700-1560-3

Lotte Minck **Band 9**
Mausetot im Mausoleum
ISBN 978-3-7700-1561-0

Lotte Minck **Band 10**
3 Zimmer, Küche, Mord
ISBN 978-3-7700-2019-5

Lotte Minck **Band 11**
Darf's ein bisschen Mord sein?
ISBN 978-3-7700-2123-9